शब्दिता

(निबंध-संग्रह)

शब्दिता

धर्मवीर भारती

वाणी प्रकाशन

प्रकाशन के उत्कृष्टतम 62 वर्ष

सजिल्द पहला संस्करण : 1997
सजिल्द दूसरा संस्करण : 2025

vaniprakashan.com

वाणी प्रकाशन

4695, 21-ए, दरियागंज, नयी दिल्ली-110 002

फ़ोन : + 91 11 23273167, 23275710

शाखाएँ

अशोक राजपथ, पटना-800 004, बिहार

कॉफ़ी हाउस कैम्पस, महात्मा गांधी मार्ग, प्रयागराज-211 001, उत्तर प्रदेश

महात्मा गांधी अन्तरराष्ट्रीय हिन्दी विश्वविद्यालय, वर्धा-442 001, महाराष्ट्र

sales@vaniprakashan.in
vaniprakashan@gmail.com

Shabdita
by Dharamvir Bharti

ISBN : 978-81-7055-515-5
Essays

मूल्य : ₹ 299

जी.एस. ऑफ़सेट, दिल्ली-110 095 में मुद्रित

वाणी प्रकाशन का लोगो मक़बूल फ़िदा हुसैन की कूची से

बहुचर्चित स्तम्भ

शब्दिता

के लेखों का संकलन

तथा कुछ और...

अनुक्रम

गुमशुदा हिन्दीपन की तलाश

पिछला वर्ष सन् '89 कितना चुपचाप बीत गया। अब तो '90 को लगे भी महीना होने को आया। हम इस बीच भूल भी चुके हैं कि पिछला वर्ष हिन्दी के तीन दिग्गज कवियों की जन्म शताब्दी का वर्ष था। मैथिलीशरण गुप्त, जयशंकर प्रसाद और माखनलाल चतुर्वेदी। वर्ष के प्रारम्भ में कुछ उत्सव, समारोह हुए। पत्र-पत्रिकाओं में कुछ लेख-वेख छप-छपा गये बस ! जिन महाकवियों ने अपना पूरा जीवन हमारे साहित्य को समृद्ध बनाने में अर्पित कर दिया, यदि और नहीं तो पाठ्यक्रमों में जिनकी रचनाएँ पढ़-पढ़ कर हिन्दीभाषियों की कम से कम पाँच-छह पीढ़ियाँ जवान हुई हों उनकी जन्म शताब्दी का वर्ष ऐसा सुनसान बीत जाये यह कुछ अजीब-सा नहीं लगता ? आखिर हिन्दीभाषी अपने साहित्यिकों, अपनी भाषा और अपनी विरासत के प्रति इतने उदास क्यों हो चुके हैं ?

एक बात यह कही जा सकती है कि कविता खुद जीवन से इतनी कट चुकी है कि कोई उसकी परवाह क्यों करे ? हो सकता है कि कुछ आधुनिक काव्यधाराओं के बारे में यह बात सच हो पर मैथिलीशरण गुप्त, जयशंकर प्रसाद और माखनलाल जी तो उन कवियों में हैं जो चाहे या अनचाहे हर संवेदनशील हिन्दी पाठक को कभी-न-कभी, किसी-न-किसी रचना द्वारा आलोडित कर चुके हैं।

और केवल कविता की बात ही नहीं है। अपनी पूरी सांस्कृतिक विरासत के प्रति हिन्दीभाषी उस तरह सचेत नहीं हैं जैसा बंगला, गुजराती, कन्नड़ या तमिल-भाषी हैं। बल्कि सच बात तो यह है कि महाराष्ट्र से लेकर केरल तक हिन्दी से जुड़े हुए जो अहिन्दी-भाषी विद्वान् तथा रंगकर्मी हैं वे हिन्दी साहित्य और संस्कृति के प्रति अधिक जागरूक हैं।

कई बार मन कचोट उठता है। पिछले लगभग पचीस वर्षों से देख रहा हूँ कि किस प्रकार सत्यदेव दुबे ने अकेले दम संघर्ष कर के हिन्दी के रंगमंच को बम्बई

जैसे स्थान में प्रतिष्ठित कराया। लेकिन जब भी उनके नाटक देखने गया तो पाया कि गिने-चुने हिन्दी बुद्धिजीवियों के अलावा वहाँ न तो हिन्दीभाषी सामान्य-जन हैं, न हिन्दीभाषी वरिष्ठ लेखक-पत्रकार हैं, और हिन्दी अध्यापक तो हैं ही नहीं, मराठी-भाषी, गुजरातीभाषी, कन्नड़भाषी दर्शक बहुतायत में हैं। यहाँ तक कि हिन्दी की गतिविधियों को बहुधा उपेक्षा से देखनेवाले अंग्रेजी पत्रकार और रंग-समीक्षक भी मिल जायेंगे और अच्छा प्रदर्शन होने पर प्रशंसा भी करेंगे, पर हिन्दी ? बम्बई के एक महत्त्वपूर्ण दैनिक हिन्दी पत्र ने तो वर्षों तक दुबे का बहिष्कार कर रखा था। क्यों ? यह तो उसके तत्कालीन सम्पादक ही जानें।

मीडिया के किसी पक्ष को लीजिए। मण्डी हाउस के इर्दगिर्द हिन्दी में सीरियल बनानेवालों की भीड़ जमा रहती है। उनका हिन्दी से कितना सरोकार है ? आखिर गुलज़ार ने ग़ालिब के जीवन पर इतना प्रभावशाली सीरियल बनाया पर किसी हिन्दी वाले को यह नहीं सूझा कि भारतेन्दु हरिश्चन्द्र के घटनापूर्ण, मार्मिक और अर्थभरे जीवन पर सीरियल बन सकता है। हिन्दी की साहित्यिक कृतियाँ ? एक-दो दूरदर्शन पर आयीं भी तो कैसे अजीब रूप में, 'राग दरबारी' की प्रस्तुति वह प्रभाव ही नहीं दे पायी जो मूल कृति में है, 'कब तक पुकारूँ' की पहली किस्त देखी। नटों से लोकभाषा बुलवाई गयी है मगर नटों-बनजारों की लोकभाषा में अवधी ? चकित रह गया मैं, क्या पूरी टीम में कोई ऐसा नहीं था जो भरतपुर के ग्रामीण अंचल में जाकर उस राजस्थानी मिश्रित ब्रजभाषा के मीठे रूप को डायलाग में गूँथ सकता, जो वहाँ के नट-बनजारे बोलते हैं। लिखित हिन्दी तो समृद्ध है ही पर बोली जाने वाली हिन्दी के कितने रूप हैं और हरेक अपने में कितना समृद्ध। पर दूरदर्शन, फिल्म या रेडियो में कभी इस पर ध्यान नहीं दिया गया। पात्र देहाती हैं तो उससे आधी-अधूरी अवधी बुलवा दो क्योंकि शुरू-शुरू में कलकत्ते के न्यू थियेटर्स की फिल्मों में देहाती पुरबिया पात्र अवधी बोलते थे। अभी कुछ वर्ष पहले एक फिल्म देखी थी। गोआ और कोंकणी अंचल की एक प्रेम कहानी थी। नौ गजी साड़ियाँ आकर्षक रूप में लपेटे गोआ की मछेरिनें गलत-सलत उच्चारण में धारा प्रवाह अवधी बोल रही थीं। उस क्षेत्र में जाइए। वहाँ के लोग जो कोंकणी, मराठी मिश्रित हिन्दी बोलते हैं उसका एक अलग ही स्वाद है। पर उसे संवादों में उतारने की मेहनत कौन करे ?

पता नहीं कब तक यह हालत चलेगी ? हिन्दीभाषियों में खुद जब तक अपनी भाषा और संस्कृति के प्रति चेतना नहीं जागेगी तब तक हालात का सुधरना असम्भव है।

क्या सदा से हिन्दीभाषी लोग इस तरह साहित्य-चेतना से कटे रहे हैं ? शायद नहीं, मुझे याद है, मैं स्कूल में पढ़ता था। उस समय इलाहाबाद के अग्रवाल स्कूल में एक मेला आयोजित किया गया था 'महावीर मेला'। या तो श्री महावीर प्रसाद द्विवेदी की षष्टिपूर्ति थी या सरस्वती के सम्पादन के 25 वर्ष पूरे हुए थे, अवसर क्या था, यह याद नहीं पर उस मेले की धुँधली-सी याद है। न केवल इंडियन प्रेस वरन् इलाहाबाद के कई प्रकाशकों की दुकानें थीं, किताबों की खरीद पर विशेष कमीशन घोषित किया गया था, सूचीपत्र बाँटे जा रहे थे, चाट के खोमचे और पानवालों की दुकानें भी थीं। मेला शायद तीन दिन चला था। इलाहाबाद में जितने कॉलेज थे उन्होंने हिन्दी विषय लेनेवाले छात्रों को अध्यापकों के साथ बारी-बारी से मेले में भेजा था। बहुत पहले की बात है और बहुत धुँधली याद है। अतः यह याद नहीं कि अन्य क्या कार्यक्रम हुए। सच पूछिये तो महावीर प्रसाद द्विवेदी कौन हैं और उनका क्या महत्त्व है, यह मुझे उस समय ज्ञात ही नहीं था। पर इतना याद है कि उस समय पढ़े-लिखे लोग कम थे, लेकिन जो थे उनमें एक चेतना थी। मैथिली शरण गुप्त की भारत-भारती में दिये गये तथ्यों पर बहसें होती थीं और लोग अक्सर दोहराते थे भारत-भारती की ये आरम्भिक पंक्तियाँ :

हम कौन थे क्या हो गये हैं और क्या होंगे अभी
आओ विचारें आज मिल कर ये समस्याएँ सभी,

लगता है एक बार फिर हिन्दीभाषियों को विचारना होगा कि 'वे कौन थे, क्या हो गये हैं।' वरना गिरावट का यह क्रम रुकेगा नहीं !

ऊलजलूल के भी अर्थ हैं

'ऊलजलूल का नाटक'। आपने कभी यह वाक्यांश पढ़ा है ? अब तो कोई उसकी बात नहीं करता। लेकिन आज से कई दशक पहले हिन्दी समीक्षा में यह शब्द बहुधा इस्तेमाल होता था और यह सीधा अनुवाद था अंग्रेजी शब्द 'थियेटर ऑफ एब्सर्ड' का। 'थियेटर ऑफ एब्सर्ड' एक नाट्यान्दोलन, जो यूरोप में प्रारम्भ हुआ। शुरू-शुरू में उसे सिरफिरों की खामखयाली समझा गया। लेकिन यूजीन आयनेस्को, जाँ गेने आदि के नाटकों ने इस धारा की ओर लोगों का ध्यान गम्भीरता से आकर्षित किया—और इसको व्यापक मान्यता मिली जब 'वेटिंग फार गोदो' जैसा एब्सर्ड नाटक सामान्य दर्शकों द्वारा सराहा गया और कुछ साल पहले समीक्षकों द्वारा तिरस्कृत किया गया। यह नाटक पाँच साल बाद दूसरी मंच प्रस्तुति के बाद नये नाट्य समीक्षकों द्वारा भूरि-भूरि प्रशंसित हुआ। इसके पहले कि आपको इस दूसरी प्रस्तुति की कथा सुनाऊँ। आपको यह बता दूँ कि इस अनोखे नाटक के रचनाकार थे सैम्युएल बैकेट। (पिछले दिनों उनके देहावसान का समाचार तमाम अखबारों यहाँ तक भारतीय दूरदर्शन पर भी काफी चर्चित रहा। इस संक्षिप्त टिप्पणी को उनके प्रति श्रद्धांजलि और आभार प्रदर्शन समझा जा सकता है। बहरहाल अब अविस्मरणीय मंच-प्रस्तुति की कथा सुनिए)—

19 नवम्बर, 1957 का दिन, युवा रंगकर्मियों, अभिनेताओं और निर्देशन सहायकों का एक बड़ा दल बेचैन हो कर उस क्षण की प्रतीक्षा कर रहा था जब पर्दा उठेगा और दो-चार संवादों के बाद ही उन्हें दर्शकों की हूटिंग का सामना करना पड़ेगा। यह मण्डली थी 'सैनफ्रैनसिस्को एक्टर्स वर्कशॉप' की और अनेक युवा रंगकर्मी ऐसे थे, जो पहली बार इतने बड़े मंच पर उतर रहे थे। उन बेचारों का भविष्य इसी पर निर्भर था कि दर्शक इस प्रस्तुति को स्वीकार कर लें। पर मुश्किल यह थी कि नाटक जो चुना गया था वह था 'वेटिंग फार गोदो' जिसकी पहली प्रस्तुति

कुछ ही साल पहले फ्लॉप घोषित हो चुकी थी और जिसके लेखक सैम्युएल बैकेट को आलोचकों ने निरर्थक शब्दाडम्बरी घोषित कर दिया। नाटक का निर्देशक और प्रस्तुतकर्ता हरबर्ट ब्लाउ भी अब बेचैनी से गलियारे में टहल रहा था और सोच रहा था कि इस अवसर पर ऐसे दर्शकों के लिए 'वेटिंग फॉर गोदो' जैसा नाटक चुन कर उसने घातक भूल तो नहीं की। और ऐसे असाधारण दर्शकों के लिए ?

आप जानते हैं उस प्रायोजित मंचन में आमंत्रित दर्शक कौन थे। बदनाम जेलखाना सैन क्वेंटिन के 1400 अपराधी कैदी। चोरी, अपहरण, अग्निकांड, बैंक डकैती से लेकर बलात्कार और हत्या के अपराधी तक। सैकड़ों बन्दूकों के पहरे में इस हॉल में उन्हें इकट्ठा किया गया था। पहले डिनर, फिर उसी हॉल में नाटक। निर्देशक हरबर्ट ब्लाउ को पसीने छूटने लगे। नाटक शुरू होने के पहले उसने दर्शकों को मानसिक रूप से इस नाटक के लिए तैयार करने की कोशिश की। उसने कहा कि यह नाटक जाज़ संगीत की तरह है, जिसमें आपको कोई अर्थ मिले या न मिले पर आप उसकी उपेक्षा नहीं कर सकते—आदि-आदि"दर्शकों ने उस वक्तव्य की ओर ध्यान भी नहीं दिया। केवल भोजन की तृप्ति के बाद सिगरेट सुलगाकर अधजली तीलियाँ उछालते रहे। निर्देशक ब्लाउ ग्रीन रूम में लौटा तो सचमुच काँप रहा था। पर्दा खुला, नाटक शुरू हुआ और लो चमत्कार ! जिन संवादों को पेरिस, लन्दन, न्यूयॉर्क के सुशिक्षित, अभिजात्य दर्शक ने ऊलजलूल शब्दाडम्बर मान लिया था—अर्थहीन घोषित कर दिया था, उन्हीं संवादों को अपराधियों की इस भीड़ ने न केवल सराहा वरन् उसकी जटिल अभिव्यंजनाओं पर अनुकूल प्रतिक्रिया भी देनी शुरू की। दत्तचित्त, मन प्राण लगा कर वे अपराधी दर्शक नाटक देख रहे थे। बीच-बीच में कभी किसी दर्शक की सिसकी या हँसी, और सही जगह पर तालियाँ।

नाटक और रंगमंच की दुनिया में एक चमत्कार हुआ, क्रान्तिकारी चमत्कार। सभी कला समीक्षक दंग थे, नाटक में कुछ था, जो इन अपराधियों को सम्मोहित कर गया। पर उसमें तो कुछ नहीं, कोई कथानक नहीं, कोई मंच सज्जा नहीं। केवल एक लैम्पपोस्ट के पास दो आवारे नाकारे किसी 'गोदो' का इन्तजार कर रहे हैं। उन्हें मालूम नहीं कि वह कब आयेगा, क्या लायेगा ? यहाँ तक कि यह भी नहीं मालूम कि वह कौन है, उसकी पहचान क्या है ? इतनी ऊलजलूल स्थिति और लम्बे-लम्बे संवादों में इन दर्शकों को क्या मिला कि वे मन्त्रमुग्ध हो गये।

एक पत्रकार ने भीड़ में जा कर कुछ चुने अपराधियों से पूछा। उनके जवाब चौंकानेवाले थे। एक कैदी ने कहा, "निस्सन्देह गोदो सामाजिक व्यवस्था का प्रतीक है।" एक ने कहा वह 'आउट साइडर' है। एक ने तो बड़ी मार्मिक बात कही, "जेल के सीखचों के पीछे कैद हम लोग जानते हैं कि इन्तजार करने की यातना क्या होती है। हम नाटक के इन्हीं पात्रों की तरह इन्तजार करते रहते हैं। किसकी प्रतीक्षा कर रहे हैं यह भी नहीं जानते। कभी-कभी यह भी सोचते हैं कि जिसका इन्तजार कर

रहे हैं शायद वह खाली हाथ आये, हमें चरम निराशा दे जाये, फिर भी इन्तजार करते हैं क्योंकि इन्तजार न करें तो और करें क्या ?"

और सहसा समीक्षकों को कथ्य समझ में आ गया। एक-दो वर्ष पहले जिन्होंने आरोप लगाया था कि न इसमें नाटकीय कथानक है, न नाटक के अन्य कोई गुण, केवल दो आवारों की बकवास है जिसका न कोई सिर है न पैर ! उन्हीं समीक्षकों ने इसके मर्म को समझा कि मनुष्यता के भविष्य के आगे जो प्रश्नचिह्न लग रहा है, जीने और बोलने के आगे जो अर्थहीनता का खतरा आनेवाला है, उसके प्रति यह एक जोरदार चेतावनी है।

सैम्युएल बैकेट ने अपने आन्दोलन 'थियेटर ऑफ एब्सर्ड' को जमा दिया। विश्व नाटक के इतिहास में एक नया मानदंड कायम हो गया।

लेकिन इतने विस्तार में यह कथा मैंने आपको क्यों सुनायी ? क्या केवल श्रद्धांजलि देने के लिए। हाँ, वह प्रयोजन तो है ही पर एक प्रयोजन और है।

वह यह है कि हिन्दी के युवा लेखक यह समझ सकें कि आन्दोलन वैसे नहीं जमते जैसे हिन्दी में जमाने की कोशिश होती है। अपने ही कृतित्व पर मुग्ध बीस-पचीस लोगों की भीड़ इकट्ठा कर ली। एकाध पत्रिका या संकलन छाप लिया और बहुत जोश में आये तो किसी को गाली दे ली। न, यह रास्ता नहीं है। संस्कृति की दुनिया अंततोगत्वा कृतित्व की दुनिया है। केवल दमदार कृतित्व, समकालीन संकट को पहचाननेवाला, उसे सहज मानवीय संवेदन से जोड़नेवाला कृतित्व ही आपको स्थापित कर सकता है। इस क्षेत्र में यही एक ही रास्ता है, कोई शॉर्टकट नहीं।

वसन्त के बिना

अब नहीं, अब तो जीवन जैसे एक चिरन्तन पतझर का मौसम बनता जा रहा है। पर कुछ ही दिनों पहले तक यह आलम था कि वसन्त आते ही मन कुछ-कुछ बदलने-सा लगता था। धुला-धुला सा, तरोताजा, कुछ अनजान जंगली फूलों की महक से बसा हुआ। उन फूलों का कोई नाम नहीं होता था। उनकी पहचान भी भूल गयी है। पर बचपन में देखे और बटोरे हुए फूलों की महक कहीं मन में पुराने दर्द की तरह बसी हुई है, जो मौसम आते ही पिरा उठती है।

तब केवल कवि-कलाकार ही नहीं, हम जैसे सामान्य लोग भी मौसमों से जुड़े हुए थे। खासतौर से वसन्त से और वर्षा से। हमारे इलाहाबाद में कड़ाके की सर्दी पड़ती थी। कई महीने तक हाथ-पाँव बर्फानी गलन में जकड़े रहते थे, दोपहर तक गाढ़ा कोहरा छाया रहता था। और माघ की अमावस्या के आसपास एक कँपकँपाने वाली बारिश भी हो जाती थी। कभी-कभी ओले भी। पर पंचमी आते-आते कोहरे को चीर कर हल्की सुनहरी धूप के रेशे झिलमिलाने लगते थे। खेतों की मेड़ों पर पीले, गुलाबी, हल्के नीले छोटे-छोटे जंगली फूल खिलने लगते थे, एक दिन तोतों का झुंड उड़ता हुआ आ निकलता था। जिन्दगी सहसा प्यारी लगने लगती थी और सहसा अहसास होता था कि लो वसन्त ऋतु तो आ गयी। पंचमी से शुरू हो कर चलती थी पूरे माघ, पूरे फागुन और आधे चैत तक। यानी फरवरी, मार्च और लगभग आधा अप्रैल।

हमारी हिन्दी कविता व्यापक तौर पर जुड़ी थी प्रकृति से और ऋतुओं से। मध्यकाल के षड्ऋतु वर्णन तो एक प्रकार से रूढ़ि बन चुके थे। सावन-भादों में सभी नायिकाएँ विरह में तड़फड़ाने लगती थीं, और वसन्त में मुग्धा नायिका अपनी ही विकसित होती हुई देह को देख कर लजाती घूमती थी। उस काव्य में भी अपना आकर्षण था, लेकिन प्रकृति की सहज स्वाभविक गन्ध नहीं थी।

भारतेन्दु काल से एक परिवर्तन आना शुरू हुआ। लेखक लोग सीधे अपने गाँव, कस्बों की प्रकृति से जुड़े। उनकी अनुभूतियाँ बहुत गहरी नहीं थीं, भाषा भी

सादी चमत्कार-विहीन वर्णनात्मक मात्र थी। फिर भी पता नहीं क्यों उस काल की प्रकृति-कविताएँ आकर्षित करती थीं। प्यारी लगती थीं।

बचपन की याद है। एक कविता थी; पाँचवें-छठे दर्जे की अनेक पाठ्यपुस्तकों में अवश्यमेव रहती थी। श्रीधर पाठक को महत्त्वपूर्ण प्रकृति-प्रेमी कवि माना जाता है, पर यह कविता उनसे भी पहले की थी। भारतेन्दु गोष्ठी के प्रख्यात निबन्धकार बालमुकुन्द गुप्त की। सीधी-सादी पर बाल मन को छूनेवाली। आज तक मन में बसी हुई है।

आ आ प्यारी वसन्त, सब ऋतुओं में न्यारी
तेरा शुभागमन सुन फूली केसर-क्यारी
सरसों तुझको देख रही है आँख उठाये
गेंदे ले ले फूल खड़े हैं सजे सजाये

आगे कविता में वर्णन था कि पेड़ हाथ उठा कर डालें हिला कर वसन्त को बुला रहे हैं। नीबू, नारंगी वातावरण को महका रहे हैं। अनार कलियों की दूरबीन लगा कर वसन्त की बाट जोह रहे हैं, आगे जनजीवन का चित्रण था। लड़के-लड़कियाँ किस तरह जंगली फूल बटोरते घूम रहे हैं। ढाक (पलाश) के पेड़ पर चढ़ कर बच्चे झूला झूल रहे हैं। किसान मिल कर खेतों पर जा कर सरसों के फूल तोड़ रहे हैं।

पर कवियों की यह सम्पृक्तता केवल वसन्त ऋतु तक सीमित नहीं थी। श्रीधर पाठक ने हेमन्त ऋतु का कैसा प्यारा चित्रण किया :

बीता कातिक मास, शरद का अन्त है
लगा सकल सुखदायक ऋतु हेमन्त है
ज्वार बाजरा आदि कभी के कट गये
खलिहानों से सभी किसान निबट गये
सुघर सौंफ सुन्दर कुसुम की क्यारियाँ
सोआ पालक आदि विविध तरकारियाँ।

बहुत सादा; आलोचक गण कहेंगे कि इतिवृत्तात्मक वर्णन है यह, लेकिन पता नहीं क्यों मेरे जैसे शहरी मनवाले व्यक्ति को भी यह वर्णन तरोताजा कर जाता था।

इस इतिवृत्तात्मक दौर के बाद आया छायावाद का दौर। एक सुमित्रानन्दन पन्त को छोड़ कर छायावाद के अन्य कवियों ने रहस्यवादी प्रभाव के कारण प्रकृति को प्रतीकात्मक रूप में ही लिया। रजनी, पारिजात, सूर्यास्त, तारे सभी कवि की तथाकथित छायावादी एवं रहस्यवादी भावनाओं को अभिव्यंजित करने लगे। गेंदे के फूल या तरकारियों का जिक्र तो कल्पित ही नहीं किया जा सकता था। छायावाद

काल के बाद के गीतकारों पर भी लगभग वही प्रभाव रहा। हाँ, कहीं-कहीं अपवाद जरूर मिल जाते हैं।

सहज स्वाभाविकता की ओर पन्त जी ही लौटे अपनी काव्य रचना के उस दौर में जब उन्होंने 'ग्राम्या' लिखी, 'ग्राम श्री' की कुछ पंक्तियाँ सुनिये :

> महके कटहल मुकुलित जामुन, जंगल में झरबेरी झूली
> फूले आड़ू, नींबू, दाड़िम, आलू, गोभी, बैंगन, मूली
> पीले मीठे अमरूदों में अब लाल लाल चित्तियाँ पड़ीं
> पक गये सुनहले मधुर बेर, अंवली ने तरु की डाल जड़ी
> लहलह पालक, महमह धनिया, लौकी औ सेम फली फैली
> मखमली टमाटर हुए लाल, मिरचों की बढ़ी हरी थैली

इसके कुछ ही समय बाद शुरू होता है नयी कविता का दौर। आधुनिकता के शोर-शराबे और सैद्धांतिक उठापटक के बावजूद प्रकृति-कविता की ओर नयी कविता फिर सहजता और वैविध्य के साथ लौटी। अज्ञेय, गिरजाकुमार माथुर, नरेश मेहता, धर्मवीर भारती, सर्वेश्वर, और केदारनाथ सिंह की कविताएँ अभी पाठकों के जेहन में ताजा होंगी। नयी कविता आन्दोलन और तीनों सप्तकों से अलग मध्यप्रदेश के रामविलास शर्मा अवश्य प्रकृति से जुड़े रहे। लेकिन किस तरह वह सन्दर्भ छठे दशक में धुँधला पड़ने लगा, यह अभी ताजा बात है। सातवें और आठवें दशक में तो कविता पर एक महानगरीय शहरी आतंक छा गया और प्रकृति से अनुप्रेरित हो कर लिखना एक गँवारू, रोमांटिक बात समझी जाने लगी। दूसरी ओर एक अन्य विचारधारा की आक्रामक शब्दावली एक रूढ़ि बन कर कविता पर छा गयी।

वर्तमान कविता को देखिए। पचास पत्रिकाएँ उठाइए। लघु पत्रिकाएँ भी और बहु प्रसारवाली लोकप्रिय पत्रिकाएँ भी। कविता का वही नीरस, बौद्धिक, बड़बोला अन्दाज। जो मन को तरोताजा कर जाय, मौसम की खुमारी दे जाय, ऐसी कविताएँ ढूँढ़ने पर भी शायद ही मिलें, एक-दो मिल जायें तो बड़ी बात समझिए।

आखिर हुआ क्या ? क्या हिन्दी के काव्य-संसार में अब आम नहीं बौराते ? क्या डालें फल-फूल से नहीं लदतीं, क्या खट्टी-मीठी खुशबुएँ दोपहर की हवा में नहीं बह कर आतीं ?

या आज भी यह सब होता है पर कवि का मन कहीं सहज रसग्राही नहीं रहा। सहज स्वाभाविक अनुभूतियों से अनुप्राणित होने के बजाय बेचारा कवि या तो अफसरशाही की काव्य शैली की नकल करने या अपनाने या चन्द वामपक्षी आलोचकों से अनुकूल फतवे पाने की चिन्ता में जवानी आने के पहले ही बूढ़ा होने लगता है। कारण सचमुच मेरी समझ में नहीं आता। पर इतना जरूर स्पष्ट है कि हिन्दी कविता में इधर कितने ही वर्षों से वसन्त ने आना बन्द कर दिया है।

इक चाँद का ये किस्सा

बात है बरसों पहले के रूस की। क्रान्ति हुए कई दशक हो चुके थे, पर धरती तो वही थी, मौसम भी वही थे। हरी नरम दूब के मखमली गलीचे, मीलों तक फैले हुए गर्मी के मौसम में चरवाहे, किसान, अल्हड़ छोकरे अपने घोड़े दौड़ाते हुए इन्हीं सब्ज चरागाहों में सैर-सपाटा करते, तरह-तरह के खेल और नाच और स्वाँग करते। घोड़ों की टापें, लोकगीतों के स्वर, कभी-कभी चुनौतियाँ और गाली-गलौज भी। गुंजान हो उठते थे चरागाह और मदमत्त हो उठते थे अपने-अपने घोड़ों पर जवान छोकरे।

इन्हीं में एक सुन्दर-सा लड़का था। कैशोर्य पार कर जवानी में प्रवेश करता हुआ। वह कभी-कभी बेहद वाचाल हो उठता और फिर अकस्मात् चुप हो जाता। किसी नुक्कड़ पर रुक कर किसी फूलभरी झाड़ी को निहारता, कभी किसी फूल के झाड़ को कुचलने से बचाने के लिए अपने घोड़े को अचानक कुदाता, पर सबसे ज्यादा विचलित नजर आता था जब पास में कोई छोटी झील, पुराना तालाब या कच्चा पोखरा हो—चाँदनी रात में आईने की तरह झिलमिलाता हुआ।

क्यों विचलित होता था वह ? सुनिए उसी के शब्दों में "रात के वक्त इन खामोश तालाबों, झीलों में चाँद इस तरह झलकता था गोया अभी झुककर पानी में हाथ डाल कर, उसे चाँदी की तश्तरी की तरह निकाल लो। प्यासे घोड़े जब पानी पीने के लिए मुँह बढ़ाते तो मैं काँप उठता कि हे राम ! ये घोड़े चाँद को पी जायेंगे। मैं बेबस रुआँसा खड़ा रहता, लेकिन जब देखता कि घोड़े का मुँह लगते ही पानी में लहरें पैदा हो गयी हैं और उन लहारों में तैरता हुआ चाँद छिटककर दूर चला गया है तो मैं ताली बजा कर नाच उठता, बच गया, चाँद मेरा बच गया।"

उस समय किसे मालूम था कि यह गाँव का मनमौजी छोकरा आगे चल कर रूस का सबसे लोकप्रिय कवि बनेगा, और किसे मालूम था कि जब वह शोहरत

के शिखर पर होगा तो उसे आत्महत्या करनी पड़ेगी, क्योंकि वह अपने चाँद को सरकारी घोड़ों के राजनीतिक जबड़ों से नहीं बचा पायेगा।

इस भावुक नर्मदिल लेखक का नाम था—सर्जी एसेनिन।

उसकी आत्महत्या को लेकर कई तरह की बातें कही गयीं। सबसे पहला तो वही आरोप था जो अपनी नासमझी को, अपने अपराधबोध को छिपाने के लिए तथाकथित वामपंथी आलोचक लगाते हैं। यानी कि वह क्रान्ति के असली अर्थ नहीं समझ पाया, व्यक्तिवादी हो गया। विदेशी प्रभावों में आ गया, वगैरह-वगैरह। इस बीच में दो दुर्भाग्य और हुए। उसने 'इमेजिज्म' का आन्दोलन चलाया जिसे चलने नहीं दिया गया। दूसरे उसने अपने समय की प्रख्यात नर्तकी आइसाडोरा डंकन से विवाह किया। वह विश्वविख्यात थी। उसके साथ एसेनिन ने कई विदेश यात्राएँ कीं। शादी तो टूट गयी पर विदेश यात्राओं के कारण उस पर सन्देह किया जाने लगा। कहते हैं निराशा और अकेलेपन की वजह से वह बहुत पीने लगा था और उसका स्वांस्थ्य चौपट होने लगा, लेकिन उस पर कट्टरपंथी आलोचकों के हमले जारी थे। नवम्बर, 1925 में उसकी तबीयत इतनी बिगड़ गयी कि मॉस्को के एक अस्पताल में उसे भर्ती कराया गया। लेकिन मॉस्को में उसके विरोधियों का जमावड़ा था, उससे बचाने के लिए उसके मित्र उसे लेनिनग्राड ले गये जहाँ वातावरण अधिक उदार था। इरादा था कि कुछ दिनों लेनिनग्राड में रखकर वसन्त ऋतु आते ही उसे मैक्सिम गोर्की (लेखकों के लिए एक सुरम्य स्थल) ले जायेंगे।

लेकिन वह दिन नहीं आना था। 27 दिसम्बर, 1925 की रात को एसेनिन ने आत्महत्या कर ली। पहले तो सन्नाटा छा गया, लेकिन बाद में धीरे-धीरे विरोध की आवाजें उठने लगीं। कम्युनिस्ट पार्टी की ओर से कहा गया कि ये विरोध करने वाले लोग एसेनिन के हितैषी नहीं हैं, बल्कि उसकी मौत का बहाना लेकर पार्टी का विरोध कर रहे हैं।

उस समय पार्टी का पक्षधर और वामपंथी आलोचकों का सरचढ़ा कवि था मायकोवस्की। जलती, धधकती क्रान्ति की गरमागरम कविताएँ, क्रान्तिकारी आक्रोश मायकोवस्की के लेखन की विशेषताएँ थीं। मायकोवस्की ने एक कविता लिखी एसेनिन के प्रति जिसमें उसने पार्टी की नीति के अनुसार एसेनिन को तो श्रद्धांजलि दी पर उसकी सहानुभूति में पार्टी की निन्दा करनेवालों की भर्त्सना की। इतिहास का व्यंग्य है कुछ वर्षों बाद लगभग उन्हीं हालात में मायकोवस्की ने भी आत्महत्या कर ली।

इतिहास और विश्व संस्कृति के लिए यह एक बड़ी शुभ बात हुई कि धीरे-धीरे सोवियत रूस को इस बौद्धिक यातना शिविर से मुक्ति मिली। और मुक्त हो कर गर्बाचोव के नेतृत्व में उसने शान्ति, स्वातन्त्र्य और मानवमुक्ति के लिए जो साहसी कदम उठाये उनको सारा संसार सुखद आश्चर्य से देखता रहा। इस नये वातावरण

में दलगत राजनीति से प्रेरित छद्म लेखन के बजाय सच्चे, ईमानदार, हृदय को स्पर्श करनेवाले लेखन को उसकी सही गरिमा प्राप्त होगी ऐसी आशा की जा सकती है। इस आशा को एक नया बल मिला जब पिछले दिनों मैंने देखा कि लगभग भुलाये जा चुके सर्जी एसेनिन की कविताओं का शानदार संग्रह निकला है जिसके साथ उसका संक्षिप्त जीवनवृत्त भी है। और प्रकाशक आप जानते हैं कौन है ? प्रोग्रेस पब्लिशर्स, मॉस्को। बधाई मॉस्को। उम्मीद है कि जो स्वातन्त्र्य मंडित सृजन-चेतना का प्रकाश तुम्हें मिला है, उसकी कुछ किरणें उनको भी मिल पायेंगी जो भारत में वामपंथ के नाम पर छद्म साहित्य के आगे नहीं बढ़ पा रहे। पर दुर्भाग्य है कि कुछ ही दिनों में रूस के विघटन का संकट आ गया।

खैर छोड़िए, आपको एसेनिन की एक कविता सुनाएँ। यह कविता आज से 30, 35 वर्ष पहले मैंने अनूदित की थी और 'देशान्तर' में छपी थी।

शिशिर

निरभ्र शिशिर में घाटियाँ नीली पड़ी हुई, काँपती हुई।
नालजड़े टापों की तीखी टपटप
सूखी घासें फूले लहंगे लपेटे इकट्ठी हो कर
ताँबे के पत्ती-पैसे लुटा रही हैं।
हवा में झूमती डालियों से।

निर्जन गह्वरों से पतला मेहराब उठ रहा है
कोहरे घुँघुरा आये हैं हवाओं में
और काई की तरह फैल रहे हैं।
और शाम बहुत पास झुक कर
पियराई नदियों के स्वच्छ जल में
अपने ठण्ड से नीले पड़े पाँव धो रही है।

शहनाई बड़े भोर की

बहुत सुबह, तड़के सुबह, जब उजाला आ जाता है पर सूरज नहीं उगता, उसे भोर कहते हैं। पर एक और समय होता है उससे भी पहले का जब उजाला भी पूरी तरह नहीं आता, पर अँधेरा बहुत पतला पड़ने लगता है, तब तक होती नहीं है, पर लगता है कि अब भोर होनेवाली है। रात का कोई एक पखेरू विदा की पुकार लगाता पेड़ों के पार चला जाता है, बस वही एक आवाज सन्नाटे को तोड़े तो तोड़े, वरना घनघोर सन्नाटा होता है उस समय। उस समय को कहते थे भोरहस।

लेकिन मेरे मुहल्ले में अगर भोरहरे में ही शहनाई की स्वरलहरी नींद तोड़ जाये और उस टूटी नींद की अलसाहट में मन्दिर की घंटियों की खनक भी सुनाई पड़ जाये तो हम लोग समझ लेते थे कि आज शिवरात्रि है। कौन-सा पर्व था जो मुहल्ले में धूमधाम से नहीं मनता था ? होली, दीवाली, धनतेरस, जन्माष्टमी। सब में खासी धूमधाम रहती थी। लेकिन शहनाई सिर्फ शिवरात्रि पर बजती थी। कारण मुहल्ले के बुजुर्ग बताते थे कि "यह शिव जी और पार्वती जी के बियाह का दिन है। इसीलिए शहनाई बजती है। अरे पहले तो एक रईस रहें। ऊ सुलेम सराय से आवत रहें लोकनाथ, और पूरा बैंड बाजा बजवावत रहें।" हमारे मुहल्ले के प्रमुख शिव मन्दिर के देवता लोकनाथ कहलाते थे।

बचपन में अक्सर मैं आश्चर्य करता था कि कैसे हैं शिव जी, जन्माष्टमी और रामनवमी की तरह इनके जन्मदिन पर कोई उत्सव नहीं मनता। कोई और अवसर नहीं याद किया जाता। केवल इनकी शादी का दिन लोग याद करते हैं। पर याद करने का भी क्या विचित्र ढंग। उनके लिए तो शहनाई बजवाते हैं और स्वयं व्रत रखते हैं। वह भी पूरे चौबीस घण्टे का। कुछ फलाहारी व्रत रखते हैं, कुछ निराहारी या कोई-कोई निर्जल व्रत भी। उनकी शादी की खुशी में खुद भूखे रहने का कोई गहरा प्रतीकात्मक अर्थ तो होगा ही। पर मैं न तब खोज पाया था न अब ? और

सिर्फ यही क्यों, कितनी चीजें हैं शिव की कल्पना में जो चमत्कृत कर जाती हैं। पशुपतिनाथ हैं, संसार भर के हर प्रकार के पशुओं के स्वामी। लेकिन वाहन न बाघ है न चीता, न हाथी, न घोड़ा, साथ ले कर चलते हैं बैल को, बाघंबर लपेटे, गले में साँप की माला पहने, पूरे शरीर पर भस्म रमाए, विचित्र वेष। ऐसे रूप को देख कर कौन कल्पना कर सकता है कि उनका परिवार होगा और पूरी गृहस्थी होगी। पूरे घरबारी हैं। बायीं ओर पार्वती और आसपास खेलते स्वामी कार्तिकेय और विघ्न विनाशक गणपति। इतने दयालु कि जो चाहे माँग लो, औढर दानी कहलाते हैं और क्रोध इतना कि अगर तांडव मुद्रा में पैर पटकना शुरू कर दें तो सारे संसार में प्रलय आ जाये। और सबसे अद्‌भुत आयाम यह है कि भस्म, सर्प और कौड़ियों के अनाकर्षक शृंगारवाले देवता के दाम्पत्य का शृंगार वर्णन या चित्रण जब होता है तो वह भी पराकाष्ठा पर होता है। कालिदास के 'कुमारसंभव' से ले कर खजुराहो के मन्दिर तक उनके दाम्पत्य का चित्रण है। लेकिन यह भी नहीं कि 'काम' उन पर हावी हो। काम को तो एक ही देवता ने भस्म किया है—वे हैं शिव।

इस प्रसंग का कुछ-कुछ प्रतीकार्थ आभासित होता है। मुझे यह लगता है कि इस मिथक के द्वारा एक पूरा जीवन-दर्शन प्रतिपादित किया गया है—वह यह कि अपनी सहज प्रवृत्तियों (चाहे वह काम-वृत्ति ही क्यों न हो) को मारो मत, लेकिन उनके दास भी न बनो। जीवन के सहज प्रवाह में उन्हें आने दो, फलीभूत होने दो, पर यदि वे निरंकुशता से हावी होने लगें तो उन्हें भस्म कर देने की तेजस्विता और आत्मनियंत्रण भी रखो।

असल में भारतीय जीवनदर्शन की परम्परा की अनेक प्रवृत्तियों में एक प्रवृत्ति बहुत प्रबल रही है। वह यह कि मुक्ति का मार्ग आत्मदमन का मार्ग है। अपनी इच्छाओं को दबाओ, अपनी सहज प्रवृत्तियों को दबाओ, अपनी लौकिक महत्वाकांक्षाओं को नष्ट कर दो। निषेध, निषेध, निषेध, हर चीज का निषेध; वैदिक काल और उपनिषदों या आरण्यकों तक तो यह विचारधारा इतनी प्रबल नहीं थी। लेकिन बाद में कब और किन ऐतिहासिक कारणों से यह निषेधात्मक जीवनदर्शन इतनी प्रबलता से प्रतिपादित हुआ, यह शोध का विषय है। लेकिन आठवीं और बारहवीं शताब्दी के बीच अनेक ऐसे सम्प्रदाय, अनेक ऐसी विचारधाराएँ उभरीं, जिन्होंने जीवन को पुनः सहजता के धरातल तक ले आने का प्रयास किया। एक तो थी भक्ति की धारा जिसने काम, क्रोध, लोभ, मोह सब को स्वीकार किया लेकिन यह भी कहा 'काम क्रोध मानादिकम् तस्मिन्नेव करणीयम्' यानी काम, क्रोध, मान ये सब करो मगर ये भक्ति भावना से परिशोधित कर कृष्ण को ही अर्पित कर दो। वैष्णव भक्ति से अलग थी शैवागमों की धारा। उसके अन्तर्गत शिव की देव-कल्पना में वह सब जुड़ता गया जो जीवन की प्रवृत्तियों को दबाने नहीं वरन् उन्हें खुल कर जीने की प्रेरणा देता है। एक प्रतिबन्धित, दबा-घुटा भयभीत जीवन नहीं, एक ऐसा सशक्त

मुक्त सहज जीवन जो प्रवृत्तियों को खुल कर जीता है पर उनसे आक्रान्त नहीं होता है न उसमें अहंकार पनपने पाता है। अहंकार को शमित करती हैं पार्वती जब वे स्वयं महिषासुर मर्दिनी दुर्गा का रूप धारण करती हैं, या शिव के तांडव को लास्य से सन्तुलित करती हैं। तांडव के समक्ष लास्य, आक्रामकता के समक्ष सुकोमल संवेदना की स्थापना है। यह न केवल एक चरम विरोधाभास के सार्थक सन्तुलन की स्थिति है वरन् पुरुष तत्त्व और स्त्री तत्त्व के चरम मिलन के द्वारा मानव जीवन की सम्पूर्णता का द्योतक है। उस एकात्म की चरम कल्पना का प्रतिफलन है शिव का अर्द्धनारीश्वर रूप। इस विलक्षण एकात्म्य का पर्व शिवरात्रि अगर विलक्षण रूप में मनाया जाये तो इसमें आश्चर्य की बात क्या ? लोकमानस तो उसके प्रति कृतज्ञ होगा ही जिसने निषेधात्मक नीरस जीवन पद्धति के बजाय नियन्त्रित पर सहज प्रवाह से बहनेवाले जीवन की प्रेरणा दी हो।

लेकिन उस प्रवाह में कहीं भी फिसलन नहीं है। कामुकता का विलास नहीं है, जीवन का एक स्वस्थ स्वीकार है। इसलिए जब तन्त्रों की आड़ ले कर भारत में कामुकता को बढ़ावा देनेवाले अनेक सम्प्रदाय सामान्य जन को स्त्रैण और कायर बना रहे थे, उस समय गुरु गोरखनाथ शिव का ध्यान कर उठ खड़े हुए, न केवल उन्होंने वैसे पतनोन्मुख सम्प्रदायों का विरोध किया वरन् सशस्त्र योगी, संन्यासियों के अखाड़े कायम किये, उनका संगठन किया और देश को एक बड़े संकट से बचाया, संस्कृति को पुनः सही दिशा की ओर मोड़ा। और यह सब उन्होंने किया शिव की प्रेरणा से।

शृंगार के अधिष्ठाता शिव सम्पूर्ण ब्रह्मचारी और वैराग्य के भी अधिष्ठाता थे, गोरखनाथ द्वारा संगठित देशरक्षक ब्रह्मचारी शस्त्रधारी साधुओं के भी उपास्य। साधु ही क्यों, हँसते-हँसते प्राणोत्सर्ग करनेवाले रणबांकुरे राजपूतों का भी युद्ध-घोष क्या था ? 'हर हर महादेव !'

केवल मध्य काल ही नहीं, आधुनिक युग तक, उनसे जुड़े प्रतीक बार-बार कवि-कल्पना में लौटते रहे हैं, जब 'कामायनी' में प्रसाद जी मनु पुत्र मानव की इतिहास यात्रा की परिकल्पना करते हैं तो वहाँ यात्रियों के हाथ में त्रिशूल है और बगल में धर्म रूपी वृषभ :

> चलता था धीरे-धीरे
> वह एक यात्रियों का दल
> सरिता के रम्य पुलिन में
> गिरिपथ से ले निज सम्बल
> था सोम लता से आवृत
> वृष धवल धर्म का प्रतिनिधि

घंटा बजता तालों में
उसकी थी मन्थर गतिविधि
वृष रज्जु वाम कर में था
दक्षिण त्रिशूल से शोभित
मानव था साथ उसी के
मुख पर था तेज अपरिमित

लक्ष्य की खोज में यात्रियों का यह दल युग-युगों से इतिहास की पगडंडियों पर चल रहा है, चलता चला जा रहा है, आज भी। अभी भोर नहीं हुई पर अँधेरा पतला पड़ने लगा है। आँखों और शब्दों और दिमागों पर कसी हथकड़ियाँ खोली जाने लगी हैं, देशों को बाँटनेवाली नकली (बर्लिन की) दीवारें टूट रही हैं, इतिहास का भोरहरा है और शहनाई बजने लगी है—लोकनाथ (सामान्य जन के नाथ) के मन्दिर की शहनाई। संघर्ष की नहीं, संकीर्णता की नहीं—बल्कि समरसता की शहनाई :

समरस थे जड़ या चेतन, सुन्दर साकार बना था,
चेतनता एक बिलसती, आनन्द अखण्ड घना था।

—कामायनी

दहशत से निकलते हुए

"लेकिन यह सब अकस्मात् 1989 में ही क्यों ?" यह क्या रहस्य है कि चीन में विद्रोह का झंडा फहराते, स्वातन्त्र्य की माँग करते युवा छात्र लाखों की तादाद में निकल आते हैं। उसके कुछ ही पहले सोवियत रूस 'ग्लौसनास्त' और 'पेरेस्त्रोइका' की घोषणा करता है। और चार-पाँच दशकों से बहुचर्चित बर्लिन की दीवार टूटती है। उसी के तुरत बाद भयंकर तानाशाही के खूनी-शिकंजों में चालीस-पचास बरस से खामोश कसमसाती रूमानिया की जनता विद्रोह कर उठती है, इस सीमा तक है उनकी कटुता कि वे न केवल तानाशाह को प्राणदंड देते हैं पर उनमें से कुछ तो कम्यूनिस्ट पार्टी पर ही प्रतिबन्ध लगा देने की पेशकश करते हैं। पोलैंड में वे नेता लौट कर आते हैं जिन्हें निर्वासित कर दिया गया था और आते ही वे कम्यूनिस्ट पार्टी का एकाधिकार समाप्त कर बहुपार्टी प्रणाली के प्रजातंत्र की माँग करते हैं, चकोस्लोवाकिया में दुबचेक लम्बे निर्वासन के बाद लौट कर आते हैं।

दुबचेक के नाम पर याद आया आपका सवाल कि "यह सब अकस्मात् 1989 में ही क्यों ?" नहीं, यह जो हुआ वह अकस्मात् नहीं हुआ। स्तालिन के मरने के बाद जब ख्रुश्चेव ने स्तालिनशाही का भंडाफोड़ करते हुए पहला सनसनीखेज भाषण दिया था तभी लगने लगा था कि अब कुछ होगा। लेकिन यह आशा निराशा में बदल गयी। दुबचेक ने चेकोस्लोवाकिया में पहली बार 'मानवीय चेहरेवाला साम्यवाद' (कम्यूनिज्म विद ऐ ह्यूमन फेस) का प्रयोग शुरू किया था, लेकिन बजाय उसका स्वागत करने के, सोवियत रूस ने चेकोस्लावाकिया पर हमलावर टैंक भेज दिये थे। स्वाभिमानी, बहादुर चेक जनता ने, निहत्थी जनता ने टैंकों के नीचे कुचल कर उन्हें रोकने का प्रयास किया था।

सोवियत उपनिवेशवादियों ने जिस निरंकुशता से उस छोटे से देश के स्वाभिमान और स्वातन्त्र्य-कामना को कुचला था, समकालीन इतिहास के विद्यार्थी

उसे भूले नहीं होंगे। पाठकों को याद होगा कि हमारे प्रतिष्ठित लेखक निर्मल वर्मा उस समय चेकोस्लोवाकिया की राजधानी प्राहा में ही थे। दुबचेक के साहसी प्रयोग, उस देश की जनता का वसन्ती उल्लास, उसके बाद अचानक सोवियत टैंकों का आगमन, निहत्थी जनता का निष्फल विद्रोह और अंत में पराजित, एकाकी दुबचेक का निर्वासन, इस पूरे घटनाक्रम पर निर्मल वर्मा का वह धर्मयुग में प्रकाशित मर्मस्पर्शी रिपोर्ताज आज तक याद है।

पर विद्रोहों का इतिहास और स्तालिनशाही द्वारा उन्हें कुचलने जाने की कथा और भी पुरानी है। एक दूसरे छोटे से, लेकिन रंगारंग संस्कृति से समृद्ध देश हंगरी के निर्वाचित अध्यक्ष इमरे नाज को किस तरह सैन्य शक्ति के सहारे पहले गिरफ्तार किया गया, फिर बिना उनको अपना पक्ष बताने का मौका दिये उनको जनशत्रु और देशद्रोही घोषित किया गया, किस प्रकार जहाँ वे नजरबन्द थे उसी इमारत में निहत्थे इमरे नाज की हत्या कराई गयी, उस हत्या को आत्महत्या बता कर इस जघन्य कृत्य को ढँकने की कोशिश की गयी। इसका पूरा हाल न केवल तत्कालीन अखबारों में बल्कि हंगरी के विद्रोह पर लिखे अनेक संस्मरणों और ग्रन्थों में आ चुका है। बड़ा कारुणिक और लोमहर्षक प्रसंग है वह, मुझे याद है कि लगभग 20 वर्ष पहले जब मैं पी. ई. एन. के आमन्त्रण पर हंगरी गया था, तब वहाँ लोग खामोश थे। लेकिन उनके अन्दर ही अन्दर विद्रोह की आग सुलग रही थी। रूसी सेना हंगरी में थी। लेकिन छिप कर अन्दर जंगलों में डेरा डाले पड़ी थी। मेरा हंगेरियन गाइड मुझे डैन्यूब के दोनों किनारों पर बसे बुडा और पेस्ट नगर-द्वय की सैर करा रहा था। अकस्मात् उसने गाड़ी मोड़ी और मुझसे कहा कि "आपको एक इमारत दिखाने ले चल रहा हूँ।" छोटी गलियों में से गाड़ी मोड़ कर वह एक अपेक्षाकृत सुनसान मोहल्ले में ले आया। बायीं ओर बनी एक अँधेरी-सी इमारत दिखा कर उसने कहा, "उसे देख लीजिए।" उस साधारण-सी अँधेरी पड़ी इमारत में कुछ भी तो नहीं था देखने को, और मैं देखता भी कैसे ? उसने वहाँ गाड़ी रोकी ही नहीं। मैंने गाड़ी रोकने को कहा तो उसने गाड़ी और तेज कर दी। कुछ दूर जा कर उसने कहा, "गाड़ी वहाँ रुकती तो रूसी खुफिया हमारे पीछे लग जाते।" "क्यों", मैंने पूछा तो उसने टोपी उतारकर इमारत की दिशा में सिर झुकाते हुए कहा, "उसी घर में इमरे नाज को नजरबन्द किया गया था। वहीं इन रूसियों ने उन्हें मार डाला। हमारे लिए तीर्थ है वह जगह, पर वहाँ गाड़ी नहीं रोक सकते।"

आज भी क्या रूसी अत्याचारों से पीड़ित ये देश इन पीड़ाओं को भुला पाये हैं, क्या 'ग्लासनोस्त' ने इन्हें आश्वस्त किया है ?

आइये पहले चेकोस्लोवाकिया से ही गवाही लें। आपको शायद मालूम होगा चेकोस्लोवाकिया में प्रजातांत्रिक चुनाव द्वारा जो राष्ट्रपति चुने गये हैं श्री हावेल, वे स्वयं एक लेखक हैं, जो निर्वासित कर दिये गये थे। अपने छोटे पर पैने नाटकों

द्वारा वे बंदिशों के दौरान भी स्वातन्त्र्य की आवाज उठाते रहे। वाक्लाव हावेल की ही तरह एक दूसरा लेखक था लुडविक वाकुलिक जो छोटे व्यंग्य-गर्भित निबन्ध लिखता था। पर हावेल के नाटक और वाकुलिक के निबन्ध छापता कौन ? प्रकाशन संस्थान तो सारे कम्यूनिस्ट सरकार के अधीन थे। वाकुलिक ने एक तरीका निकाला। उसने ऐसी विद्रोही कृतियों की दस प्रतियाँ टाइप कीं। उन्हें साधारण बुक-पोस्ट से दस लेखकों को भेजा, इस प्रार्थना के साथ कि वे भी दस प्रतियाँ टाइप कर और दस लेखकों को भेज दें। यह क्रम चलता रहा और सैकड़ों लेखकों में खुली डाक द्वारा भेजे जानेवाले इस गुप्त साहित्य की गर्म चर्चा होने लगी। उनके बुझे दिलों को एक नया सहारा मिला। अभी कुछ दिनों पहले लुडविक वाकुलिक के निबन्धों का एक नया संग्रह छपा है, जिसकी भूमिका नाटककार, समीक्षक, राष्ट्रपति हावेल ने लिखी है। इसमें वाकुलिक का बहुत हाल का लिखा लेख भी है 'ग्लासनास्त' पर। आप जानना चाहेंगे उसने क्या लिखा है ? सुनिये :

"भ्रष्टाचारी मंत्रियों पर मुकदमे, उन्हें जेलखाना या सजाए मौत, खुफिया पुलिस के अधिकारी को सही समाचार दबाने के इल्जाम में बर्खास्तगी, कारखाने के कामगारों को प्रबन्धकों से बहस मुबाहिसा करने का अधिकार, कोका कोला पीने की अनुमति, 'स्वाभिमान' और 'अंतरात्मा' इन शब्दों की पुनःप्रतिष्ठा। रूस से आनेवाली इन आश्चर्यजनक खबरों से अखबार भरे रहते हैं।

मैं इन्हें पढ़ता हूँ पर खुशी से उछल नहीं पड़ता क्योंकि सोशलिस्ट होने के नाते मुझे अब भी इन लोगों की मंशा पर कुछ-कुछ सन्देह है और चेक नागरिक होने के नाते तो मुझे ये रूसी कारनामे कुछ-कुछ उपहासास्पद भी लगते हैं। कौन-सा ऐसा चमत्कार कर रहे हैं ये रूसी। जिन बातों को बड़ा इन्क्लाबी मान कर ये इस कदर उछलकूद रहे हैं, वे गैर-कम्यूनिस्ट दुनिया में कब से आम बात बन चुकी हैं। 1968 में जब चेकोस्लोवाकिया में मानवीय अधिकारों को मान्यता देनेवाला राजनीतिक वसन्त आया था तब इन्हीं रूसियों ने हमारे साथ क्या व्यवहार किया था और उन्हीं हमारी बातों को ले कर अब अपना ढोल पीट रहे हैं। गोया इन्होंने कोई बड़ा मैदान मार लिया हो, "हम सारी दुनिया से बेहतर हैं" यह रूसियों की बुनियादी खामखयाली रही है। इस समय वे वही सब कर रहे हैं जो 1968 में हम लोगों ने किया था। मगर आज उस पर शोर इस कदर मच रहा है कि जाने क्या करिश्मा हो रहा है। हमारी चेक जनता दुविधा में है। लोग एक-दूसरे से पूछते हैं कि इस सब में हम कहाँ हैं ? हमारी स्थिति क्या है ?"

न केवल वाकुलिक वरन् अनेक अन्य यूरोपीय लेखक भी यह कह रहे हैं कि वास्तव में रूस एक पिछड़ा हुआ देश है। न केवल आर्थिक सम्पन्नता में वरन् सांस्कृतिक मूल्यों में भी। गोर्बाचेव का साहस इस बात में है कि उन्होंने इस तथ्य को पहचाना है और समय रहते उन्होंने रूस के पिछड़ेपन तथा उसकी साम्राज्यवाद

मनोवृत्तियों की अनुपयोगिता जान कर उन्हें त्यागने की सही नीति अपनायी है। यूरोप के छोटे देशों के ये अधिकांश बुद्धिजीवी इस घटनाक्रम को केवल एक साम्राज्य के विघटन के रूप में ले रहे हैं। विशाल रूसी साम्राज्य जिसका सपना क्रान्ति से पहले जार ने देखा था और क्रान्ति के बाद स्तालिन ने। इन यूरोपीय लेखकों का विचार है कि कुछ साम्राज्य जातिगत श्रेष्ठता के आधार पर बने, कुछ धर्म के आधार पर बने। सोवियत रूस को अपने साम्राज्यविस्तार के लिए मार्क्सवाद का बहाना मिला, पर मूल प्रकृति में वह अन्य साम्राज्यों से अलग नहीं था। इसलिए आज सारे कम्यूनिस्ट संसार में जो हो रहा है, वह वही है जो किसी भी बड़े साम्राज्य के विघटन के समय होता है। चूँकि दूध का जला मट्ठा फूँक-फूँक कर पीता है, इसलिए वे अभी भी रूस के अन्दर होनेवाले इन परिवर्तनों को सन्देह की दृष्टि से देख रहे हैं और चूँकि वे सोवियत कम्यूनिज्म के अन्याय के शिकार कभी न कभी हुए हैं अतः वे इस समय ताना कसने या इस स्थिति का मजा लेने में भी नहीं चूक रहे हैं।

मजा लेनेवालों का वर्ग भी खासा बड़ा है। इसलिए कि लेखन और चिन्तन के क्षेत्र में एक खासा बड़ा वर्ग ऐसे लोगों का रहा है जो सोवियत नीतियों का अन्धानुसरण करते रहे हैं और यदि किसी ने भी स्वतन्त्र चिन्तन या व्यक्ति-स्वातन्त्र्य की बात की तो उसे वे अमरीकी एजेंट, प्रतिक्रियावादी, समाज-विरोधी तथा इसी प्रकार के अन्य विशेषणों से भूषित करते रहे हैं। उनकी आक्रामकता साहित्य के लिए काफी सरदर्द रही है। सहसा कम्यूनिस्ट संसार में जो कुछ हुआ है उससे ऐसे लोग काफी उलझन में पड़ गये हैं। वाकुलिक ने पूरी रूसी स्थिति को चेक होने के नाते उपहासास्पद कहा था, यह शायद अतिशयोक्ति भी हो या घायल चेक मानस का गुस्सा, पर हिन्दी साहित्य, बल्कि यूँ कहें कि भारतीय साहित्य में अनेक उग्र आक्रामक समीक्षकों की स्थिति जरूर हास्यास्पद-सी हो गयी है।

इस स्थिति पर एक संक्षिप्त पर चुटीली टिप्पणी देखने को मिली। 'कहानियाँ', के नये अंक में। हिन्दी में बिना किसी दलगत पक्षधरता या बिना किसी सरकारी या अर्द्ध सरकारी मदद के, विशिष्ट कथाकार सत्येन कुमार पिछले चार-पाँच साल से स्तरीय कहानियों की यह पत्रिका निकाल रहे हैं। पठनीय कहानियों के अतिरिक्त इसमें सम्पादक की एक टिप्पणी नियमित रूप से रहती है। काफी सामयिक और सारगर्भित। इस बार की टिप्पणी ज्यों की त्यों उद्धृत करने का लोभ संवरण नहीं कर पा रहा हूँ :

''चीन की छात्र क्रान्ति को अभी बहुत दिन नहीं हुए, और अब पोलैंड, चेकोस्लोवाकिया, जर्मनी और अंततः भीषण नरसंहार के बाद, रूमानिया में जो नयी लोकतांत्रिक लहर आयी है उसने कई महत्त्वपूर्ण बातों को रेखांकित किया है। सबसे बड़ी बात जो इस घटनाक्रम से सिद्ध हुई है वह यह कि तानाशाही व्यक्तिवाद का ही परिणाम नहीं होती, साम्यवादी नारों को गला फाड़-फाड़कर चिल्लाने वाले भी

हिटलर की तरह हो सकते हैं, बल्कि उसके भी दो कदम आगे जैसा रूमानिया में चाउशेस्कू ने सिद्ध कर दिखाया। और अब शायद मार्क्सवादी कठमुल्लों को भी समझ में आये कि यदि समाज को बनाने और विकसित करने की प्रक्रिया व्यक्ति की इकाई से शुरू नहीं हो सकती तो समूह या समाज की तरफ से तो बिलकुल ही नहीं हो सकती। समूह या समाज को एक हद तक दबाया तो जरूर जा सकता है लेकिन अन्ततः जो आक्रोश या आन्दोलन उस दबाव को उखाड़ फेंकता है वह एक व्यक्ति के स्तर पर ही पैदा होता है और पनपता है।

भारतीय कम्यूनिस्टों, मार्क्सवादियों और जनवादियों के चेहरे आजकल उतरे हुए हैं, स्थिति हास्यास्पद इसलिए भी है कि अपनी नादानी और अधकचरेपन के कारण वे लोग इसे मार्क्सवाद की पराजय मान रहे हैं। कल तक जो गोर्बाचेव जैसे महामानव की ऐतिहासिक जागरूकता में भी चुन-चुन कर कीड़े निकाल रहे थे और इस सारे जन आन्दोलन के प्रति एक नपुंसक उदासीनता ओढ़े मार्क्सवाद के गुटके को हनुमान चालीसा की तरह रट रहे थे, शायद उन्हें अब भी समझ में आयें कि कार्ल मार्क्स ने जो कुछ भी कहा था उसमें व्यक्ति की स्वतन्त्रता, गरिमा, कालबोध और निरन्तर परिष्कृत होती सामाजिक चेतना सबसे पहली शर्तें थीं। साहित्य में भी हंसिया-हथौड़ा ले कर महज फोटो खिंचवाने यानी सर्वहारा के नाम पर कागजी शेर बन कर दहाड़ने से काम नहीं चलता और न ही उसकी कोई विश्वसनीयता बनती है विशेष कर तब जबकि पार्टी राष्ट्रीय स्तर पर 'म्यूजिकल चेयर' खेलने में मशगूल हो और धार्मिक अलगाववादी प्रवृत्तियों के साथ समझौते के लिए भी तैयार हो।''

वे अनाम बारह : ये अज्ञात दस

वे दस कौन थे ? क्या वे मॉस्को के ही साहसी युवा थे जो येल्तसिन की पुकार पर षड्यंत्रकारियों के खिलाफ गोर्बाचेव के पक्ष में मॉस्को की सड़कों पर निकल आये थे, या वे आस-पास के उपनगरों कस्बों या गाँवों से उमड़ कर मॉस्को आयी हुई भीड़ में से कोई थे। कॉलेज में पढ़ रहे थे, या पार्टी के कार्यकर्ता थे। या किसी फैक्ट्री के इंजीनियर या मजदूर थे, रूस के अद्यावधि वर्तमान से, उसकी भयानक आर्थिक दुर्दशा से आक्रांत युवा थे, या गोर्बाचेव की नयी मानववादी नीतियों 'ग्लौसनास्त' और पेरेस्त्रोइका के समर्थन में एक नये रूस का सपना देखनेवाले युवा थे–कोई नहीं जानता। खबरों में केवल इतना कहा गया–मॉस्को में येल्तसिन की पुकार पर हजारों लोग सड़कों पर निकल आये। पार्लियामेंट भवन की ओर बढ़ते हुए टैंकों पर चढ़-चढ़ कर नारे लगाते हुए इस्पात के जंगी टैंकों को मुट्ठियाँ बाँध कर घूँसे मार-मार कर उनका प्रतिरोध कर रहे थे। गोर्बाचेव को लांछित कर उसके विरोध में अपने को सच्चे जनवादी बतानेवाले षड्यंत्रकारी सत्ताखोरों में खून की प्यास जाग गयी थी। जनता के नाम गद्दी हड़पनेवाले इन नृशंसों ने पुलिस को हुक्म दिया कि जनता को गोलियों से भून दो और जो हत्याकाण्ड हुआ, उसमें 10 लोग मारे गये। वे चेतावनी देने के बावजूद टैंकों के सामने से हट नहीं रहे थे, पार्टी की वैचारिक गुलामी के विरोध में वैचारिक स्वतन्त्रता और प्रजातंत्र की बहाली के नारे लगा रहे थे। वे भागे नहीं, डरे नहीं, सीना तान कर अड़े रहे और अपने को कम्यूनिस्ट कहने वाली पुलिस की गोलियों ने उन्हें भून कर रख दिया। खबर में यह कौन बताता कि उनकी लाशों को उनके बिलखते माँ-बाप ले गये, या उनके साथियों ने उन्हें कहीं दफना दिया, या उनकी लाशें नदी में बहा दी गयीं। कुछ नहीं। वे कौन थे। दस अज्ञात लोग। इनमें से केवल तीन के नाम खबरों में आये, जिनकी याद में लोगों ने फूल चढ़ाये। मीडिया अखबार, न्यूज एजेंसी, दूरदर्शन, पार्टी

उद्घोषकों का रुख इनके बारे में जो भी हो, वे उनके लिए कुछ भी न हों पर कोई संवेदनशील कवि-चिन्तक, क्रान्तिद्रष्टा यही कहेगा कि गोर्बाचेव इतिहास-पुरुष हैं, येल्तसिन ने इस संकट के समय सच की पुकार सुनने और जनविरोधी षड्यंत्रकारियों के विरुद्ध खुला जन-आह्वान देने का जो साहस दिखाया है आश्चर्यजनक है, पर इन महापुरुषों के उद्यम से पुनः लौट आनेवाले प्रजातंत्र की विजय कथा को लिखने के लिए जिन्होंने अपना खून दिया, अपनी बलि दी, वे ही आधार हैं इस विजय स्तम्भ के—वे साधारण अज्ञात दस लोग !

इन अज्ञात दस लोगों की बात करते हुए मुझे जाने क्यों याद आते हैं वे अज्ञात बारह लोग जिनका जिक्र आज से लगभग पचहत्तर वर्ष पहले रूसी के महान् कवि अलेक्जेंडर ब्लाक ने किया था। जारशाही अँधेरे में डूबे हुए रूस का वह क्रान्ति-क्षण था जब उजाले की पहली रेखा क्षितिज पर दीखी थी। कहते हैं जिस लौटती हुई पराजित सेना ने जार के खिलाफ लेनिन की प्रेरणा से क्रान्ति का आह्वान दिया था उसकी पहली टुकड़ी में कुल बारह सैनिक थे जो हुक्म उदूली कर शहर के सन्नाटे में से गुजरे थे। उनके घोड़ों की टापें क्रान्ति की पहली पगचापें थीं। पूरा इतिहास लिखा गया, क्रान्ति का, क्रान्ति के बाद पार्टी के अन्दर के विवादों का, पुनर्निर्माण की योजनाओं का स्तालिन के आदेश पर कितने नाम इतिहास में जोड़े गये, कितने निकाले गये। कितनों के नाम भुला दिये गये···पर राजनीतिक ऊहापोह से अलग कवि ने इनका जिक्र किया, इन्हें कभी कोई भुला नहीं पाया पर ये बारह कौन थे। उनका नाम क्या था यह भी किसी को मालूम नहीं हुआ।

अलेक्जेंडर ब्लाक ने केवल कोई छोटी-सी कविता नहीं लिखी उसने इन बारह को केन्द्र बना कर एक छोटा प्रबन्धकाव्य ही लिख डाला, 'द ट्वेल्व'। उसकी चंद पंक्तियाँ सुनिये :

"दूर छूट गया है शहर का शोरगुल
खामोश अँधेरा नदी तट पर खड़ा कुछ सोच रहा है
अब यहाँ पुलिस का भय नहीं, हम खुशी मना सकते हैं कामरेड,
हालाँकि हमारी बोतलों में पीने के लिए एक बूँद भी नहीं
पर भूखे कुत्ते की तरह बुर्जुवाजी याचना कर रही है
शब्दहीन सवाल की तरह खड़ी
पुरानी व्यवस्था अनाथ पिल्ले की तरह
टाँगों में पूँछ दबाए भयभीत खड़ी है।"

ब्लाक मूलतः राजनीतिक विचारक नहीं था लेकिन बहुत संवेदनशील सशक्त कवि था। कविताएँ वह लिखता था प्रेम की, अज्ञात प्रेमिका के प्रति। लेकिन क्रान्ति ने जैसे उसे एक नयी संवेदना दे दी थी, अनुभूतियों का नया प्रकाश-पुंज मिल गया

था उसे।

रूसी क्रान्ति के विविध राजनीतिक इतिहास लिखनेवाले एक बात अक्सर भूल जाते हैं, सदा से रूसी जनता गहरी धार्मिक आस्थाओंवाली, आध्यात्मिक झुकाववाली जनता रही है। सामन्तशाही जार और उसके रासपुटिन जैसे पण्डे-पुरोहितों ने इस धार्मिक आस्था का दुरुपयोग कर उनका शोषण भी बहुत किया पर धर्मप्रवण रूसी लोग यह भी मानते रहे कि हमारे कल्कि अवतार की तरह क्राइस्ट मरण शय्या से फिर उठेगा और संसार में फैले अन्याय, पाप, अत्याचार को दूर करेगा। ब्लाक के समकालीन कवि आंद्रे बेली ने तो क्रान्ति को ही माना कि यह प्रभु जीसस क्राइस्ट का पुनरवतरण है। एक खेत का रूपक लेते हुए उसने कहा :

आशाहीन गूँगे खेतों में
अनाज की पाला मारी हुई पीली बालियाँ झुक आयी हैं
झूठे पड़े हुए सपनों के बीच
मूर्च्छना है और जड़ता,
सहसा निनाद होता है
और मूर्च्छना से जाग कर खेत
लहरा उठता है,
जैसे घोड़े अयाल झटकते हैं

"लो क्राइस्ट हमारे लिए उठ आया है"
जादू की सी यह खबर पा कर मैदान काँपने लगते हैं
और जोर से बजनेवाले मृदंगों की तरह
वही पाला मारी हुई जड़ फसल का अनाज
ऊँचे स्वर में आह्वान करने लगता है जीवन का–"

यह क्रान्ति केवल सत्ता-परिवर्तन या व्यवस्था-परिवर्तन मात्र नहीं थी, इसे कवि और गहरे अर्थों में ग्रहण कर रहा था–मानव-आत्मा का मुक्त विकास, बहुआयामी सृजनशीलता मानव जीवन के गहरे अर्थों की खोज पूँजीवादी-शोषण और जारशाही सामन्तवादी उत्पीड़न से मुक्ति केवल इसलिए नहीं थी कि डिक्टेटरशिप ऑफ प्रोलेटेरियट के नाम पर सत्ता के लोभी निरंकुश, साहित्य-संस्कृति और सौन्दर्य के सारे संस्कारों से रहित स्तालिन जैसे तानाशाह, खुफिया पुलिस के हृदयहीन निदेशक, और सामान्य जन को रोटी-कपड़ा और मकान के लिए मीलों लम्बे क्यू में खड़ा होने को विवश कर देनेवाले नौकरशाहों के हाथ में न केवल रूस की नियति की डोरियाँ आ जायें वरन् वे विश्वक्रान्ति के नाम पर एक के बाद एक जनपद को साम्राज्य का अंग बनाते जायें और अपने एजेंटों द्वारा हर देश में पंचमांगियों और

मानसिक गुलाम बुद्धिजीवियों के ऐसे संगठन खड़े कर दें जो केवल रूस के या पार्टी के निर्देश मानें, अपनी बुद्धि, अपना विवेक, अपनी राष्ट्रीय अस्मिता खो कर हर जगह जनता के नाम पर जनद्रोही मुद्रा अपना लें।

दूसरों की बात छोड़ दें, खुद रूस के ईमानदार साहसी लेखकों और चिन्तकों की क्या दुर्दशा हुई। किस प्रकार एक के बाद एक कवि, लेखक, चिन्तक आत्म-हत्या करते गये। इसका संक्षिप्त विवरण शब्दिता में ही पहले दिया जा चुका है। खुले हरे-भरे चरागाहों नीले आसमान और खुली धूप का मधुर गायक एसेनिन क्रान्तिविमुख नहीं था। उसने अपनी ट्रान्सफिगुरेशन कविता में लिख दिया था कि, "एक नया किसान उठ कर घूम रहा है, खेतों में, नये बीज बो रहा है क्यारियों में। बादलों को पार करते हुए हमारी ओर आ रहा है एक प्रकाश-अतिथि।"

पर कम्यूनिस्ट तानाशाहों और पार्टी कमिसारों ने इस प्रकाश को धीरे-धीरे कोहरे और फिर पूरी तरह अन्धकार में बदल दिया। पहले एसेनिन ने आत्महत्या की, फिर महान् रूसी कवयित्री अन्ना अख्मातोवा ने। जनता में शोक की लहर फैली पर पार्टी के दरबारी बुद्धिजीवियों ने फतवा दिया कि ये पलायनवादी थे, मानवद्रोही थे, अतः नयी क्रान्ति के परिवेश में घबराकर मानसिक सन्तुलन खो बैठे।

घोषित किया गया कि क्रान्ति का उद्गाता तो युवा कवि मायकोवस्की है। वह नवनिर्माण, पंचवर्षीय योजनाओं, स्तालिन की महान् नीतियों को गीतात्मक अनुभूतियों में बदल कर गा रहा है। वह नये युग का गायक है, क्रान्ति का गायक है। निस्सन्देह वह गीतात्मकता, लालित्य का परम विरोधी था। शब्दों पर उसको पूरी महारत हासिल थी। लेकिन एक जुनून, एक उन्माद उसकी पंक्तियों में था जो कभी-कभी केवल विद्रोहात्मक ही नहीं बल्कि ध्वंसक विनाशक रूप ले लेता था—कहता है वह :

आवारा भटकने वालो !
जेबों से मुट्ठियाँ निकालो
पत्थर उठाओ, चाकू लो या बम जो मिले
और कुछ भी न मिले
तो आओ और दुश्मन से सर ही टकराओ
X X X
परचम लहरायें बन्दूकों के धमाके के बीच
ओ सड़क पर लगे बिजली के खम्भो
तुम पर टिका दिये जायँ
व्यापारियों धनपतियों के क्षत विक्षत शव !

फिर क्या हुआ यह एक लम्बी कहानी है—पर एक दिन अपने विरोधी एसेनिन की ही तरह मायकोवस्की का शव पाया गया, उसने भी आत्महत्या कर ली थी। क्रान्ति की आत्मा का पूरी तरह हनन हो चुका था। सत्ता के लोभी राजपुरुष मार्क्स के सिद्धान्तों का दुरुपयोग कर अधूरे, गलत या सन्दर्भ भ्रष्ट उद्धरण देकर रूस के लेखकों, चिन्तकों को अपने शिकंजे में जकड़ रहे थे। और वे जो फतवा देते थे, दूसरे देशों के कम्यूनिस्ट उसे तोते की तरह दोहराते थे फिर भी एक बेचैनी पैदा होने लगी थी। कहीं-कहीं भूमिगत साहित्य लिखा जाने लगा था, जो रूस से निर्वासित होकर दूसरे देशों में बस गये थे। वे रूसी भूमिगत साहित्य के लेखन वितरण और प्रकाशन में सक्रिय होने लगे थे।

पर उसी समय स्तालिन के भाग्य से दूसरा महायुद्ध आ गया। पहले तो स्तालिन ने हिटलर से सन्धि कर ली—रूस के विदेशमंत्री और जर्मनी के विदेशमंत्री का यह समझौता मोलोटोव-रिबेंट्रौप समझौते के नाम से मशहूर हुआ। सारी प्रजातांत्रिक शक्तियों के विरुद्ध स्तालिन ने हिटलर से हाथ मिलाया। यह सारे संसार को अटपटा लगा। पर हिटलर ने पोलैंड हड़पने के बाद सीधे रूस पर जब हमला किया तो स्तालिन की खोखली नीति का भंडाफोड़ हो गया। पर प्रकारान्तर से हिटलर ने स्तालिन की सहायता की। स्तालिन ने विश्व क्रान्ति की बातें छोड़ कर देशभक्ति का नारा दिया। अभी तक सारे संसार की कम्यूनिस्ट पार्टियों को बताया गया था कि राष्ट्रीयता की भावना तो पूँजीवादी ताकतों का हथियार है। राष्ट्रवाद विश्व क्रान्ति के स्वप्नों में बाधक है। लेकिन हिटलर का हमला होते ही राष्ट्रभक्ति को उभारा जाने लगा, ताकि अव्यवस्थित रेड आर्मी और दिग्भ्रांत रूसी जनता में लड़ने की संकल्प शक्ति और साहस जागे । उस समय किसी भी तरह की असहमति उठानेवाले लेखक को नाजियों का एजेंट बता दिया जाता था और उसकी आवाज दबा दी जाती थी या साइबेरिया के कांसेंट्रेशन कैम्पों में भेज दिया जाता था। मीडियाकर लेखकों और समीक्षकों की बन आयी थी। वे नामवरी पाने के लिए जनता के सामने सिंह की तरह दहाड़ते थे और राजपुरुषों के आगे छोटे-छोटे लोभ के लिए खुशामदें करते थे। उस दौर में सबको नकार दिया गया। घोषित किया गया कि सच्चा जन कवि कौंस्टैंटिन सिमानाव है। कवियों को चाहिए कि जैसे गीत वह लिखता है, वैसे लिखें—सिमानाव की आदर्श, अनुकरणीय काव्य की चंद पंक्तियों का मुलाहिजा फरमाइये :

रोम में, गंगा के तटों पर,
काहिरा में, लन्दन में आज,
तमाम सेनाएँ जो शान्ति के लिए लड़ रही हैं
हमारा रूस देश उनका मार्गदर्शक है
उनका मुख्य सहारा बन गया है।

(कोरस) स्तालिन के अमर विचार
हमको राह दिखाते हैं
जिस देश की क्षमता असीम है
उस देश के हम रहनेवाले हैं
धूप और सौन्दर्य की तरफ
खुलता है इसका द्वार
आज हमारे रूस देश को
आशा और शक्ति का आधार
मानते हैं दुनिया के तमाम ईमानदार
हमको राह दिखाते हैं
स्तालिन के अमर विचार !

जब सिमानाव शुद्ध व्यक्तिपूजा के ये गीत जन-साहित्य के नाम पर लिख रहा था उस समय अनेक अन्य देशों की कम्यूनिस्ट पार्टियाँ भी लेखकों और बुद्धिजीवियों को मित्र राष्ट्रों की विजय, खासतौर से रूस की विजय के बारे में लिखने का आदेश दे रही थीं। सीधी-सादी सपाट बयानवाली तुकबंदियाँ छाने लगी थीं। इन तुक्कड़ों के अनुसार किसी प्रतीक या रूमानी बिम्ब या तथाकथित बुर्जुआ काव्यात्मकता की कोई जरूरत नहीं थी।

नतीजा यह था कि भारतीय कम्यूनिस्ट पार्टी के भी इर्द-गिर्द मँडरानेवाले लेखक कमिसार की आज्ञा का पालन करने में जुट गये। शमशेर जैसा बारीक अनुभूति का कवि जिसने लिखा था :

पाखुरी आ
लौट कर फिर फूल में लग जा

वह अपने को प्रगतिशील साबित करने के लिए लिखने लगा मार्चिंग सांग :

"वाम, वाम, वाम, दिशा, समय-साम्यवादी
भारत का आत्म राग
भूत और भविष्य का वितान लिए
कालमान विज्ञ, मार्क्समान में तुला हुआ
वाम, वाम, वाम, दिशा, समय-साम्यवादी।"

और जिस समय भारत में सन् बयालीस के विद्रोह के बाद का दमन हो रहा था, दुकानों से अनाज, कपड़ा, तेल, सब मित्र राष्ट्रीय फौजों के लिए जा रहा था। राशन की कतारें लगने लगी थीं, परमिट लाइसेंस के भ्रष्टाचारी निजाम की नींवें पड़ने लगी थीं, उस समय राष्ट्रीय संग्राम की याद दिलाने को कुफ्र बताया जाने लगा था।

बयालीस के युवा विद्रोह की निंदा की जाने लगी थी और भारत का प्रगतिशील कवि उल्लास में भर कर लिख रहा था, "दस हफ्ते दस साल बन गये, मास्को अब भी दूर है।" खैर भारतीय कम्यूनिस्टों की बात अभी छोड़ ही दें। क्योंकि "बात निकलेगी तो फिर दूर तलक जायेगी।"

युद्ध के बाद स्तालिन की मौत के बाद ख़ुश्चेव ने जब पहली बार स्तालिन युग की वास्तविकताओं का रहस्योद्घाटन किया तो सारी दुनिया में सनसनी फैल गयी। रूसी जनक्रान्ति को कैसा भयावह मानव विरोधी रूप दे दिया गया वह भी जनहित के नाम पर।

साहित्य में पहले सुगबुग हुई। नाम भूल रहा हूँ लेखक का लेकिन उपन्यास का शीर्षक था 'नौट बाइब्रेड अलोन'। उपन्यास पढ़ कर लगा कि क्रान्ति के बाद जो भटकन शुरू हुई, जिस प्रकार क्रान्ति के गहरे मानववादी अर्थों पर लोहे की चादर चढ़ा दी गयी, वहाँ कुछ बदलाव आ रहा है। फिर डॉ. जिवागो के लेखन-प्रकाशन और पेस्तरनाक के प्रति हुए दुर्व्यवहार ने तो सारे संसार की आत्मा को झकझोर दिया। उसके बाद सखारोव का निर्वासन, अलेक्जेंडर सोल्जैनित्सिन के गुलाग आर्किपलेगो और कैंसर वार्ड का प्रकाशन, येवतुशेंको की कविताएँ और उसकी आत्मकथा—इन तमाम चीजों से अन्दर की असलियत नुमायाँ होने लगी थी। फिर भी यह बहस सोवियत रूस के बाहर-बाहर ही चल रही थी। गोर्बाचेव ने कैसे इतिहास के निर्णायक क्षण को पहचाना सच को सारी दुनिया के सामने सच की तरह पेश करने का अदम्य साहस दिखाया, 'ग्लौसनास्त' और 'पेरेस्त्रोइका' की नीतियों को लागू करने की दूरदर्शिता दिखाई, बर्लिन-वॉल टूटी—सचमुच गोर्बाचेव विश्व-शान्ति वैचारिक स्वाधीनता और मानवीय अस्मिता को पुनःस्थापित करनेवाला इतिहास पुरुष है। गोर्बाचेव का अपहरण और उसे अपदस्थ करने का षड्यंत्र सारे संसार को निराशा के कगार पर ले ही आया था कि येल्तसिन ने अदम्य साहस दिखाते हुए जन-समूहों को सड़क पर आ कर खुला विद्रोह करने का आह्वान दिया—दस अज्ञात व्यक्ति शहीद हो गये पर एक भयानक संकट टल गया।

अब आगे क्या होगा ? दोनों मिल कर रूस की नयी नियति को सार्थक अंजाम देंगे, या फिर कोई और शक्ति-संघर्ष अन्दर-अन्दर शुरू हो जायेगा। या घटनाएँ कोई और तीसरा मोड़ लेंगी, हम नहीं जानते, लेकिन इतना जानते हैं कि विचार स्वातन्त्र्य, विवेक और मानव अस्मिता को कम्यूनिज्म के नाम पर बनाये कैदखानों से एक बार निकल आने का अवसर मिला है। अब उसे वापस उन कारागारों में, मानसिक गुलामी के अँधेरे में वापस नहीं भेजा जा सकेगा।

लेकिन जरूरी है कि रूस के आत्मिक प्रस्फुटन और सर्वतोमुखी विकास का जो स्वप्न डास्टावस्की और टाल्स्टाय ने देखा था, जो गहरी मानवीय सौंदर्य और करुणा की आशाएँ कवि अलेक्जेंडर ब्लाक ने क्रान्ति का स्वागत करते हुए व्यक्त

की थीं, वे फिर से जनमानस में जागें। ब्लाक की मान्यता थी कि "सत्य और प्रेम और सौन्दर्य तथा स्वतन्त्रता तथा एक सम्पुंजित जीवन को महानतर परिपूर्णता में इनका प्रस्फुटन यह सब असम्भव है यदि वातावरण संकीर्ण है उन्मुक्त नहीं। कठमुल्ला संकीर्ण दिमाग असल में बीमार दिमाग होता है।" बोरिस पेस्तरनाक ने संकीर्ण राजनीतिक चिन्तन पर प्रश्नचिह्न लगाते हुए कहा था अपनी एक कविता में :

"उथल पुथल-विप्लव, राज्य क्रान्तियाँ,
ऐसा नहीं कि केवल
इन्हीं से नये बेहतर युग का आगमन होता है
बल्कि आन्तरिक ज्योति की चमक
मुक्त उदारता, मानसिक सम्पन्नता,
किसी प्रेरित धधकती आत्मा की
गहरी पीड़ाएँ ही अक्सर
नवयुग का द्वार खोलती हैं।"

इस बार की यह उथल-पुथल केवल राजनीतिक घटनाक्रम बन कर न रह जाय, बल्कि पेस्तरनाक के शब्दों में "आन्तरिक ज्योति की चमक, मानसिक सम्पन्नता और उदारता को स्थापित करे। एक नहीं, अनेक धधकती आत्माएँ, प्रेरित आत्माएँ पीड़ा वहन करते हुए भी सत्य को विजयी बनाने का प्रयास करें, यही मानवता के लिए शुभकारी है।"

सुमित्रानन्दन पंत ने क्या इसी स्थिति की कल्पना की थी जब उन्होंने कहा था :

"प्रीति मुक्ति की चिररस शोभा से
वहिरन्तर संघर्षण हो प्रशमित
भौतिक आध्यात्मिक जीवन मिल कर
स्वर्णिम् शोभा में हों संयोजित।"

—लोकायतन

किस्सा दर किस्सा

आप इस बार की किश्त में क्या पढ़ेंगे ?

विश्व साहित्य का मंथन ? किसी ऐतिहासिक संकट का विवेचन ? कोई दर्शन ? कोई चिन्तन ? कुछ मनन ? अजी राम का नाम लीजिए—फागुन का मौसम है और होली का अय्याम। ताकि मौसम का सुमार पड़े कुछ आपके भी हिस्से, इसलिए भारी-भरकम चिन्तन के बजाय आपको सुनाऊँगा कुछ मजेदार किस्से, अपने शुरुआती साहित्यिक जीवन के। 'अपने' इसलिए कि जिनकी चरण धूलि मेरे लिए चन्दन समान रही, उन अमृतलाल नागर जी ने एक बार मुझसे कहा था कि सबसे अच्छा व्यंग्यकार वह होता है जो अपनी असंगतियों पर व्यंग्य कर सके, किसी को अकारण चोट या खरोंच न दे। किस्से शुरू करने के पहले उनकी स्मृति को हाथ ज़ोड़ कर, सर नवा कर प्रणाम करता हूँ। अब शुरू होते हैं मेरी मुसीबतों के किस्से :

किस्सा नम्बर एक

क्या आपको मालूम है कि आज जिसकी बहुत चर्चा है उस 'अन्धायुग' की, बहुत शौक से मैंने एक हस्तलिखित प्रति बनायी थी और इरादा था कि इसे बहुत सहेज कर अपने पास रखूँगा। लेकिन वह हस्तलिखित सुसज्जित प्रति मुझे बहुत मजबूरी में कुल तीन रुपये साढ़े सात आने में बेचनी पड़ी।

स्वाभाविक है कि आप इस बात पर विश्वास नहीं करेंगे। उस समय मैं विश्वविद्यालय में लेक्चरर था। मेरी कई किताबें छप चुकी थीं। फिर ऐसी क्या भुखमरी आ गयी थी कि हस्तलिखित प्रति बेचूँ और वह भी तीन रुपये साढ़े सात आने में। अब आपको पूरा किस्सा बता ही दूँ।

मेरे बुजुर्ग मित्र स्वर्गीय वाचस्पति पाठक लीडर प्रेस के अहाते में रहते थे। उनके घर की कलात्मक बैठक बाहर से आने-जानेवालों का नियमित विराम-स्थल

थी। और मैं तथा उनके अन्य परिमलीय युवा मित्र अक्सर शाम को वहाँ अड्डा जमाते थे।

उस दिन मैं शाम को 4 बजे वहाँ पहुँचा तो बैठक में दो बुजुर्गवार बैठे थे, जो परिचित से लगते थे पर मैं ठीक-ठीक नहीं पहचान पाया कि वे कौन हैं। पाठक जी अन्दर से आये तो मुझे देख कर प्रसन्न हुए। बोले, ''अच्छे समय पर आये। ये हैं राय कृष्णदास और ये हैं मैथिलीशरण गुप्त।'' मैं तो अवाक्। 'साकेत' और 'यशोधरा' के महाकवि, हिन्दी की खड़ी बोली कविता के सर्वमान्य महापुरुष, मैथिलीशरण गुप्त के दर्शन ऐसे होंगे किसे कल्पना थी ? मोटी खादी का कुर्ता-धोती और मुख पर सहज मुस्कान। न कोई अहंकार, न बनावट। सिल्क के कुर्ते में राय साहब अवश्य कुछ विशिष्ट लग रहे थे, ऊपर से उनका बनारसी लहजा।

परिचय हो चुकने के बाद उनका ध्यान मेरे हाथ में दबी उस लाल बहीनुमा लम्बी कापी की ओर गया। 'कुछ नहीं' मैंने संकुचित होते हुए कहा। पाठक जी ने अपने सहज अधिकार से वह प्रति मुझसे ले ली। खोल कर देखी और प्रसन्न हो कर बोले, ''अच्छा, 'अंधायुग' की पाण्डुलिपि है'' और उन्होंने राय साहब और गुप्त जी से अन्धायुग की धारोधार प्रशंसा करनी शुरू कर दी। राय साहब सुनते रहे। पाठक जी के हाथ से प्रति ली। उलट-पलट कर देखी और मुझसे बोले, ''यह तो मैं ले जाऊँगा। यह तो अब मेरी हुई।''

''लेकिन''' मैंने प्रतिवाद किया तो राय साहब बोले, ''मुफ्त में नहीं, इसके पूरे दाम दूँगा और इसे भारत-कला-भवन में रखूँगा—वहाँ भारतेन्दु जी से ले कर प्रसाद जी तक के हस्तलेख संकलित हैं, बोलो ? इसका दाम बोलो।''

मैंने बहुत अनिच्छा से कहा, ''ठीक है आप ले ही जा रहे हैं तो ले जायें, दाम की क्या बात ?'' अब स्थिति यह कि राय साहब दाम देने पर उतारू और मैं दाम न लेने पर अटल। अन्त में पाठक जी ने मध्यस्थता की और उनका सर्वमान्य फैसला यह था कि भारती जी की बात कायम रहेगी। वे राय साहब से दाम नहीं लेंगे और राय साहब की बात भी कायम रहेगी। इस प्रति का दाम भारती को मिलेगा। अतः फैसला यह सुनाया जाता है कि भारती राय साहब से दाम न ले कर मैथिलीशरण जी से लेंगे। और गुप्त जी की बंडी की जेब में जितना धन है सब उनको देना पड़ेगा। फैसला सबके लिए सुखप्रद था। मेरे लिए इसलिए कि बचपन से जिसकी कविताएँ पढ़ कर भाषा लिखना सीखा, उससे मिला धन मेरे लिए कुबेर धन होगा और मैथिलीशरण गुप्त इसलिए प्रसन्न कि उनकी जेब में उस समय केवल तीन रुपये साढ़े सात आने थे, कोई ज्यादा नुकसान उन्हें नहीं सहना पड़ा। पाण्डुलिपि अब भी भारत कला भवन में रक्खी होगी।

किस्सा नम्बर दो

अब किस्सागोई पर ही उतर आये हैं तो एकाध किस्सा और हो जाये। एक बार मुझे धमकी मिली कि आकाशवाणी मुझ पर मुकदमा चलायेगी और मुझे कम-से-कम पन्द्रह हजार जुर्माना देना होगा।

उस समय मैं एम. ए. का विद्यार्थी था। साहित्य-भवन से मुझे अनुवाद वगैरह के बहाने हर महीने डेढ़ सौ रुपये मिल जाते थे जिससे फीस, किताबें, हाथ खर्च वगैरह किसी प्रकार निकल पाता था। पन्द्रह हजार की रकम तो सुनते ही मुझे गश आने लगा। लेकिन बच कर निकलने का कोई रास्ता नजर नहीं आ रहा था, क्योंकि कसूर तो मैंने किया था और उसका लिखित और प्रसारित प्रमाण आकाशवाणी के पास था।

इन दिनों इलाहाबाद में नया-नया रेडियो स्टेशन खुला था। वह भी एक प्रकार से अधूरा स्टेशन था क्योंकि कविताएँ, वार्ताएँ, नाटक वगैरह इलाहाबाद में रेकार्ड किए जाते थे, फिर प्रसारण के लिए उन्हें लखनऊ स्टेशन भेजा जाता था। हाँ, कार्यक्रमों की योजना इलाहाबाद के प्रोग्राम एक्जीक्यूटिव वगैरह बनाते थे। पैसे की जरूरत तो उन दिनों रहती ही थी। कोई रेडियो कार्यक्रम मिले तो उत्साह से करता था।

उस समय, जहाँ तक मुझे याद है मदन आगा नाम के सज्जन इलाहाबाद रेडियो स्टेशन के सर्वेसर्वा थे। मेरी भाषा शैली उन्हें पसन्द थी। उन्होंने मुझे बुलाया और कहा, "अगली तिमाही की प्लानिंग बना रहे हैं। उसमें पन्द्रह-पन्द्रह मिनट के चार हास्य-एकांकी प्रसारित होने हैं। तुम झट से चार हास्य-एकांकी लिख डालो। तुम्हें विशेष पारिश्रमिक दिलवा देंगे। लेकिन चारों आलेख साथ देने हैं।" अन्धा क्या चाहे दो आँखें, मैं जुट गया लिखने में। एक लिखा, दूसरा लिखा, तीसरे में थोड़ी मुश्किल आयी, पर चौथे तक आने में चक्का जाम। समझ में ही नहीं आये कि क्या लिखें ? बहुत कहा आकाशवाणी से कि तीन अभी ले लें चौथा बाद में दे देंगे। पर वे अड़े थे कि नहीं, लेंगे तो चारों साथ लेंगे वरना कांट्रेक्ट कैंसिल। इसमें सबसे ज्यादा सख्ती और रुखाई से पेश आ रहे थे पं. लक्ष्मीनारायण मिश्र। वे उस समय आकाशवाणी में साहित्य-सलाहकार थे।

आज तो उनकी उतनी चर्चा नहीं है पर उस समय उनके सामाजिक नाटकों की बहुत चर्चा थी। प्रसाद जी के बाद नाटककार के रूप में उन्हीं का नाम लिया जाता था वे अधिकतर ज्वलंत सामाजिक विषय उठाते थे, विषय आधुनिक मध्यवर्ग का होता था पर उन नाटकों की भाषा ? बाप रे बाप ! नौकरानी भी संस्कृत की प्राचार्या की भाषा में बात करती थी।

अब जाने उनकी रुखाई और सख्ती का असर था या कुछ और, पर मुझे

घर पहुँचते ही चौथे हास्य नाटक का विषय सूझ गया। मैंने रातोंरात लिख डाला और दूसरे दिन चारों आलेख आकाशवाणी को सौंप आया। पहले तीन तो बिना किसी शोर-शराबे के प्रसारित हो गये पर चौथा प्रसारित हुआ कि हंगामा बरपा हो गया। सबने पहचान लिया कि इसमें किस की पैरोडी की गयी है। उसमें न केवल लक्ष्मीनारायण मिश्र की भाषा-शैली की नकल थी, बल्कि उनके नाटकों के कुछ वाक्य ज्यों-के-त्यों शामिल कर लिए गये थे। पर उन्हें ऐसे पात्र या ऐसी परिस्थिति में फिट किया गया था कि अर्थ का अनर्थ हो गया था।

चूँकि सब लोग मिश्र जी को जानते थे अतः सारे कार्यालय में बस यही एक चर्चा। कुछ तो चुटकियाँ ले कर मिश्र जी का मजा ले रहे थे, पर कुछ तमाशबीन सिर्फ इससे सन्तुष्ट नहीं थे। वे कुछ और तमाशा देखना चाहते थे। उन्होंने आग और भड़काई। आदरणीय मिश्र जी कुर्ता-धोती के साथ एक छड़ी ले कर चलते थे। बातें सुन-सुन कर वे आगबबूला हो गये। मदन आगा के कमरे में गये और बोले, ''यह लड़का तो आपका मुँह लगा है। बुलाइये उसे, यहीं सबके सामने छड़ी से उसकी भद्रा उतारूँगा।''

मदन आगा भी पूरे इलाहाबादी मूड में थे। मजे में बोले, ''पण्डित जी, वो है तो इसी योग्य, लेकिन मारपीट से लगेगा कि कानून आपने अपने हाथ में ले लिया है और वह यहाँ से सीधे थाने जा कर पुलिस में रिपोर्ट कर सकता है।''

''तो क्या करूँ, बेबस देखता रहूँ ?'' पण्डित जी ने पूछा।

''आप कानून से चलिए।''

''तो करूँ क्या, यह तो बताइये।''

''आप उस पर मुकदमा ठोंक दीजिए, कापी-राइट के अतिक्रमण के तहत उससे 15 हजार हर्जाना माँगिये। नहीं दे पायेगा तो एवज में सजा भुगतेगा।'' ''हूँ'' पण्डित सन्तुष्ट हो कर बोले मगर दूसरे ही क्षण छड़ी पटक कर बोले, ''नहीं, मैं कचहरी-अदालत के चक्कर में नहीं पड़ूँगा। वकीलों की जेब भरो, अपना वक्त बर्बाद करो। बस यही छड़ी उसके लिए ठीक है। दुष्ट, नालायक को इसी छड़ी से....''

''पण्डित जी बात तो सुनिये'' मदन आगा बात काट कर बोले, ''आपको कष्ट की क्या जरूरत। आप तो सारा केस चिट्ठी में लिख कर मुझे दे दीजिए। मुकदमा तो उस पर आकाशवाणी चलायेगी।''

तीन दिन बाद मदन आगा ने मुझे बुलवाया। बहुत गम्भीर और चिन्तित से थे। पण्डित का पत्र मेरे सामने रख दिया। मैंने उनकी ओर देखा तो और संजीदा हो कर बोले, ''बहुत उड़ते थे बच्चू इस बार बुरे फँसे हो। माननीय साहित्य-सलाहकार का पत्र है। मुझे इस पर एक्शन लेना ही पड़ेगा। सरकारी नौकर हूँ। अगर उन्होंने गवाहों में नाम दे दिया तो गवाही भी देनी पड़ेगी।''

''आप गवाही देंगे मेरे खिलाफ ?'' मैंने भर्राए गले से पूछा तो दो क्षण चुप

रह कर ठठा कर हँसे। बोले, "बेटा जी, सीधे जा कर पण्डित के पाँव पकड़ कर माफी माँग लो, बच गये तो बच गये। अभी तो उनका ब्रह्मतेज जागा है, छड़ी से तुम्हें सरेआम पीटने की बात कर रहे थे, मैंने मामला इधर मोड़ दिया कि कुछ वक्त मिल जाय। उनकी शिकायती चिट्ठी तो मेरे पास है। तुम उन्हें किसी तरह खुश कर लो। मैं चिट्ठी पर एक्शन रुकवा दूँगा।"

मैं मुँह लटकाए रेडियो स्टेशन से निकला तो समझ में नहीं आ रहा था कि क्या करूँ ? मिश्र जी की भाषा में 'किंकर्तव्यविमूढ' था। मिश्र जी का गुस्सा इलाहाबाद में प्रसिद्ध था, उनकी छड़ी भी।

मेरे एक मित्र थे गोपीकृष्ण गोपेश। हम दोनों साथ-साथ साइकिलों पर यूनिवर्सिटी जाते थे। लौटते समय वे रेडियो स्टेशन जाते थे क्योंकि भैया साहब (पं. श्रीनारायण चतुर्वेदी) ने उन्हें रेडियो में शाम की पार्टटाइम नौकरी दिलवा दी थी। गोपेश जी ने बहुत ढाढस बँधाया। कहा कि वे हिम्मत कर के मुझे मिश्र जी के यहाँ ले चलेंगे। माफी की बात कहेंगे, फिर जो होगा, देखेंगे। मरता क्या न करता। मैं गया। आगे-आगे गोपेश पीछे-पीछे मैं। उनके घर की सीढ़ियों पर कई बार ठिठका। उन्हें कुछ भनक पड़ी होगी कि अन्दर से ही चिल्ला कर बोले, "कौन है रे !" मेरी तो जान काँप गयी। गोपेश बहुत मीठा स्वर बनाकर बोले–"पण्डित जी, धर्मवीर आया है। बहुत दुखी है अपने किये पर। अब आप इसे माफ कर दें। छोटा है। क्षमा बड़ेन को चाहिए।"

पण्डित जी वहीं से गरजे, "मुझको उपदेश देने आया है। अब तो मामला सरकार के हाथ में है, कचहरी में जो फैसला हो।"

मैं हिम्मत कर के आगे बढ़ा। अपराधी मुद्रा में सर झुका कर बोला, "गलती तो मुझसे बहुत बड़ी हुई, पर मेरे मन में कोई दुर्भाव नहीं था। आपकी सशक्त शैली का प्रभाव···"

"क्या कहा ? फिर से तो कह दुर्मुख। इसे प्रभाव कहते हैं पूरे के पूरे वाक्य चुरा लिए हैं तूने और ऐसे भ्रष्ट सन्दर्भों में डाल दिया है उन्हें।" उनके सामने मेरे आलेख की टाइप की हुई प्रति थी और उसमें एक वाक्य रेखांकित किया हुआ था। पण्डित जी ने आलेख सामने किया और बोले "यह पूरा वाक्य मेरा है, पर ढूँढ़ नहीं पा रहा हूँ कि किस पुस्तक में कहाँ है ?"

मैंने काँपते हाथों से आलेख लिया। पढ़ कर बोला, "पण्डित जी यह 'राक्षस का मन्दिर' के तीसरे दृश्य में है।" वहाँ दो शिखाधारी ब्रह्मचारी बटुक बैठे थे। उनसे पण्डित जी ने कहा, "निकाल किताब ऊपर से।" ऊपर से किताब निकाली गयी। उसी पुस्तक के उसी दृश्य में वह वाक्य ज्यों का त्यों था।

पण्डित जी ने एक बार मेरी ओर तीखी भेदनेवाली निगाह से देखा, फिर तीन वाक्य और निकाले, "ये वाक्य भी निश्चित मेरे हैं। बता जरा कहाँ-कहाँ से चुराये

हैं तूने।" "मैंने बताया कि एक 'सिंदूर की होली' में नायिका ने बिलकुल अन्त में कहा है, दूसरा 'गरुड़ध्वज' की प्रस्तावना में है, तीसरा…"

पण्डित जी तीसरे के लिए नहीं रुके उन्हीं बटुकों से किताबें निकलवाईं, वे पृष्ठ खोल कर देखे। मेरी सूचनाएँ बिलकुल ठीक थीं, पण्डित जी ने फिर उसी तीखी बेधक निगाह से मेरी ओर देखा। पूछा, "क्यों रे ? तुझको ये सब इतना याद कैसे है ?"

"जी, मैंने इन किताबों को बड़े ध्यान से पढ़ा है।"

"इतने ध्यान से कि तुझे वाक्य और प्रसंग याद हैं ?"

"जी।"

पण्डित जी ने सहसा छड़ी उठाई। मैं काँप गया पर वह छड़ी इधर नहीं आयी। उन दोनों बटुकों की ओर छड़ी हिलाते हुए बोले, "मूर्खो ! अब तो अपनी आँख से देखा, अपनी कान से सुना। एक उदीयमान प्रतिभाशाली लेखक लक्ष्मीनारायण मिश्र के एक-एक नाटक का एक-एक वाक्य हृदयंगम करता है और एक तुम हो मन्द बुद्धि, कि तुम्हें मेरे संवादों की भाषा समझ में नहीं आती। डूब मरो चुल्लू भर पानी में।

फिर पण्डित जी ने मुझे अपने पास बुलाया, सर पर हाथ रखकर बोले, "बेटा तुझमें ब्राह्मी प्रतिभा है। तू पहला पाठक है जिसने मेरी सब कृतियाँ ध्यान से पढ़ी हैं। मेरी आत्मा तृप्त हो गयी। लेखक को क्या चाहिए। सहृदय रसग्राही पाठक।" फिर पीठ थपथपाते हुए बोले, "खूब विद्वान् बन। बुजुर्गों का, ब्राह्मणों का और शास्त्रों का आदर करना सीख।

गोपेश ने धीरे से मुकदमे का जिक्र चलाया तो फिर त्यौरियाँ चढ़ गयीं। "इसने मुझे इतना सुख दिया, मैं इस पर मुकदमा चलाऊँगा ? तुझे लज्जा नहीं आती इस प्रकार की कल्पना मेरे बारे में करते। सुन गोपेश, तूने मुझे समझा क्या है ? मैं सच्चा ब्राह्मण हूँ। सच्चा ब्राह्मण त्यागी होता है। ये पंद्रह हजार रुपये मैंने तृणवत् त्याग दिये। समझा कुछ।"

मैंने चलते समय पाँव छुए तो बोले, "देख कोने में चौकी पर बरफी का दोना रखा हुआ है। गंगा जी का प्रसाद है। एक तू ले ले और एक इस धूर्त गोपेश को दे दे।"

सच कहता हूँ कि उन बर्फियों का अमृत-स्वाद और पण्डित जी की उदात्त ममता, जब याद आती, मन में मिसरी घोल जाती है, आज तक।

किस्सा नम्बर तीन

पाठक कहेंगे कि हम भी क्या इलाहाबाद के पुराने पचड़े ले बैठे। नहीं जनाब, आप

इलाहाबाद को नहीं जानते। खास तौर से सन् '50 से सन् '60 तक के इलाहाबाद को। उस दशक के हर पचड़े में भी साहित्य का कोई-न-कोई सूत्र मिल जाता था, और वह उसमें नयी-से-नयी धारा की संभावना हुआ करती थी।

अब यही लीजिए। इतिहास का नवीनतम क्रेज क्या है ? सोवियत रूस का ग्लौसनास्त। अब अगर मैं कहूँ कि जिस ग्लौसनास्त को आपने सन् '89 में जाना, उसका आविष्कार इलाहाबाद में सन् '53 या '54 में ही हो चुका था तो आप कहेंगे कि इलाहाबाद की महत्ता बढ़ाने के लिए मैं झूठ बोल रहा हूँ। पर यह निर्णय देने के पहले आप वह घटना सुन तो लीजिए :

बहुत कम लोगों को मालूम होगा कि सन् '50, '51 के आसपास मैंने मार्क्सवाद का बहुत विशद अध्ययन किया था और उसके कम-से-कम एक पहलू से बहुत प्रभावित भी था—यानी द्वन्द्वात्मक भौतिकवाद के आधार पर सामाजिक इतिहास का विश्लेषण करना। लेखक के रूप में मेरा थोड़ा-बहुत नाम होने लगा था। जिनकी गालियाँ जीवन भर खानी पड़ीं, उन कम्यूनिस्टों ने उस समय शायद मुझमें कामरेड बन जाने की सम्भावना देखी होगी। अतः बड़े इसरार से मुझे इलाहाबाद के प्रगतिशील लेखक संघ के हिन्दी खण्ड का मन्त्री बना दिया गया। लेकिन बड़ी जल्दी उनकी आशा निराशा में बदल गयी क्योंकि मैं मार्क्स की कुछ स्थापनाओं को तो स्वीकार करने को तैयार था पर भारतीय कम्यूनिस्ट पार्टी की तत्कालीन नीतियाँ मुझे निहायत अभारतीय और अवैज्ञानिक लगती थीं। प्रगतिशील लेखक संघ की बैठकों में भी मैं खुलकर बोलता था और साम, दाम, दण्ड, भेद के बावजूद टस से मस नहीं हो रहा था। यहाँ तक अड़बाजी दिखायी मैंने कि कम्यूनिस्ट पार्टी के दफ्तर में कामरेड शिव वर्मा की उपस्थिति और यशपाल जी की अध्यक्षता में अपनी 'सुभाष के प्रति' कविता सुनाई। बस यहाँ आ कर कम्यूनिस्ट भाइयों का धैर्य टूट गया। बिना किसी लिखित कार्यवाही के मुझे प्रगतिशील लेखक संघ से हटा दिया गया। कारण यह बताया गया कि मैं मूलतया रोमानी व्यक्ति हूँ, बल्कि सम्भव है कि मैं घुसपैठिया होऊँ, प्रतिक्रियावादी ताकतों का एजेंट हूँ। मैं आन्दोलन में घुस कर उसे अन्दर से तोड़ना चाहता हूँ।

पहले तो मैं सन्न रह गया, पर फिर मैंने तय किया कि मैं चुप नहीं रहूँगा। साहित्य के क्षेत्र में इनकी राजनीतिक दादागीरी का खुल कर मुकाबला करूँगा। विचारों के स्तर पर भी, लेखन के स्तर पर भी। मेरे कुछ लेख इधर-उधर प्रकाशित हुए और इलाहाबाद में खासा बावेला मच गया। मुझ पर मुख्य आरोप यह था कि प्रेम-वेम पर लिखता है—यह हमारे आन्दोलन के काबिल नहीं।

बी. ए. में मेरा प्रिय विषय अंग्रेजी साहित्य था। उस नाते डॉ. हरिवंश राय 'बच्चन' और रघुपति सहाय फिराक मुझे जानते थे। दोनों अंग्रेजी विभाग में प्राध्यापक थे। उन दिनों फिराक साहब पर थोड़ा-सा प्रगतिशीलता का फितूर सवार था।

एक दिन मैं अपनी टुटही साइकिल पर हैमिल्टन रोड से यूनिवर्सिटी की तरफ जा रहा था कि देखा सामने से छड़ी नचाते हुए फिराक साहब चले आ रहे हैं। प्रयाग विश्वविद्यालय की मर्यादा थी कि प्राचार्य पैदल चल रहा हो तो छात्र साइकिल से उतर पड़ते थे। मैं साइकिल से उतर पड़ा और मैंने फिराक साहब को नमस्कार किया। उन्होंने सर हिलाया और अपनी ही धुन में आगे चले गये। अकस्मात् फिर उन्हें कुछ याद आया। मुड़ कर मुझे आवाज दी, ''मियाँ साहबजादे, तुम धर्मवीर हो न ?'' ''जी, हुजूर आपका शागिर्द रहा हूँ।'' मैंने कहा। ''हाँ-हाँ मुझे याद है। यह तुमने तरक्की पसन्दों की जमात से क्या झगड़ा मोल ले लिया है। बहुत तुम्हारा नाम सुनता हूँ आजकल। क्या आफत बरपा कर रखी है तुमने ?''

मैंने विनम्रतापूर्वक संक्षेप में बताया कि मेरा झगड़ा तो उसूलों पर है पर वे मुझ पर अनर्गल आरोप लगा रहे हैं। फिराक साहब धैर्यपूर्वक सुनते रहे, फिर मेरी ओर देख कर हँसे--''म्यां, रहे अहमक के अहमक, अरे तुम्हें कुत्ते ने काटा था कि उनसे उसूलों पर बहस करने गये ?''

मैंने कुछ कहना चाहा तो बात बीच में काट कर बोले, ''देखो, तुम्हारा नाम वहाँ सुना तो मैंने कहा कि वह लड़का मेरा शागिर्द रहा है, जहीन है, बहसवाज जरूर है, पर रीएक्शनरी तो नहीं है। बहरहाल उनसे पता चला कि तुम पोलिटिकल नज्में लिखने के बजाय इश्किया नज्में लिखते हो।''

''तो मैं क्यों न लिखूँ ?'' मैंने जरा झल्ला कर कहा। फिराक साहब फिर मुस्कराये, बोले, ''गुस्सा जरा जल्दी आता है तुम्हें। गुस्सा थूको और अपने उस्ताद की बात ध्यान से सुनो। जवानी की उम्र है अरे अभी इश्किया शायरी न लिखोगे तो कब लिखोगे ? जरूर लिखो। दो-चार नज्में इनके लायक लिख लो। उन्हें इनकी महफिल में सुना दो और इन्हें भरोसा दिलाए रहो कि तुम एंटीकम्यूनिस्ट नहीं हो। बस, सारा झगड़ा खत्म।''

मैंने फिर कुछ कहा तो बोले, ''तुम क्या समझते हो कि मैंने इन लोगों को समझाया नहीं, खूब समझाया। नजीर (उदाहरण) दे कर समझाया तो इनके समझ में आ गया। नजीर मेरी अचूक थी, बता दूँ तुम्हें ? देखो मैंने इनसे कहा कि फर्ज करो कि स्टालिन अपने कमरे में परीशान घूम रहा है। सेवेन ईयर प्लान के मसले हैं। यूक्रेन में गेहूँ की पैदावार का मसला है। बेरिया और मोलोटोव के मसले हैं। वह क्रान्तिकारी जुझारू तेवर से इन पर सोच-विचार करता हुआ अपने कमरे में बेचैन टहल रहा है। इतने में क्रेमलिन की सड़क पर एक दिलकश, हसीना, पर्स झुलाते हुए, अदाएँ दिखाते हुए सामने से निकलती है। अब दिन भर का थका स्टालिन उसे देखता है और देखता ही रह जाता है। दो मिनट के लिए उसे सारी समस्याएँ भूल जाती हैं। सिर्फ उस लड़की के सुनहले गेसू, सुराहीदार गर्दन, लचकती चाल में ही उसका मन रम जाता है। दो मिनट तक वह उसे देखता रहता है, देखता ही रह

जाता है। दो मिनट बाद वह लड़की मोड़ पर आ कर नजरों से ओझल हो जाती है और स्टालिन फिर लौट कर अपनी फाइलों में मसरूफ हो जाता है। तो उनसे मैंने कहा कि यह बताओ कि दो मिनट तक जब स्टालिन उस लड़की को देख रहा था उस बीच क्या तब वह रिएक्शनरी हो गया ? उस दो मिनट के पहले प्रोग्रेसिव था और उन दो मिनटों तक रिएक्शनरी रह कर फिर प्रोग्रेसिव हो गया। मेरी दलील सुन कर हक्का-बक्का रह गये वो लोग। कोई जवाब न बन पड़ा। फिर बोले कि भारती से कह दें कि लेख-वेख लिखना बन्द कर दे। तो मियाँ लेख-वेख लिख कर अपना वक्त क्यों जाया करते हो। जैसी नज्में चाहो शौक से लिखो, बस उनकी जमात में बने रहो और मौज करो। अच्छा, अब दफा हो। मेरा वक्त जाया मत करो। मुझे अपना क्लास लेने जाना है।''

मनचाहा लिख कर फिर भी प्रोग्रेसिव बने रहने की यह सलाह मेरे प्राचार्य ने लगभग पैंतीस-चालीस वर्ष पहले इलाहाबाद की सड़क पर दी थी। तब ग्लौसनास्त की कहीं कोई चर्चा ही नहीं थी।

रहा मैं, तो मेरी बदनसीबी कि मैंने अपने प्राचार्य की सलाह नहीं मानी। उसूलों पर लेख-वेख लिखता रहा और कम्यूनिस्टों की गालियाँ तब से खाता ही रहा, जब कि ऐसी बेशकीमती सलाह मुझे मयस्सर थी। कहते हैं न कि :

सकल पदारथ है जग माहीं
करम हीन नर पावत नाहीं

शृंखला की टूटती कड़ियाँ

मैं चौंक गया पढ़ कर। अगर यह अनुभव तीसरी दुनिया के किसी पिछड़े देश की लेखिका का होता तो अचरज नहीं होता। अभी भी अनेक पिछड़े देशों में नारी के बारे में पुरानी सामन्तवादी धारणाएँ प्रचलित हैं, शिक्षा या तो है नहीं और है भी तो कठमुल्लेपन के शिकंजे में। विचार भी वैसे दकियानूसी हैं, एक पर पुरुष और स्त्री के बीच शारीरिक सम्बन्धों के अलावा और किसी प्रकार के सम्बन्ध की कल्पना ही नहीं की जा सकती और स्त्री का संसार चूल्हे-चौके और पालने तक ही सीमित है। लेकिन यह अनुभव तो संसार के सबसे समुन्नत, संस्कृति-समृद्ध देशों में एक अग्रणी देश फ्रांस की लेखिका का है। अपनी आत्मकथा के तीसरे खण्ड का समापन करते हुए उसने लिखा है :

''लोगों को विश्वास नहीं होता कि यह परिपक्व लेखन मेरा हो सकता है। जरूर कोई पुरुष गुप्त रूप से लिख कर मुझे दे देता है अपने नाम से छापने के लिए। उन्हें शक है कि स्वयं सार्त्र मेरे लिए लिखते हैं। जिस दिन मेरे लिए फ्रांस का श्रेष्ठ साहित्यिक पुरस्कार घोषित किया गया उसके दूसरे ही दिन मेरे किसी हितैषी ने सच्चे मन से सलाह दी कि अब लोग तुम्हारा इंटरव्यू लेने आयेंगे। जब जिसे भी इंटरव्यू दो, हर बार यह बलपूर्वक कह देना कि पुरस्कृत ग्रंथ 'ल मंदारिन' तुम्हारा खुद का लिखा हुआ है। तुम्हें मालूम है कि लोग कहते हैं कि तुम्हारे सर पर सार्त्र का हाथ है। लोग यह भी सोचते हैं कि मुझमें न अपनी लेखन-प्रतिभा थी न लेखन-क्षमता। सार्त्र ने मुझे लेखक बनाया जब कि सच बात यह है कि सार्त्र ने साहित्य के क्षेत्र में मेरे लिए कुल इतना किया है कि उन्होंने मेरी दो पाण्डुलिपियाँ एक प्रकाशक को विचारार्थ दी थीं, जिनमें से एक अस्वीकृत भी हो गयी। कैसा अजीब है कि आज भी लोगों का स्त्री के बारे में वही विचार है जो पचास साल पहले मेरे स्वर्गीय पिता का था। वे कहते थे औरत क्या ? औरत वही जो उसका

पति उसे बना दे। पर मैं जानती हूँ कि मेरे पिता यह कह कर अपने को धोखे में रख रहे थे। उनके सामने कई ऐसे उदाहरण थे जहाँ स्त्रियों ने न केवल अपना पृथक् चिन्तन किया था बल्कि उनके चिन्तन से उनके पति भी प्रभावित थे। लेकिन दुर्भाग्य से अभी भी हमारे समाज में ऐसे लोगों की बहुतायत है जिनका विचार है कि स्त्री के पास पुरुषों की तरह स्वतन्त्र विवेक-विचार की क्षमता नहीं है। स्त्री का बुनियादी चिन्तन केवल प्रजनन और मातृत्व के ही दायरे में सीमित होता है।''

यह वक्तव्य है फ्रांस की प्रख्यात लेखिका सिमोन द बुवा का जिसकी पुस्तक 'द सेकेंड सेक्स' ने सारे संसार में तहलका मचा दिया था और उसके विचारों ने सारे संसार में नारी-मुक्ति आन्दोलनों को नयी दिशा और नया उत्साह दिया था।

न केवल विचारों में बल्कि आचरण में सिमोन द बुवा ने कई रूढ़ियों की शृंखलाओं को तोड़ा था। वह जीवन भर प्रख्यात लेखक-दार्शनिक जाँ पाल सार्त्र की मित्र रही पर उसने सार्त्र से विवाह नहीं किया और बौद्धिक विचार विनिमय के बावजूद उसने अपना बौद्धिक और सृजनात्मक व्यक्तित्व अलग रखा। यही नहीं, सार्त्र के इर्दगिर्द चलनेवाली अनेक साहित्यिक सरगर्मियों से भी अलग रही और आत्मप्रचार से तो इतनी दूर कि कभी टेलीविजन पर नहीं आयी। कभी कोई साक्षात्कार नहीं दिया लेकिन फिर भी उसके व्यक्तित्व और विचारों को ले कर क्या कुछ था जो नहीं कहा गया। वह स्वयं लिखती है कि ''मेरे बारे में दो किंवदंतियाँ प्रचलित हैं—एक तो यह कि मैं पागल हूँ और दूसरी यह कि पागल तो नहीं पर सनकी जरूर हूँ। अपनी सनक में कुछ भी कर सकती हूँ। मेरी कोई नैतिक मूल्य मर्यादा नहीं है। 1945 में मुझे एक कम्यूनिस्ट महिला ने बताया कि उसने सुना था कि बचपन में मैं अपने कस्बे में कपड़े उतार कर शराब के पीपों पर नाचा करती थी। कि मैं हर प्रकार के दुर्गुणों और दुर्व्यसनों में लिप्त हूँ।''

और यह सब इसलिए कल्पित किया जा रहा और फैलाया जा रहा था कि सिमोन द बुवा महिला लेखिका थी और उसके विचार पुरुष द्वारा निर्धारित मानदण्डों का खण्डन करते थे। मैंने प्रारम्भ में ही कहा न कि मैं चौंका यह सब पढ़ कर इसीलिए कि यह किसी पिछड़े सामन्ती देश में नहीं हो रहा था, बीसवीं शताब्दी के चालीस-पचास बरस बीत चुकने के बाद साहित्य, संस्कृति और कला के अग्रदूत देश फ्रांस में हो रहा था। सिमोन द बुवा लिखती है, ''यदि आप लेखक हैं और महिला हैं तो आपका महिला होना ही इस बात के लिए काफी है कि आपकी धुनाई की जाय खास तौर से उस उम्र में जब मेरी पहली किताबें छपीं। अगर मैं अल्हड़ युवती होती तो वे आकर्षित होते, पीठ थपथपाते और निकट आने का प्रयास करते, यदि मैं वृद्धा होती तो वे आदर दिखाते और सिर नवा अपने रास्ते चले जाते। लेकिन अगर आप यौवन की दहलीज पार कर चुकी हैं

और परिपूर्ण प्रौढ़ावस्था पार करने के पहले कुछ साहस दिखाती हैं तो वे आपके पीछे शिकारी कुत्तों की तरह लग जायेंगे।''

यह हुई फ्रांस की बात। आइए देखें लगभग उसी समय भारत में, हिन्दी साहित्य में क्या हो रहा था ?

जब सन्दर्भ नारी मुक्ति का हो और जिक्र हिन्दी लेखिकाओं का हो तो स्वभावतया सबसे पहले याद आती हैं महादेवी जी। अपने समय में न केवल लेखन वरन् आचरण में भी विद्रोहिणी रहीं। जब संस्कृत विभाग में छात्राओं का दाखिला वर्जित था तो उन्होंने जिद कर के संस्कृत पढ़ी। जब पाया कि विवाह नहीं चल पायेगा तो प्रतिकूल आलोचनाओं की परवाह न करते हुए अकेले रहने का निर्णय किया। अकेले रहकर भी अकेले नहीं रहीं इतना बड़ा परिवार बनाया महिला विद्यापीठ की छात्राओं का, शिक्षाविदों और अध्यापकों का, प्रयाग के नये उदीयमान लेखकों का, साहित्यकार संसद स्थापित कर हिन्दी के अभावग्रस्त लेखकों का, और मंच बनाया उसे हिन्दी के अतिरिक्त अन्य भारतीय भाषाओं के लेखकों का। नारी की मुक्ति की वे जब बात करती थीं तो उसमें केवल निषेध नहीं था, नकारात्मकता नहीं थी। जीवन की सम्पूर्णता पर दृष्टि थी। नारी के रिश्ते अगर परनिर्भरता की जंजीर बन गये थे तो वे रिश्तों को ही खत्म करने की बात नहीं कहती थी, बल्कि उनका जंजीरपना दूर कर रिश्तों को और उनके माध्यम से नारी के पूरे जीवन को सार्थकता और गहरे अर्थ देने की बात करती थीं।

मेरे सामने उनकी एक पुस्तक पड़ी है 'शृंखला की कड़ियाँ'। वैसे तो बाद में अपने काव्य-संग्रहों की बहुचर्चित भूमिकाओं और अन्य कुछ लेखों में भी उन्होंने नारी समस्या पर विचार प्रकट किये हैं पर यह उनकी प्रारम्भिक पुस्तकों में से है, पूर्णतया नारी समस्या पर केन्द्रित मेरे सामने जो प्रति पड़ी है वह 1950 में छपी है और छठवाँ संस्करण है। प्रथम बार यह 1942 में छपी थी और आठ साल में छह संस्करण होने से अनुमान लगाया जा सकता है कि यह कितनी लोकप्रिय रही होगी। यही नहीं, मुझे यह कहने में गर्व है कि सिमोन द बुवा की अपनी ऐतिहासिक जगह है विश्व के नारी मुक्ति आन्दोलन में, लेकिन हिन्दी की प्रतिष्ठित लेखिका महादेवी ने भी लगभग उसी समय नारी की समस्याओं के बारे में जो कहा है वह कम महत्त्वपूर्ण नहीं, बल्कि सच बात यह है कि महादेवी जी का परिप्रेक्ष्य कहीं अधिक व्यापक है और उनके विश्लेषण में कहीं भी आक्रामकता या एकांगिता नहीं है।

उन्होंने यह कहा है कि स्त्री को स्त्री होने के नाते, केवल हेय ही नहीं माना

गया, पूज्य भी माना गया पर दोनों मान्यताएँ ऐसे अतिरेक पर पहुँचा दी गयीं कि सन्तुलित विकास में बाधा पड़ी। वे लिखती हैं, "प्रायः जो वस्तु लौकिक साधारण वस्तुओं से अधिक सुन्दर या सुकुमार होती है उसे या तो मनुष्य अलौकिक और दिव्य की पंक्ति में बिठा कर पूजा-योग्य समझने लगता है या वह तुच्छ समझी जा कर उपेक्षा और अवहेलना का भाजन बनती है। अदृष्ट की विडम्बनाओं से भारतीय नारी को दोनों अवस्थाओं का पूर्ण अनुभव हो चुका है। वह पवित्र देव मन्दिर की अधिष्ठात्री भी बन चुकी है और गृह के मलिन कोने की बंदिनी भी।"

बाद में जो भी स्थिति भारतीय समाज में नारी की हुई हो पर वे मानती हैं कि आरम्भ में ऐसा नहीं था। ऋषि याज्ञवल्क्य की पत्नी मैत्रेयी और गौतम बुद्ध की पत्नी गोपा (यशोधरा) का उदाहरण दे कर वे बताती हैं कि उस समय नारी का अपना एक व्यक्तित्व और अपनी एक अस्मिता थी। फिर क्या हुआ कि स्त्री उस पद से उतार दी गयी ? वे कहती हैं, "स्त्री को अपने अस्तित्व को पुरुष की छाया बँना देना चाहिए, अपने व्यक्तित्व को उसमें समाहित कर देना चाहिए, इस विचार का पहले कब आरम्भ हुआ यह निश्चयपूर्वक कहना कठिन है पर इसमें सन्देह नहीं कि वह किसी आपत्तिमूलक विषवृक्ष का ही फल रहा होगा। जिस अशान्त वातावरण में पुरुष अपनी इच्छा और विश्वास के अनुसार स्त्री को चलाना चाहता था उसमें इस भ्रमात्मक धारणा को कि स्त्री स्वतन्त्र व्यक्तित्व से रहित पति की छाया मात्र है, सिद्धान्त का रूप दे दिया गया।" लेकिन इसका फल क्या हुआ ? वे लिखती हैं, "दर्पण का उपयोग तभी तक है जब तक वह किसी दूसरे की आकृति को अपने हृदय में प्रतिबिम्बित करता रहा है। अन्यथा लोग उसे निरर्थक समझ कर फेंक देते हैं। पुरुष के अन्धानुसरण ने स्त्री के व्यक्तित्व को अपना दर्पण बना कर उसकी उपयोगिता तो सीमित कर ही दी। साथ ही समाज को भी अपूर्ण बना दिया।"

स्त्री का स्वतन्त्र व्यक्तित्व उसकी स्वेच्छाचारिता माना जाये और नारी पुरुष का अन्धानुसरण करती रहे इसके तो वे पूर्णतः विरुद्ध हैं। लेकिन उन्होंने अपनी दूर दृष्टि से यह भी देख लिया था कि प्रतिकार में नारी अपने नारीत्व को ही तिरस्कृत कर पुरुष की प्रतियोगिता में बिलकुल पुरुष बनने की कोशिश न करने लगे। मर्दाना तेवर, मर्दानी पोशाक, मर्दानी भाषा-शैली, यहाँ तक कि मर्दाना गाली-गलौज तक अपना कर वह कहीं अपनी मूल प्रकृति को ही न खो बैठे। यह स्थिति भी पहलीवाली स्थिति से कम हानिकर नहीं। उनका कहना है कि "इस समय हमारे समाज में केवल दो प्रकार की स्त्रियाँ मिलेंगी। एक वे जिन्हें इसका ज्ञान भी नहीं है कि वे भी एक विस्तृत मानव समुदाय की सदस्य हैं और उनका भी एक स्वतन्त्र व्यक्तित्व है···दूसरी वे जो पुरुषों की समता करने के लिए उन्हीं के दृष्टिकोण से संसार को देखने में, उन्हीं के गुणावगुण का अनुकरण करने में जीवन के चरम लक्ष्य की प्राप्ति समझती

हैं। सारांश यह कि एक ओर अर्थहीन अन्धानुसरण है दूसरी ओर अनर्थमय अन्धानुकरण ।''

सचमुच आज यह सोच कर आश्चर्य होता है कि सन् '42 में ही एक हिन्दी लेखिका ने नारी समस्याओं को इतने दृष्टिकोणों से देखने का प्रयास किया था। यही नहीं उन्होंने और अनेक समस्याएँ उठायी हैं अपनी इस कृति में जिससे समाज की नस पर उनकी गहरी पकड़ का प्रमाण मिलता है। मसलन उन्होंने विचार किया है हमारे ही समाज में शिक्षित महिला वर्ग और अशिक्षित महिला वर्ग में कौन-सी सांस्कृतिक विषमताएँ हैं। नर्स, अध्यापिका आदि क्षेत्रों में कार्य करनेवाली महिलाओं और, सामान्य गृहणियों में क्या पारस्परिक पूर्वग्रह है। और नारी आधुनिक होने की होड़ में किस तरह केवल अपने वस्त्रों की फैशन, बोलचाल की तर्ज और शृंगार प्रसाधन को ओर ध्यान देती हैं जबकि उसे आधुनिक समाज और आधुनिक समस्याओं की गहरी समझ ही वास्तव में आधुनिक बना सकती है। मैं कभी-कभी सोचता हूँ कि सिमोन द बुवा अगर हिन्दी जानती होतीं और सन् '42 में ही लिखी महादेवी की यह कृति उन्होंने पढ़ी होती तो शायद उन्हें बहुत से ऐसे आयाम नारी समस्या के दीखते जो आधुनिक यूरोप में अलक्षित रह जाते हैं।

एक बात और। अपने क्रान्तिकारी विचारों के लिए महादेवी के बारे में थोड़ी-बहुत कानाफूसियाँ तो हुईं, पुराने दकियानूस लोगों में लेकिन आधुनिक सुशिक्षित संस्कृति-केन्द्र फ्रांस के आलोचकों के संकीर्ण पूर्वग्रहों का जैसा विवरण सिमोन द बुवा ने दिया है वैसा भारत में नहीं हुआ। महादेवी सबकी श्रद्धा का पात्र बनीं।

भविष्य के लिए महादेवी जी ने सन् '42 में ही जो सन्देश दिया था, समापन के रूप में उसे ही प्रस्तुत करना अनुचित न होगा :

''भविष्य में भारतीय समाज की क्या रूपरेखा हो। उसमें नारी की क्या स्थिति हो, उसके अधिकारों की क्या सीमा हो आदि समस्याओं का समाधान आज की जाग्रत और शिक्षित नारी पर निर्भर है। यदि वह अपनी दुरवस्था के कारणों को स्मरण रख सके और पुरुष की स्वार्थपरता को विस्मरण कर सके तो भावी समाज का स्वप्न सुन्दर और सत्य हो सकता है। परन्तु यदि वह अपने विरोध को ही चरम लक्ष्य मान ले और पुरुष से समझौते के प्रश्न को ही पराजय का पर्याय समझ ले तो जीवन की व्यवस्था अनिश्चित हो जायेगी और विकास का क्रम शिथिल हो जायेगा। क्रान्ति की अग्रदूती और स्वतन्त्रता की ध्वजा-धारिणी नारी का कार्य जीवन के स्वस्थ निर्माण में शेष होगा, केवल ध्वंस में नहीं।''

चैत उतपतिया

पता नहीं आपको यह अनुभव होता है या नहीं। पर मैंने हर बार महसूस किया है कि दोपहर को रंग, अबीर, गुलाल भरी होली खेल कर घर लौटिए तो एक अजीब-सी उदासी मन पर छाने लगती है। उसे केवल उदासी भी कहना समुचित न होगा। एक खालीपन, एक आन्तरिक खिन्नता, रीत जाने या व्यतीत हो चुकने का भाव। रास-रंग, ठहाके, धमा-चौकड़ी, हुड़दंग, टेसू के रंग और गालों पर गुलाल मलती हुई मचलती हुई हथेलियों के बाद अकस्मात् यह उदासी का भाव क्यों आता है, मैं आज तक नहीं समझ पाया। पर एक बात मैंने महसूस की है, मौसम का सहसा बदलना और उसके साथ मनःस्थिति का इतने आकस्मिक ढंग से बदल जाना शायद यह विशेषता इसी मौसम की है यानी चैत की। होली जलती है फाल्गुन पूर्णिमा को, दूसरे दिन होली खेल कर हम लौटते हैं तो चैत लग चुका होता है। (वैसे तिथि गणना की एक दूसरी पद्धति के अनुसार चैत्र होली के एक पखवारे के बाद शुरू होता है।)

चैत की यह उदासी केवल किन्हीं विशेष संस्कारों या संवेदनाओं की उपज हो ऐसा भी नहीं, लोक-मानस में बसी हुई धुनें और लोकगीत तो झूठ नहीं बोल सकते ! होली के बाद ही चैती गायी जाने लगती है और चैती की धुन ही नहीं, चैती के मुखड़े भी आपको ज्यादातर उदास मिलेंगे। प्रेमचन्द जी की गवाही तो आप मानेंगे। कविता से उन्हें कोई खास लगाव नहीं था और टटका गद्य लिखने में वे विश्वास करते थे। लेकिन उठाइए उनकी सबसे परिपक्व कृति 'गोदान'। नायक जब अपने गाँव लौट रहा है तो बरबस उसके कंठ से एक उदास चैती फूट पड़ती है :

हियरा जरत रहत दिन रैन
अमवा की डारी पे कोयल बोले
तनिक न आवत चैन
हियरा जरत रहत दिन रैन

फसल तैयार हो चुकती है। पके हुए खेत चैती-धूप में सोने की तरह चमकते हैं। पके गेहूँ की गन्ध के साथ बौराये आम और छोटी-छोटी अमियों की खट्टी चटखारेदार गन्ध घुल-मिल जाती है। किसान-वधुएँ तृप्त भाव से, कामधाम से फुरसत पा कर नीम की छाँव में या कच्ची मुंडेरों पर अलसानी बैठी रहती हैं। जब बहुत तृप्ति और सन्तोष का स्वर फूटना चाहिए तब जाने क्यों मनों में उमड़ने लगती है उदासी ! कुछ समाजशास्त्रियों का विचार है कि कृषि-प्रधान देश भारत के अधिकांश त्योहार ऋतुओं से, खेती से, वर्षा से और फसलों से जुड़े हुए हैं। मान लिया इस सिद्धान्त से पकी फसल की धूमधाम मना ली होली में। पर यह जो भारतीय नारी का मन है उसकी आन्तरिक दुख-सुख की जो लय है यह किससे जुड़ी हुई है इसका पता कोई क्यों नहीं लगाता ? पकी फसलों के उल्लास के बीच यह चैती की धुन में उदास क्यों हो जाता है ? कालिदास ने अपने "रम्याणि वीक्ष्य मधुराश्च"...वाले प्रख्यात श्लोक में इस तथा इस जैसी दूसरी उदासियों का एक निरूपण करने का प्रयास किया है। वे कहते हैं कि कभी अत्यंत सुन्दर दृश्यों को देख कर या अन्य किसी प्रकार से चरम सौन्दर्य की अनुभूति करने पर आनन्द के साथ-साथ एक विषाद भी मन पर छा जाता है। वह विषाद कहाँ से आता है ? कहीं वह हमारे पिछले जन्मों की किन्हीं वेदनाओं, अतृप्तियों, पीड़ाओं का अवशेष तो नहीं है ? यह कालिदास की धारणा है।

पिछले जन्म का रहस्य जानना तो हमारे वश की बात नहीं है। पर जयशंकर प्रसाद ने इस उदासी को एक परिभाषा दी है। उनके नाटकों में कहीं एक वाक्यांश आता है, "उत्सव के बाद का अवसाद"। तो क्या यह फसलों के फागुनी उत्सव के बाद का अवसाद है ? और प्रसाद को नमन कि उस मनःस्थिति के लिए बिलकुल सही शब्द उन्होंने दिया—खिन्नता, उदासी, विषाद, इन सब शब्दों से वह ध्वनि नहीं निकल पाती जो 'अवसाद' से निकलती है।

लेकिन इस अवसाद से मेरा परिचय जब, जिस उम्र में हुआ तब कालिदास तो दूर, मैं प्रसाद का नाम तक नहीं जानता था। अपने मुहल्ले के लोकनाथ के मन्दिर का जिक्र मैंने किया था शिवरात्रि वाले लेख में। बस, मेरे मुहल्ले की जो सबसे लम्बी और मशहूर गली थी उसके पहले सिरे पर था लोकनाथ का मन्दिर और अन्दर-अन्दर गली में दूकानों, मकानों को पार करते चले जाइए तो गली के अन्तिम सिरे पर आता है—कल्याणी देवी का मन्दिर। अब तो वहाँ घनी बस्ती हो चुकी है, पर उस समय वहाँ से खुला मैदान शुरू होता था—जिसके एक ओर थी चहारदीवारी से घिरी चौधरी साहब की बगिया। छोटी-सी कोठी, आम, कैथा, आँवले के पेड़, कनेर और बेले के झाड़, जूही और चमेली की लतरें, एक ओर खुदा हुआ चौकोर अखाड़ा। जब रूमानिया के विख्यात पहलवान जिबिस्को को हरा कर विश्व चैंपियन बन कर गामा पहलवान भारत लौटे थे तो इलाहाबाद में हमारे ही मुहल्ले में इसी बगिया में टिके

थे और उन्हीं के रियाज के लिए चौधरी साहब ने यह अखाड़ा खुदवाया था।

होली के बाद देवी की अष्टमी पड़ती थी। चैत कृष्ण पक्ष की अष्टमी होती थी या शुक्ल-पक्ष की—यह तो अब याद नहीं, पर इतना याद है कि रात को देवी की अष्टमी के उपलक्ष्य में चौधरी साहब की बगिया में जो महफिल जमती थी उसमें कलकत्ता, पटना, झरिया, काशी, इलाहाबाद, लखनऊ, पटियाला की सबसे मशहूर गायिकाएँ आती थीं। रात 9 बजे से शुरू हो कर महफिल तड़के सुबह तक चलती थी। नवमी को सुबह देवी की प्रातःकालीन आरती पर खत्म होती थी वह महफिल। बच्चों को वहाँ जाने की इजाजत तो नहीं थी। लेकिन सारा मुहल्ला खामोश रहता था और 11 बजे रात से बिना किसी लाउडस्पीकार के उन निष्णात गायिकाओं के स्वर सारे मुहल्ले में गूँज जाते थे। विद्याधरी, कमला, मलिका, सिद्धेश्वरी और जाने कितने ही नाम चर्चित रहते थे हफ्तों तक। उनको देखा तो नहीं कभी पर इतना पहचानने लगे थे कि यह ठुमरी है, यह दादरा, यह चैती। और सच बताऊँ, जाने क्यों चैती सुनते-सुनते मन उदास होने लगता था और कभी-कभी पलकों की कोरों से बड़े-बड़े आँसू तकिया भिगो जाते थे। अकारण। यह मत सोचिएगा कि उस समय मैं किसी से प्यार करता रहा होऊँगा और आधी रात चैती सुन कर उसकी याद आती रही होगी। नहीं भइया, उस समय मैं मुश्किल से ग्यारह-बारह साल का रहा होऊँगा। मुहब्बत-उहब्बत का सवाल नहीं। बिना किसी खास कारण के भी यह उदासी कैसे आती है इसका साक्ष्य मिला मुझे वर्षों बाद जब मैंने पाकिस्तान के मशहूर अफसानानिगार और शायर अहमद नदीम कासिमी की ये चार पंक्तियाँ पढ़ीं। लिखते हैं वे :

> ''गली के मोड़ पे बच्चों के एक जमघट में
> किसी ने दर्द भरी लय में माहिया गाया
> मुझे किसी से मुहब्बत नहीं मगर ए दोस्त
> ये क्या हुआ कि दिले बेकरार भर आया।''

अहमद नदीम कासिमी के लिए जो असर माहिया छोड़ जाता था मेरे लिए वही असर चैती का था।

यह नहीं कि चैती में वियोग-शृंगार ही हो। चाँदनी दो ही महीनों की बहुचर्चित रही है—क्वार की शरद पूर्णिमा या चैत की चाँदनी। नायिका कहती है, ''चित चैत की चाँदनी चाह भरी चरचा चलिबे की चलाइये ना।'' अभी चर्चित निबन्धकार कृष्णबिहारी मिश्र का नया निबन्ध संग्रह पढ़ रहा था, 'मकान उठ रहे हैं।' उसमें चैत की कोयल पर कुछ बड़े ही मार्मिक तथ्य दिये हैं और भोजपुरी लोकगीत की भी दो पंक्तियाँ हैं :

> रामा चइत कै निंदिया बड़ी बइरिनिया हो रामा
> सुतलो बलमुवा न जागे हो रामा सुतलो बलमवा।

तरह-तरह के श्रृंगार-भाव भी जगाता था चैत। चैत चढ़ते ही उसका मन मायके से उचट जाता था, वह पिया के घर जाने को बेचैन हो उठती थी :

"चढ़त चैत चित लागे न रामा, बाबा के भवनवाँ !
याद आवत जब पिय की बतियाँ
उर बिच उठत दहनवाँ हो रामा !"

और बहु-प्रचलित चैती के वे गुदगुदानेवाले बोल तो आपने भी शायद सुने हों :

एही ठहियाँ मोतिया हेराय गइलो रामा
मैं कहाँ ढूढ़ूँ राम !
अँगना में हेरलियुं, अटरिया पर हेरलियुं
हेरत-हेरत हेराय गइल्युं रामा !
घरवा खोजलीं, बजरियाँ में खोजलीं
खोजि अइलीं सैयां की सेजरिया हो रामा
सासु जी से पुछलीं, ननद जी से पुछलीं
सैयाँ से पूछत लजाय गइल्युँ रामा

अजीब महीना है यह चैत का। एक ओर उदासी दूसरी ओर श्रृंगार का उन्माद। इसलिए इसे उत्पात मचानेवाला महीना कहा गया है :

आइल चैत उतपतिया, भेजल नहि पतियाँ हो रामा
बैरी कोइलिया सबद सुनावे, कल न परत अब रतियाँ हो रामा।

पर उदासी का आसंग इससे छूट नहीं पाता। हिन्दी में जो सबसे अच्छी कविता मैंने चैत पर पढ़ी, उसमें वही भाव ध्वनित होता है। स्व. हंस कुमार तिवारी की उस कविता की कुछ पंक्तियाँ प्रस्तुत हैं :

पीले पत्तों के मर्मर में चैती दोपहरी रोती है
सब सूना-सूना लगता है, हर ओर उदासी है छायी
आलस का मादक सम्मोहन यह हवा कहीं से ढो लायी
दूबों का दामन तार-तार, निर्धन तरु की डाली-डाली
जगती की श्री शोभा, सब कुछ लगती जैसे खाली-खाली
दुर्दिन में नंगे पेड़ों की अपनी छाया भी खोती है।
पीले पत्तों के मर्मर में चैती दोपहरी रोती है।

कश्मीर : एक याद एक प्रार्थना

कभी-कभी यादों में बसा कोई रूप, यादों में बसी कोई भंगिमा, यादों में बसा कोई दृश्य इतना गहन क्यों हो जाता है कि किसी दूसरे सन्दर्भ में बरसों बाद उस रूप को बदला हुआ देखें, उस दृश्य को बदला हुआ देखें तो भी आपका मन उसी यादों में बसे रूप और दृश्य को दोहराता है। इस बदले हुए लेकिन यथार्थ रूप-दृश्य को स्वीकार ही नहीं करना चाहता। हो सकता है आप इसे यथार्थ से पलायन की संज्ञा दें, पर ऐसा होता तो है—इससे आप इनकार नहीं कर सकते।

अब यही कश्मीर को लीजिए। महीनों से रोज सुबह अखबार खोलिए और एक न एक खौफनाक झलक कश्मीर की मिल ही जाती है। बाहर के घुसपैठिये, अन्दर के देशद्रोही तत्त्व, अपहरण, निर्दोषों की नृशंस हत्याएँ, दहशत, हिंसा और मातम का अँधेरा। ये तमाम खबरें एक डरावनी सचाई हैं पर अपना मन जाने क्यों यह नहीं मानना चाहता कि यही असली कश्मीर है। ये साजिशें, ये नफरत, ये कत्ल ही सच हैं, और कुछ सच नहीं।

लेकिन नहीं मेरी यादों में बसा एक और कश्मीर है। जब अखबारी सुर्खियाँ पढ़ कर मन बहुत दुखी हो जाता है तो जेहन में उभर आता है वह कश्मीर, सत्रह साल पहले का जो मैंने युद्ध के ही सन्दर्भ में देखा था। वह जगहें, वे लोग, जिन तक पर्यटक तो पहुँच ही नहीं पाते, श्रीनगर की घाटी के कश्मीरी भी बहुत कम उस कश्मीर तक पहुँच पाते हैं।…

एक हरी-भरी पतली पहाड़ी है, काफी ऊँचे से आती है और आहिस्ते-आहिस्ते उतर आती है उस सपाट चट्टान तक जहाँ मैं खड़ा हूँ। पहाड़ी के किनारे बायीं ओर एक खूबसूरत हल्के हरे रंगवाले पानी की नदी है जो पहाड़ी के साथ-साथ नीचे उतरती आती है। जहाँ मैं खड़ा हूँ। उसी के जरा पहले दायीं ओर एक बहुत बड़ा पहाड़ी चश्मा है। चश्मे का पानी शफ़्फ़ाक पारदर्शी है और उसमें से मोटी-मोटी

जलधाराएँ इतने वेग से फूटती हैं कि सफेद-सफेद झाग ही गिरता दीखता है। ऐसा लगता है जैसे पहाड़ी से कच्चे दूध का झरना फूट पड़ा हो। जिस चट्टान पर मैं खड़ा हूँ, उसके दायीं ओर से काफी पोशीदा ढंग से लुकता-छिपता हुआ एक बेढंगा-सा नाला घूमता हुआ आता है और आगे चल कर नदी में मिल जाता है।

"यही नाला शैतान की आँत है हुजूर" हाशिम मुझे बताता है, वरना यह तो किशनगंगा, कश्मीर की पाक गंगा नदी और वह चश्मा है हब्बा खातून का झरना। रानी थी हुजूर हब्बा खातून, शायर थी। हम कश्मीरी किसान तो उसे मां का दर्जा देते हैं। किसानों की ही लड़की थी। बस यह नाला ही नाकिस है। इसे कहते भी हैं शैतानी नाला। वो जो अयूब खाँ ने पाकिस्तानी लुटेरे भेजे थे न वे इसी नाले में छिपते-छिपते घुसे थे। हमने उन्हें पकड़ कर उनकी कुन्दी कर दी। कश्मीर में आग लगाने आये थे। नासमझ।"

मैं हाशिम की ओर प्रशंसा से देख रहा था। अभी कुछ देर पहले सुरक्षा बल के अधिकारियों ने बताया था कि इस नदी के पार घना जंगल है। बीहड़ पहाड़ी रास्ता। टैंक या बख्तरबन्द गाड़ी का तो सवाल ही नहीं, जीप भी नहीं जा सकती उस पर। ऊपर जो चौकी है सुरक्षा बल की, वहाँ तक सब पैदल ही जाते हैं। बस, उस चौकी के पार ही पड़ता है पाक अधिकृत कश्मीर। पाकी फौजें तैनात हैं उधर। कभी-कभी गोलाबारी भी हो जाती है। जब बांगला देश के सवाल को ले कर अकस्मात् पाकिस्तान ने हमारे हवाई अड्डों पर बम बरसाये और इंदिरा जी ने बेलौस जंग का एलान कर दिया, तब इस हिस्से में यथेष्ट सेना भी नहीं थी। ज्यादा मोर्चे सीमा सुरक्षा बल ने ही सँवारे थे। मोर्चा जमाना था किशनगंगा के उस पार के जंगलों को पाट कर ऊँचे शिखर पर, लेकिन वहाँ आदमी तो पैदल पहुँच जायें पर तोपें, गोला बारूद कैसे जायेगा। नदी पर कोई पुल भी तो नहीं। चिनार के या चीड़ के तीन-चार तने काट कर रख दिये गये। ऊबड़-खाबड़—उन पर पैर टिकाना मुश्किल। अगल-बगल कोई सहारा नहीं, न रस्से, न बाँस, अगर जरा-सा पाँव डगमगाया या बोझ पड़ने से कोई तना हिला तो आप नीचे नदी की धार में नुकीली चट्टानों में क्षतविक्षत होते हुए बह जायें।

इस हाल में बेबस खड़ी थीं हमारी सैनिक टुकड़ियाँ। अगर किसी तरह नदी के पार उतर कर जंगल पार कर सीमा चौकी पर पहुँच भी गयीं तो बिना भारी हथियारों के करेंगी क्या ? उस समय यह बहादुर किसान हाशिम आगे आया था। उनकी मदद के लिए। तीस-पैंतीस की उम्र। लाल सेव की तरह चमकता चेहरा। कसरती बदन, कसी पिंडलियाँ और गठावदार मजबूत बाँहें। उसने एक छोटी तोप अपने कन्धे पर रखी। हब्बा खातून के चश्मे की ओर देख कर कुछ कश्मीरी में कहा और या अली ! कह कर उन्हीं ऊबड़-खाबड़ तनों पर पाँव रख कर चलने लगा। उसके गाँववाले, बी. एस. एफ. वाले सब साँस रोक कर देख रहे थे। गाँव

वालों में से एक-दो ने चिल्लाकर हाशिम को मना भी किया। मगर वह सधे पाँव चलता गया। पार उतरकर ज्योंही उसने कन्धे से उतार कर तोप रखी कि गाँववाले खुशी से उछल-उछल कर उसे शाबाशी देने लगे। सीमा सुरक्षा बल की सैनिकों की जो टुकड़ी मेरे साथ आयी थी उसके युवा कप्तान अशोक कुमार ने बताया कि "उसके बाद तो गाँववाले किसान एक-एक कर आगे आने लगे, कोई न कोई सामान उठा कर उसी पुल पर चल कर पार पहुँचाने लगे और घंटे भर के अन्दर हरबा-हथियार के साथ हम उस पार के जंगलों में पहुँच गये। यह हाशिम की हिम्मत थी कि उस मोर्चे पर हमने फतह हासिल की और पाकिस्तानी तोपों को चुप करा दिया।"

मैंने फिर हाशिम के चौड़े कन्धे पर हाथ रखा और उसकी तारीफें कीं तो वह लजा कर थोड़ा सर झुका कर बोला—हुजूर मैं अपने बाप का बेटा हूँ। इस बार की जंग में तो ये फौज हमारी हिफाजत को थी, लेकिन जब अयूब खाँ ने इसी शैतानी नाले में से दरिंदे हमलावरों को भेजा था तब तो कोई फौज नहीं थी। गाँव वाले बेहद डरे हुए थे। लुटेरे कहीं आग लगा रहे थे, कहीं लूटपाट कर रहे थे। उस वक्त मेरा बाप उठ खड़ा हुआ। वह अकेला उनसे भिड़ गया। फिर सारे गाँववाले आये, फिर आसपास के गाँववाले आये और हमने उन्हें खदेड़ दिया। इस जंगलवाले रास्ते से हो कर भागे थे वे। "तुम्हारे वालिद मियाँ कहाँ हैं ?" मैंने पूछा। "वह तो कई बरस पहले अल्लाह को प्यारे हो गये हुजूर।" कुछ उदास हो कर हाशिम ने जवाब दिया।

उस पार उतर कर हम सुस्ता ही रहे थे कि कोई पता नहीं किस झोंपड़ी से गिलासों में भर कर गर्म चाय ले आया और उसके साथ ताजा तली हुई पकौड़ियाँ। मैंने पकौड़ी का दोना हाथ में लिया और आश्चर्य से दंग रह गया। पकौड़ियाँ कागजों में नहीं, भोजपत्र में रखी हुई थीं। मुझे अचरज में पड़ा देख कर कोई सैनिक बोला, "डॉक्टर साहब, ऊपर जहाँ हम चलेंगे वहाँ पहले तो भोजपत्र का जंगल ही है। गौर से देखिए इनकी झोंपड़ियों में भी भोजपत्र की दो-तीन तहें लगी हैं। पानी इससे पार नहीं जाता। झोंपड़ी चूती नहीं।" इस मायावी घाटी और इस जादू-जंगल में मैं पहुँचा कैसे था, यह तो आपको बताना भूल ही गया। बांगला देश युद्ध के समाप्त हुए कई महीने बीत चुके थे। सीमा-सुरक्षा बल (बी. एस. एफ.) के प्रथम निदेशक और वस्तुतः इस संगठन को बुलंदियों पर पहुँचानेवाले के. एफ. रुस्तम जी ने बांगला देश की रिपोर्टिंग वाले धर्मयुग के अंक देखे थे। उन्होंने कहा कि उस युद्ध में आपने अगरतला से तेंतुलिया तक देश की पूर्वी सीमा तो देख ली पर पश्चिमी सीमा पर सिंध-काठियावाड़ से ले कर लद्दाख तक हमारे जवान किस तरह मुस्तैद हैं सीमा की सुरक्षा के लिए यह आपको देखना चाहिए। इस प्रस्ताव पर मेरा घुमक्कड़ मन फड़क उठा। रुस्तम जी ने साथ कर दिया अपने जन संपर्क अधिकारी श्री उनियाल को

और बी. एस. एफ. के खास छायाकार श्री दुबे को। सिंध की सीमा, कच्छ की खाड़ी राजस्थान के रेगिस्तानों को पार करते हुए हम आ पहुँचे इस बीहड़ मगर बेहद सुन्दर घाटी में। यहाँ तक पर्यटकों के आने का तो सवाल ही नहीं उठता। उस समय सैनिक सुरक्षा की दृष्टि से किसी भी बाहर से आनेवाले को विशेष इजाजत लेनी पड़ती थी।

बहरहाल हमने कैसे भोजपत्र का जंगल पार किया। कैसे उस पट्टी में पहुँचे जहाँ फूल ही फूल थे सैकड़ों रंग, हजारों किस्में। यह गुरेज घाटी आठ हजार फीट की ऊँचाई पर थी। कैसे छह हजार फीट एक दिन में चढ़ कर शिखर वाली चौकी पर पहुँचे। यह सब विवरण एक बार विस्तार में लिख चुका हूँ। (देखिए यात्रा चक्र) यह भी लिख चुका हूँ कि बिना किसी पूर्वाभ्यास और उपयुक्त सहायता के एक ही दिन में छह हजार फीट की चढ़ाई पूरी करने पर डी. सी. अशोक कुमार ने भोजपत्र पर लिख कर दिया था, "मान गये आपको डॉक्टर साहब," पर उन्हें यह नहीं मालूम कि जिन डॉक्टर साहब की हिम्मत को मान गये थे वे, उनकी क्या हालत हुई लौटने पर। जीप पर जिस कोण में घुटने मोड़ कर बैठे थे उसी कोण में घुटने जाम हो गये। चलने का सवाल दूर, न पाँव फैला सकते थे न सिकोड़ सकते थे। श्रीनगर पहुँचने पर स्ट्रेचर में डाल कर लाया गया। डॉक्टर आये खास तौर से। वे जो बर्फ में रहनेवाले सैनिकों का इलाज करते थे। दवाएं दी गयीं, घुटनों का बिजली से सेंक किया गया, तेल मालिश होती रही। रुस्तम जी का अपना विशेष विश्राम कक्ष था श्रीनगर में, उसी बेहद आराम देह कमरे में मुझे रखा गया। कई दिनों तक उसी कमरे में चुपचाप पड़े रहना था। वक्त काटने के लिए बस चंद किताबें थीं, एक छोटे से रैक में। विदेशी यात्रियों द्वारा बनाये गये पुराने कश्मीर के रेखा चित्र मुगल बादशाहों और सूबेदारों के कश्मीर के अनुभव और सौन्दर्य-वर्णन, कश्मीर-लद्दाख और तिब्बत का विस्तृत भूगोल और कुछ किताबें थीं कश्मीर के पुराने इतिहास पर।

मैं धीरे-धीरे स्वस्थ हो चला था। सितम्बर का महीना था। कश्मीर का सबसे मोहक मौसम। चिनार की कलात्मक पत्तियाँ हरा रंग बदलकर तांबई लाल होने लगी थीं। फल के पेड़ों की डालियाँ पके सेब, आलूचे, आलू बुखारे, आंडू, नाशपाती, और नाखों से लटककर झुकी पड़ रही थीं, हवा में खिलते फूलों और पकते फलों की मिली-जुली मादक गन्ध थी और मैं कश्मीर के इतिहास और संस्कृति का एक-एक पन्ना खोल रहा था और नयी जानकारियों से रोमांचित हो रहा था। जिसे हम सिर्फ नूरजहाँ और जहाँगीर का विहार स्थल और पर्यटकों का स्वर्ग मात्र मानते रहे हैं। वह कश्मीर तो भारतीय संस्कृति और मनीषा का साझा प्रदेश रहा है। कितने ही भारतीय ऋषि-मुनि, संस्कृत कवि, इतिहासकार, सूफी पीर और फकीर, संस्कृत और फारसी के विद्वानों ने इस प्रदेश की संस्कृति का निर्माण किया है।

संस्कृत का प्रख्यात कवि क्षेमेन्द्र कश्मीर का था। उसकी कितनी ही रचनाएँ

हैं—'दशावतार चरित', 'समय मातृका', 'जातक माला', 'रामायण मंजरी' और सबसे प्रसिद्ध 'कवि-कंठाभरण'। सम्भवतः क्षेमेन्द्र के जरा पहले कश्मीर में बिल्हण कवि हुआ, जिसकी ऐतिहासिक काव्य पुस्तक 'विक्रमांक देव चरित' प्रसिद्ध हुई। उसका यश कश्मीर के बाहर भी पहुँचा और धुर उत्तर कश्मीर से चल.कर बिल्हण दक्षिण भारत के चालुक्य राजवंश के राजा त्रिमुनन के दरबार में गया और वहाँ उसे राज कवि के रूप में प्रतिष्ठित किया गया। कोई निश्चित ऐतिहासिक प्रमाण तो नहीं मिलता पर किंवदंतियाँ यह कहती हैं कि स्वयं कालिदास कश्मीर के थे और प्रकृति का जो प्रगाढ़ प्रेम और सूक्ष्म रस ग्रहण कालिदास में मिलता है, वह उनके कश्मीर प्रवास की ही देन है। मोहन राकेश का नाटक 'लहरों का राजहंस' इसी किंवदंती को आधार बना कर लिखा गया।

क्षेमेन्द्र के समय से ही लक्षण ग्रंथ लिखे जाने लगे थे और अलंकारों आदि के अलावा तीनों शब्द-शक्तियाँ—अभिधा, लक्षणा और व्यंजना का जैसा विशद विश्लेषण कश्मीर के इन संस्कृत-आचार्यों ने किया उसका कोई मुकाबला नहीं, और कल्हण का तो जिक्र ही नहीं हुआ अभी। समूचे भारतीय साहित्य में अगर लौकिक स्तर पर प्रामाणिक इतिहास लेखन का कार्य मध्यकाल में प्रारम्भ हुआ तो वह कश्मीर में ही। कल्हण की 'राजतरंगिणी' न केवल भारत में वरन् सारे संसार के इतिहास-विशेषज्ञों के बीच अत्यन्त चर्चित है। इसके दो कारण हैं। एक तो उसके पहले पुराण लिखे गये थे जिनमें राजवंशों और कतिपय ऐतिहासिक घटनाओं का भी जिक्र है, लेकिन उनमें वह यथातथ्य प्रामाणिकता नहीं थी जो इतिहास में होनी चाहिए। एक-एक राजा कभी-कभी एक युग तक राज्य करता था और उसका राज्य न केवल पृथ्वी वरन् अन्य लोकों तक फैला होता था। कल्हण ने पहली बार पौराणिक कल्पनाओं से रहित यथार्थ इतिहास, सही भूगोल और सही तिथिक्रम के साथ दिया। यही नहीं, बाद के अनेक इतिहासकार (न केवल संस्कृत वरन् फारसी के भी) इतिहास लिखने के बहाने अपने आश्रयदाता राजा या राजवंश की अतिरंजित प्रशंसा करते थे। कल्हण ने इस दिशा में भी वस्तुनिष्ठता अपनायी, अच्छे शासन की प्रशंसा की, बुरे शासन की आलोचना।

साहित्य और इतिहास में इतने डूबनेवाले लोग भला दर्शन से अछूते कैसे रहते ? कश्मीरी संस्कृति के प्रमुख उपास्य शिव थे। कश्मीरी विद्वानों ने शैवदर्शन पर चिन्तन-अनुचिन्तन कर उसे बहुत गहराई दी। बहुत वर्षों तक तो कश्मीर के शैव दर्शन की चर्चा ही नहीं हुई, शंकराचार्य के चिन्तन की ही चर्चा होती रही। लेकिन जब कश्मीरी शैव दर्शन का समुचित अध्ययन हुआ तो पाया गया कि अनेक दृष्टियों से यह मायावाद का अधिक सकारात्मक जीवन-दर्शन है। इसे प्रत्यभिज्ञावाद या त्रिक्वाद भी कहते हैं। वायु गुप्त, कल्लट भट्ट, सोमानंद, उपलदेव और अभिनव गुप्त की दार्शनिक कृतियाँ अपने ढंग की अनूठी कृतियाँ हैं।

संस्कृत साहित्य के समानान्तर यहाँ फारसी कृतियों की भी रचना होती रही। किसी पक्ष में कोई संकीर्णता नहीं थी। कश्मीर के प्रख्यात शासक जैनुल आब्दीन के राज्य काल में, उसके प्रोत्साहन से राजतरंगिणी और महाभारत का अनुवाद फारसी में किया गया, मुल्ला अहमद अल्लामा द्वारा जो संस्कृत और फारसी दोनों के पारंगत विद्वान् थे।

मैं रुस्तम जी के विशेष कक्ष में घुटनों के जाम होने की वजह से पड़ा हूँ, मेरे सिरहाने थक्के के थक्के भोजपत्र रखे हैं जो गुरेज घाटी से लौटते समय मेरे सैनिक साथियों ने उपहार स्वरूप दिये। मैं कभी-कभी सोचता हूँ कि क्या इसी जंगल के भोजपत्र थे जिन पर क्षेमेन्द्र, कल्हण, बिल्हण, मम्मट, सोमानंद और अभिनवगुप्त ने अपने ग्रन्थ लिखे होंगे। यह किशनगंगा, शैतानी नाला और हब्बा खातून के त्रिकोण में इस चट्टान पर खड़े-खड़े यह किस कश्मीर से जुड़ गया हूँ मैं। यहाँ संस्कृत के उद्‌भट विद्वान् भी हैं, फारसी के भी, यहाँ हिन्दुओं के तीर्थ भी हैं, मुसलमानों की जियारतें भी। यह कल्हण, क्षेमेन्द्र, बिल्हण, सोमानंद, अभिनवगुप्त का, जैनुल आब्दीन और हब्बा खातून का कश्मीर तो सदा से भारतीय था, भारतीय है, भारतीय रहेगा। षड्‌यंत्रकारी, हमलावर, घुसपैठिये क्या उस इतिहास को मिटा सकेंगे, जो इन भोज पत्रों पर लिखा हुआ है। क्या वे हब्बा खातून चश्मे की शफ़्फ़ाक दुग्धधवलता मैली कर सकेंगे, जो एक महान् कवयित्री और एकनिष्ठ पातिव्रत्य की पवित्रता का प्रतीक है।

लो, हब्बा खातून की कहानी तो आपको सुनानी रह ही गयी। वही तो मेरी इन कश्मीरी यादों की जान है। कश्मीर का एक मशहूर बहादुर और गुणी प्रशासक यूसुफशाह चक। चक उसकी वंश उपाधि थी। एक दिन वह महापद्‌मनाग (वर्तमान नाम वूलर) झील के किनारे-किनारे घोड़ा दौड़ाता जा रहा था कि उसने बड़ी मीठी आवाज में किसी को भरपूर कंठ से गाते सुना। आवाज पूरी घाटी में गूँज रही थी। उसने तलाश की। पता चला वह एक किसान कन्या है हब्बा। खुद गीत बनाती है, खुद गाती है। सुबह, शाम, दोपहर, आधी रात कभी भी उसे एक जुनून-सा सवार हो जाता है और वह खेतों, जंगलों, चरागाहों में अकेली गाती घूमती है।

यूसुफ शाह उस आवाज के पीछे दीवाना हो गया। अन्त में उसकी लगन और निष्ठा सफल हुई। हब्बा ब्याह कर यूसुफ शाह चक के महलों में आ गयी। लेकिन कुछ ही दिनों बाद वह बेचैन रहने लगी। वह चाहती थी उसी तरह खेतों, चरागाहों, जंगलों में भटक-भटक कर गाना। पर इसके लिए न तो यूसुफ शाह की इजाजत मिली और न खानदान की। बड़े-बूढ़े और बुजुर्ग औरतें तो हब्बा को अपमानित करते

थे। तुमसे कहा था कि नीचे खानदान की लड़की मत लाओ। खानदानवालों ने यूसुफ शाह से कहना शुरू किया।

मगर हब्बा कहाँ माननेवाली थी। एक दिन रात को घोड़ा ले कर, पहरेदारों की निगाह बचा कर निकल गयी। लौटी तो सबेरा होनेवाला था। पर यूसुफशाह ने कुछ नहीं कहा। हब्बा को चरागाह बहुत पसन्द थे और अपनी दुस्साहसी यात्राओं में उसने कई नये चरागाह खोज निकाले (उनमें था पर्यटकों का जाना-पहचाना गुलमर्ग जिसको पहले गौरी मर्ग कहते थे।)

खानदानवालों का असन्तोष बढ़ता गया। प्रजा में भी सन्देह के स्वर उठने लगे। जरूर यह रात को किसी से मिलने जाती है। अन्त में एक दिन यूसुफ शाह का धैर्य भी टूट गया। खानदानवालों के साथ उसने भी कहा कि तुम्हें अपनी पाकीजगी (पवित्रता) की सतीत्व की परीक्षा देनी होगी। परीक्षा यह थी कि वह एक घड़े में पानी लेकर नीचे से ऊपर घाटी के शिखर पर चढ़ेगी। वहाँ से घड़े का पानी ढलकायेगी। अगर पानी मैला हो कर किशनगंगा में मिला और धार मैली हुई तो इसके अर्थ यह होंगे कि लोगों का शक सही है, वह पतिव्रता नहीं है, पर यदि पानी बिना गंदा हुए किशनगंगा में मिल जाता है तो वह शुद्ध है, पवित्र है, सती है।

जनश्रुति कहती है कि हब्बा नीचे से घड़ा भर कर ऊपर बिना पानी छलकाए चढ़ी और उसने जो घड़े का पानी फेंका वह और भी शुद्ध हो कर किशनगंगा में मिल गया। आज तक वह उसके घड़े का पानी चुका नहीं है। झरना बन कर बारहों मास झरता रहता है। पर जनश्रुति का एक दूसरा रूप भी है उसके अनुसार सती सिद्ध हो जाने पर उसने यूसुफ शाह ने कहा—खानदान कुछ भी कहता पर तुमने भी मुझ पर शक किया, अब न तो मैं महलों में लौटूँगी, न चरागाहों में भटकूँगी···और यह कहकर वह किशनगंगा में कूद गयी। चारों ओर हाहाकार मच गया मगर कोई उसे ढूँढ़ न पाया। कुछ दिनों बाद उस पहाड़ी की निचली चट्टानों से यह झरना फूट पड़ा। दुग्ध धवला हब्बा खातून की तरह पवित्र पानीवाला। लोगों ने उसका नाम हब्बा खातून रख दिया।

इन जनश्रुतियों में कितना सच है, कितनी कल्पना, कितनी अतिरंजना मैं नहीं कह सकता। इसके बारे में इतिहासज्ञ क्या कहते हैं यह भी नहीं जानता। इतना जरूर कह सकता हूँ कि उस क्षण हब्बा खातून चश्मे के पास खड़े हो कर मैंने एक अजीब पवित्रता और दृढ़ता का अहसास किया था। यह भी याद है कि थोड़ा-सा जल शैतानी नाले की ओर फेंक कर मन ही मन कहा था कि हब्बा खातनू माँ है। उसकी पवित्रता कश्मीर की भारतीयता की सदा रक्षा करे। उसी प्रार्थना को बरसों बाद आज फिर दोहरा रहा हूँ।

सृजनात्मक गर्मियाँ इलाहाबाद की

खरबूजे तीन तरह के होते थे। एक तो साधारण, खुरदुरे छिलके और हल्के लाल गूदेवाले जिन्हें देसी खरबूजे कहते थे। दूसरे चिकने पीले छिलके और सफेद गूदेवाले जिन्हें लखनऊ का सफेदा कहते थे और तीसरे होते थे चिकने मगर मोटे छिलके वाले और हरे गूदेवाले जिन्हें जौनपुरी खरबूजे कहा जाता था। उनके हरे छिलके पर बाहर गहरी काली लाइनें होती थीं इसलिए उन्हें कजरा भी कहते थे। ये खरबूजे रात-रात भर ऊँटों पर लद कर आते थे और सुबह आते ही बिक जाते थे। सुबह ही इसलिए कि इलाहाबाद की विकट गर्मियों में सुबह आठ बजे से ही लू चलनी शुरू हो जाती थी, और उसके बाद शाम छह बजे तक घर से निकलना असम्भव हो जाता था। यह सब खरबूजा-पुराण मैं आपको इसलिए सुना रहा हूँ कि यहाँ बम्बई में नमीवाली सड़ी गर्मी पड़ रही है। मैं बेहद परेशान हूँ और मुझे अपने शहर इलाहाबाद की विकट मगर सूखी गर्मियों की बहुत याद आ रही है। असल बात यह है कि भारत के सबसे गर्म शहरों में इलाहाबाद का प्रमुख स्थान है। सर्दियों में कड़कड़ाती ठंड और गर्मियों में आग बरसाती लू और चिलचिलाती धूप। मगर उस समय इलाहाबाद में गर्मियों में सारे शहर की जीवन-शैली अकस्मात् बदल जाती थी। रूप, रस, गंध, स्पर्श की एक अलग संस्कृति ही छा जाती थी। कॉलेज स्कूल सब मार्च लगते ही सुबह के हो जाते थे, अप्रैल का तीसरा हफ्ता आते-आते इम्तिहान खत्म हो जाते थे। यूनिवर्सिटी, कॉलेज, स्कूल सब बन्द हो जाते थे। उस समय भी अंग्रेजों की नकल करनेवाला एक नौ रईस तबका था जो गर्मियों में नैनीताल, मसूरी, शिमला चला जाता था, ये सब उस समय ग्रीष्मकालीन राजधानियाँ कही जाती थीं। जहाँ साहबों की सरकार गर्मियों में चली जाती थीं—पर जो असली इलाहाबादी थे वे यह सब कष्ट नहीं उठाते थे क्योंकि उन्होंने गर्मियों के लिए एक मस्ती भरी संस्कृति विकसित कर ली थी, और जहाँ गंगा और जमुना दोनों नदियों का संगम

हो वहाँ गर्मियों में नदी स्नान का सुख छोड़कर कौन पहाड़ों पर जाय, जहाँ बैसाख-जेठ में भी रात को रजाई ओढ़नी पड़ती हो। इलाहाबाद में चारों ओर पानी का छिड़काव कर, खरहरी (बिना गद्दे या चादर के) खटिया पर सोने का जो सुख है, वह क्या पहाड़ों पर नसीब होगा ?

और गर्मियों की यह संस्कृति भी पूरे चौबीस घंटों की संस्कृति थी। पानी का छिड़काव कर, खरहरी खटिया पर लेट कर भी नींद बहुत देर तक नहीं आती थी क्योंकि अक्सर रात को भी गर्म हवाएँ चलती रहती थीं और धूप ढलते ही खस की टट्टियाँ बेकार हो जाती थीं। रात बारह-एक बजे तक किसी तरह आँख लगी कि गलियों में ऊँटों का आना शुरू हो जाता था। उन पर खरबूजे लद कर आते थे और विशेषज्ञों में गहरा साहित्यिक वाद-विवाद शुरू हो जाता था कि अँधेरी रात में महक के आधार पर अनुमान लगाओ कि इस ऊँट पर देसी खरबूज लदा है या सफेदा या कजरा। खरबूजों की महक रात-रात गलियों में से गुजरती रहती। मुश्किल से घंटे-आधे घंटे आँख लगी कि नदी स्नान का समय हो जाता था। दारागंज से गंगा स्नान और बलुआघाट से जमुना स्नान करके आनेवालों की अदा निराली होती थी। एक अंगोछा कमर में लपेटे एक कंधे पर डाले, गीला अगोंछा हाथ में लिये माथे पर पंडे से चंदन रोली लगवा कर स्नानार्थी लौटते थे, कुछ भजन गाते थे, कुछ आपस में झगड़ते थे, कभी-कभी गाली-गलौज भी हो जाती थी लेकिन बहुत मर्यादित ढंग से। हाँ, जो समझदार थे वह हाथ के गीले अंगोछे में सुबह-सुबह ही आम खरीद कर ले आते थे। खास तौर से गंगा किनारे दारागंज से ले कर फाफामऊ तक आम की मंडियाँ होती थीं, विशाल मंडियाँ दूर-दूर तक फैली हुई। कलमी आम भी होते थे जैसे बनारस का लंगड़ा, या लखनऊ का चौसा या मलीहाबाद का दशहरी, लेकिन असली बहार होती थी चूसनेवाले टपकुआ आमों की। उनकी भी कितनी किस्में होती थीं। आमों का असली पारखी वह माना जाता था जो आम सूंघ कर यह बता दे कि यह आम मीठा है या खट्टा या खटमिट्ठा, या यह आम पक कर खुद डाल से झरा है या इसे पाल में रख कर पकाया गया है। वैसे आप सूंघ कर आम चुन भी लें तो भी आपको हक है कि उस जात का एक या दो आम चूस कर चख भी लें। उसका कोई पैसा नहीं लिया जाता था। इलाहाबाद के आम विक्रेता भी कोई व्यावसायिक मिजाज के नहीं होते थे। मीठी-मीठी अवधी में अपने आमों के गुणों का क्या बखान करते थे कि बड़े-बड़े गद्यकार उनके मुकाबले में गच्चा खा जायें। बच्चन जी ने जब लिखा था कि, ''गाता हूँ मैं अपनी भाषा सीख इलाहाबाद नगर से,'' तो क्या उसमें इन आम की मंडियोंवाली भाषा का अंश नहीं रहा होगा। आखिर उनके 'निशानिमंत्रण' और 'एकांत संगीत' के गीतों में इतनी मिठास कहाँ से आयी ? पर खैर साहित्यिकों की बात बाद में होगी, अभी तो आम आदमी की दिनचर्या पर ही बात पूरी नहीं हो पायी।

हाँ साहब, तो सुबह गंगा स्नान करने के बाद गीले गमछे में बाँध कर जो आम लाये जाते थे उन्हें एक पानी भरी बाल्टी में भिगो दिया जाता था। दोपहर भर वे भीगते थे। और जो महक उनमें से उठती थी उससे कमरा-कमरा महक उठता था। जिनके यहाँ खस के पर्दे लगे होते थे उनके यहाँ खस और देसी आम की मिली-जुली महक अजीब नशा पैदा करती थी। तीसरे पहर धूप टलने पर ये आम खाये जाते थे, क्योंकि यह धारणा थी कि देसी आम प्रकृति से गर्म होता है। चार-पांच घंटे पानी में भीगने के बाद ही उसकी गर्मी शान्त होती थी। शाम होते ही लोग अपने-अपने चबूतरों या घर के सामने की गली में पानी छिड़कते थे। वही समय होता था मिलने-जुलने का। हर गली में एक न एक चबूतरा होता था जिस पर दो एक लोग सिलबट्टा ले कर ठंडाई पीसते दीख पड़ते थे। जब खूब घोंटने के बाद ठंडाई की कपड़ा छान होती थी, यानी उसे कपड़े में डाल कर छाना जाता था तो बादाम, पिस्ता, सौंफ, इलायची और गुलाब-केवड़े की महक चारों ओर छा जाती थी। सिलबट्टे पर ठंडाई पीसने का समय होता था जब मुहल्ले के ठलुए लोग एक-दूसरे पर व्यंग्यवाण छोड़ते हुए भाषा की अभिधा, लक्षणा और व्यंजना शक्ति को माँजते थे। जो गली-मुहल्ले में रहनेवाले असली इलाहाबादी थे उनकी बोलचाल में जो पैनी धार होती थी वह इसी ठंडाईवाली शामों की अड्डेबाजी से आती थी। भगवतीचरण वर्मा का गद्य पढ़ा है न आपने ? बस उससे अन्दाजा लगा लीजिए। शाम ढलते-ढलते बेला, जूही, चमेली की बहार छा जाती थी। उस तरफ औरतों में वेणी बाँधने का रिवाज नहीं था लेकिन जिनके पास कोठियाँ या बंगले थे वे मोंगरा, जूही, चमेली जरूर लगाते थे। तश्तरियों में थोड़ा-सा पानी डाल कर लोटा अपनी पलंग के सिरहाने रख लेते थे ताकि पानी में रातभर में बेला, जूही, चमेली बस जाय। बेला, चमेली, या जूही की माला गले में नहीं पहनते थे। सुसंस्कृत होने का लक्षण यह माना जाता था कि आप बेले की माला कलाई में लपेट लें और दोस्तों से मिलने पर कलाई उसके मुँह की तरफ रखें।

मैंने कहा न कि गर्मियों की एक खास संस्कृति विकसित कर ली थी उस पुराने इलाहाबाद ने। उसका साहित्य-सृजन पर प्रभाव न पड़े यह कैसे हो सकता है। निराला ने जूही की कली और बेला पर लिखा तो पंत जी ने इलाहाबाद के पास कालाकांकर की गंगा पर लिखा :

> सेकते शय्या पद दुग्ध धवल
> लेटी है शान्त क्लान्त निश्चल
> तापस बाला सी गंगा कल

सैकत शय्या इसलिए कि गर्मियों में गंगा की धार सूख कर बहुत पतली हो जाती थी और मीलों चौड़ा रेत का पाट घाट के इस तरफ या उस तरफ छूट जाता

था। इसी रेत के मैदान में खरबूजे, तरबूजे और ककड़ी की लतरें रोप दी जाती थीं और इस गंगा की रेती के फलों की जो मिठास होती थी, वह अनुपम होती थी। इन खेतों पर रात उतरती थी तो किसान खेत की रखवाली करते हुए जागता था। गंगा किनारे की मस्त हवा में ऊँचे स्वर में राग अलापते थे। ऐसे ही किसी किसान के स्वर को सुन कर बच्चन जी ने लिखा था :

कोई पार नदी के गाता
भंग निशा की नीरवता कर
यह देहाती गायन का स्वर
ककड़ी के खेतों से उठ कर
आता जमुना पर लहराता
सुन कर यह एकाकी गायन
आज न जाने क्यों करता मन
सदा इसे मैं सुनता रहता
सदा इसे वह गाता जाता।

सचमुच ये गर्मियाँ बहुत सृजनात्मक होती थीं, दूर क्यों जाइए। आपने सूरज का सातवाँ घोड़ा तो पढ़ा ही होगा। उसमें शुरुआत ही गर्मी की दोपहर से होती है। उन्होंने (माणिक मुल्ला ने) सबसे पहली कहानी एक दिन गरमी की दोपहर में सुनायी, जब हम लोग लू के डर से कमरा चारों ओर से बन्द करके सिर के नीचे भीगी तौलिया रख कर चुपचाप लेटे थे। माणिक मुल्ला की सभी कहानियाँ इन्हीं गर्मी की दोपहरों में सुनायी गयी थीं। अब तो आप मानेंगे कि इलाहाबाद की गर्मियाँ सृजनात्मक होती थीं। माणिक मुल्ला तो कहानियाँ सुना कर गायब हो गये, पीछे रह गया मैं, बम्बई की ये सड़ी गर्मियाँ झेलने के लिए ! अपनी-अपनी किस्मत !

चित्त जेथा भयशून्य

हमारे कॉलेज में एक निश्चित पोशाक जरूरी थी। सफेद सूती कमीज और मोटी जीन या गाढ़े का हाफ-पैंट। अन्य अध्यापक किसी भी पोशाक में आयें पर हमारे कॉलेज के प्रिंसिपल गोकुल चंद हमेशा उसी पोशाक में आते थे जो उन्होंने छात्रों के लिए निर्धारित की थी। कक्षाएँ शुरू होने के पहले प्रार्थना होनी जरूरी थी। अच्छा लगता था वह दृश्य। पाँच-छः सौ छात्र, सात-आठ कतारों में खड़े सफेद कमीजें, खाकी हाफपैंट। और प्रार्थना मंच पर वाइस प्रिंसिपल के साथ प्रिंसिपल गोकुल चंद और वह अध्यापक जो उस दिन की प्रार्थना करानेवाला होता था। सप्ताह के छहों दिन छह अलग प्रार्थनाएँ होती थीं। एक दिन 'बंदे मातरम्,' एक दिन इकबाल का 'सारे जहां से अच्छा हिंदोस्तां हमारा।' मुझे सबसे अच्छी लगती थी शुक्रवार की प्रार्थना जो गुरुदेव रवीन्द्रनाथ ठाकुर की बंगला कविता का अंग्रेजी अनुवाद था :

> ह्वेयर द माइंड इज फ्री
> ऐंड द हेड इज हेल्ड हाई
> X X X
> इनटु दैट हेवेन ऑफ फ्रीडम
> माई फादर, लेट माई कंट्री एवेक !

इस प्रार्थना को प्रिंसिपल साहब स्वयं पढ़ते थे, न केवल शुद्ध उच्चारण से वरन पूरी तन्मयता से, पूरी भावना के साथ। पराधीन भारत में जन्मा अंग्रेजों की गुलामी से आहत मेरा मन इस प्रार्थना से विभोर हो उठता था। सीना अपने आप तन जाता था। सर ऊपर उठ जाता था और मेरा किशोर मन आजाद भारत के उन सपनों में खो जाता था जहाँ चित्त भयशून्य होंगे और मस्तक गर्व से उन्नत होंगे :

रवीन्द्रनाथ टैगोर के प्रख्यात प्रार्थना गीत 'चित्त जेथा भयशून्य' की आज इतने वर्षों बाद फिर क्यों याद आ रही है, इसका एक कारण है ! पर वह कारण जानने के पहले आप उस कविता की कुछ पंक्तियों का छायानुवाद सुन लें :

जहाँ चित्त भय से शून्य हो
जहाँ हम गर्व से माथा ऊँचा करके चल सकें
जहाँ ज्ञान मुक्त हो
जहाँ दिन रात
विशाल वसुधा को
खण्डों में विभाजित कर
छोटे, और छोटे आँगन न बनाये जाते हों
जहाँ हर वाक्य दिल की गहराई से निकलता हो
जहाँ हर दिशा में कर्म के अजस्र सोते फूटते हों
निरन्तर बिना बाधा के बहते हों
जहाँ मौलिक विचारों की सरिता
तुच्छ आचारों की मरु-रेती में न खोती हो
जहाँ पुरुषार्थ सौ सौ टुकड़ों में बँटा हुआ न हो
जहाँ पर कर्म, भावनाएँ, आनन्दानुभूतियाँ
सभी, तुम्हारे अनुगत हों
हे प्रभु ! हे पिता ! अपने हाथों से कड़ी थपकी दे कर
उसी स्वातन्त्र्य स्वर्ग में इस सोते हुए भारत को जगाओ !

समय आया, स्वाधीनता आयी पर क्या यह वह स्वातन्त्र्य का स्वर्ग था जिसकी कल्पना मैथिलीशरण गुप्त से ले कर रवीन्द्रनाथ ठाकुर तक ने की थी ? उन्होंने चाहा था कि तुच्छ आचारों की रेती में विचारों की जलधारा न खोये। आजादी के पहले राष्ट्रीय संग्राम के दिनों में तो मौलिक विचार पनपे, धर्म के क्षेत्र में, संस्कृति के क्षेत्र में, कला के क्षेत्र में, साहित्य के क्षेत्र में, विज्ञान में क्षेत्र में, शिक्षा के क्षेत्र में—लेकिन उसके बाद हर क्षेत्र में हमारी मौलिकता को जाने किसकी नजर लग गयी। हम धीरे-धीरे केवल नकलची बनने में अपना गौरव समझने लगे। भाषा में नकल, लेखन में नकल, अमूर्त कलाओं में नकल, समाज-पद्धति और जीवन-शैली में नकल, जैसे हममें हमारा भारतीय कुछ है ही नहीं, है भी तो वह इतना नगण्य है कि उसकी बात करना भी हेय है। पिछली तीन-चार पीढ़ियाँ तो ऐसी विकृत परिस्थितियों में पलीं कि वे निहायत भ्रष्ट विदेशी बोलचाल, भाषा-साहित्य, कला-संगीत की भोंड़ी नकल में ही अपना गौरव समझने लगीं। कवि की कल्पना थी कि वहाँ ज्ञान मुक्त होगा। पर हुआ क्या दिनोंदिन

ज्ञान पर बेड़ियाँ कसती गयीं, कभी विदेशी भाषा की बेड़ियाँ, कभी पार्टी के संकुचित नियन्त्रण की बेड़ियाँ, कभी पश्चिमी ज्ञान को ही ज्ञान मानने के अज्ञान की बेड़ियाँ। वह कौन-सा स्वातन्त्र्य स्वर्ग है जहाँ हमें गुलाम बनानेवाले अंग्रेजों की भाषा अंग्रेजी जाननेवाला सर गर्व से ऊँचा करके चलता हो लेकिन अपने देश की भाषाएँ जाननेवाला हीनता-ग्रंथि का शिकार बनता चला जाय। कवि ने कल्पना की थी कि हर दिशा में कर्म के अजस्र सोते फूटते हों निरन्तर बिना बाधा के बहते हों। आज हमारी कर्मशीलता को जैसे साँप सूँघ गया है। राजनेता हो या सरकारी अफसर, प्रशासक हो या प्रबन्धक, हर क्षेत्र में श्रम की निष्ठा घटी है। काम कौन करना चाहता है भला ? और काम कोई करना भी चाहे तो कितनी बाधाएँ हैं पग-पग पर। अनिर्णय है, अव्यावहारिक नीतियाँ हैं, बेईमानी है, घूस है और बिना काम किये, बिना उपयुक्त उद्यम किये वह सब कुछ हासिल कर लेने की तमन्ना है जो पहले बड़ी ईमानदार कर्मनिष्ठा से मिलता था। हालत यह है कि सत्य के संकल्प, मेहनत करके समाज में अपने को प्रतिष्ठित कर पाने की कल्पना से ही लोगों का विश्वास उठता चला जा रहा है। पैमाने इतने उलट गये हैं कि जो शुद्ध आचरण करेगा वह समाज में प्रतिष्ठित पुरुष माना जायेगा, इसके बजाय मान्यता अब यह है कि जो भी धोखाधड़ी, छल, अपराध, तस्करी, घूसखोरी, विश्वासघात किसी भी प्रक्रिया से समाज में धन-सम्पन्न और सत्ता-सम्पन्न स्थिति में आ जाय उसी को आचरण का आदर्श मान लिया जाय। विचार, राजनीति, कला, विद्या, सब कुछ उनके सामने समर्पित रहे जिनमें भरपूर कीमत चुकाने की क्षमता हो चाहे वह क्षमता कितनी भी बेईमानी से क्यों न कमायी गयी हो। कवि ने प्रार्थना की थी कि छोटे-छोटे संकीर्ण आँगनों में देश का विशाल क्षितिज न बँटे। पर यह कैसा स्वातन्त्र्य मिला हमें जिसकी शुरुआत ही में आँगन बँटे, दिल बँट गये और उस बँटवारे से जो माहौल पैदा हुआ उसका स्थायी दुष्परिणाम इस देश को भोगना पड़ रहा है। दो सौ वर्षों तक लड़ कर जो आजादी हमने पायी थी उसे चतुर, कुटिल, उपनिवेशवादी इतना जहरीला बना गया कि बचना कठिन था। हमारी जीवनी शक्ति, यह तो हमारी जीवनी शक्ति का चमत्कार है कि उसके बावजूद यह देश चलता चला जा रहा है, अपने सारे दोषों और रुकावटों के बावजूद।

बँटवारे ने केवल देश के भूगोल को नहीं बाँटा था, केवल देश की आबादी को नहीं बाँटा था, उस भयानक अनुभव ने हमारी जमी-जमायी सामाजिक मानसिकता को दूषित और खंडित कर दिया। मुगल चाहे प्रारम्भ में आक्रमणकारी बन कर आये थे, लेकिन यहाँ आ कर वे यहीं के हो गये थे। पिछले चार सौ वर्षों के छोटे-मोटे साम्प्रदायिक पूर्वग्रहों के बावजूद हमने एक साझा संस्कृति विकसित कर ली थी, जिसमें बहुसंख्यकों और अल्पसंख्यकों के बीच एक पारिवारिक अभिन्नता

विकसित हो चुकी थी। 1757 में पलासी के युद्ध के बाद से 1857 की सिपाही क्रान्ति तक यह एकता इतनी अटूट हो चुकी थी कि मेरठ-दिल्ली की विद्रोही हिन्दू रेजीमेंटें मुगल सिंहासन के हरे झंडे के तले लड़ी थीं और अवध और बैसवाड़े की विद्रोही मुस्लिम जनता नाना साहब पेशवा के भगवे झंडे के तले लड़ी थी। पठानों ने गुरु गोविन्द सिंह का साथ दिया था और महाराजा रणजीत सिंह ने काशीविश्वनाथ और जगन्नाथ पुरी के मन्दिरों पर सोना चढ़ाया था। कहाँ था हिन्दू मुस्लिम सिख का वैमनस्य ?

लेकिन जब उसी बिन्दु पर अंग्रेज ने बँटवारा प्रस्तावित किया और हमारे नेताओं ने उसे कबूल भी कर लिया वहीं से शुरू हुआ हमारी खण्डित, घायल आस्थाओंवाली मानसिकता का विघटन। जब पुख्ता दीवारों तक में दरार पड़ती है तो फिर बढ़ती ही चली जाती है। फिर मनुष्य का मन तो बहुत नाजुक चीज है। बँटवारे से जो पारस्परिक अविश्वास पैदा हुआ उसने हमारे सारे समाज को जड़ से हिला दिया। जब यहाँ दरार पड़ सकती है तो फिर किस राष्ट्रीय एकता का भरोसा किया जाय। और फिर तो जैसे हर पौधे पर अविश्वास के जहरीले फल लगने लगे। बहुसंख्यक का अल्पसंख्यक पर अविश्वास, इस प्रदेश का उस प्रदेश पर अविश्वास, इस जाति का उस जाति पर अविश्वास, इस भाषाभाषी का उस भाषाभाषी पर अविश्वास। इस अविश्वास के वातावरण में अचानक शक्ति संघर्ष शुरू हो जाता है। जब आप सामनेवाले पर अविश्वास करते हैं तो सबसे पहला भाव आपके मन में यह आता है कि सामनेवाले से ज्यादा ताकतवर बनो वरना उसका क्या विश्वास, जाने कब हम पर हमला कर दे। इस प्रकार शुरू होता है इस सम्प्रदाय का उस सम्प्रदाय से संघर्ष, इस जाति का उस जाति से संघर्ष, इस क्षेत्र का उस क्षेत्र से संघर्ष, और एक भाव जो बिना किसी अपवाद के सबमें व्यापने लगता है वह है भय। पहला दूसरे से भयभीत है, दूसरा तीसरे से, तीसरा पहले से। इस प्रकार भय का दुश्चक्र बन जाता है और धीरे-धीरे सारे समाज को टुकड़े-टुकड़े करके रख देता है। भय की उस निर्वीर्यता में कुछ नहीं पनप पाता। सबको जैसे पाला मार जाता है।

महाकवि रवीन्द्र ने जब अपनी प्रार्थना में सबसे पहले चित्त की भयशून्यता की भयशून्यता का वर माँगा था तो वह अकारण नहीं था। स्वतन्त्र देश में समूची मानसिकता को रुग्ण और अमानवीय बनाता है यह भय। कितने-कितने रूप धारण करता है यह, कभी आपने सोचा है ?

भयभीत मनुष्य ही अपनी असुरक्षा की भावना से उत्तेजित हो कर हिंसा पर उतारू हो जाता है। यदि विश्लेषण करें तो आप पायेंगे कि आज समाज में व्याप्त बहुविध हिंसा का बहुत बड़ा कारण है एक का दूसरे के प्रति भय। अनावश्यक आक्रामकता भी इसी भय का परिणाम है। अपने शत्रु पर पहले ही चोट कर दो

वरना वह तुम्हें नष्ट कर देगा।

यही भय है जो पहले हमसे आत्मविश्वास छीनता है फिर हमारा विवेक छीन लेता है। एक ताजा उदाहरण दूँ आपको उ.प्र. के एक मुख्यमंत्री ने बड़े साहस से एक निर्णय लिया कि उत्तर प्रदेश में प्रशासन में हिन्दी चलेगी। यह निर्णय वस्तुतः आजादी के तुरन्त बाद ही लिया जाना चाहिए था। खैर इतनी देर बाद निर्णय लेने पर भी एक खासा बड़ा वर्ग था जो सहसा अपने को असुरक्षित महसूस करने लगा और भयग्रस्त हो गया। वह तबका था कुछ अंग्रेजीवालों का, जिनमें काफी प्रतिभाशाली और समझदार लोग हैं पर इस निर्णय पर अंग्रेजी अखबारों की टिप्पणियाँ पढ़िए। वे चाहे जो तर्क दें, चाहे जितनी हँसी उड़ायें पर सच बात यह है कि इन सबके पीछे मुख्य कारण यह है कि उनका आत्मविश्वास डोल उठा है और वे भयभीत हो गये हैं कि समाज में उन्होंने जो प्रतिष्ठा, पद और यश हासिल कर रखा थे, उसकी नींव गलत आधारों पर थी, हिन्दी तथा अन्य देशी भाषाओं के आते ही उनका आसन डोल उठेगा, उनकी सारी शाब्दिक आक्रामकता के पीछे उनका यही भय है।

आतंकवाद को लीजिए। जो बहादुर है, साहसी है वह निहत्थे लाचार लोगों पर आक्रमण नहीं करता, लेकिन जो कहीं जन-साधारण और विवेक समन्वित जनशक्ति से भयभीत है वही तर्क, भाईचारे, और मानवीय करुणा को भूलकर चोरी-छिपे हमला करता है, या निहत्थों पर वार करता है। आतंकवाद अनेक प्रकार के हो सकते हैं पर हरेक के मूल में बहुधा वे सिद्धान्त या आदर्श नहीं होते जिन्हें वे जाहिरा तौर पर घोषित करते हैं। मूल में कहीं न कहीं कोई भय रहता है।

समाज के विकास की आदर्श स्थिति वही है जिसमें आप न दूसरे से भयभीत हों, न दूसरे को भयभीत करें। भयभीत होने या भयभीत करने की ये दोनों ही स्थितियाँ सहज मानवीय विकास के लिए घातक हैं, इसीलिए महाकवि ने स्वातन्त्र्य के लिए सबसे पहले चित्त की भयशून्यता की माँग की, अभय की माँग की ! वैदिक ऋषि ने भी इसी अभय की प्रार्थना करते हुए कहा था :

> अभयमूमित्रादभयममित्रद्
> ज्ञातादमयम् अभयम् पुरोयः
> अभयमूनक्तमभयम् दिवा नः
> सर्वा आशा मम मित्रम् भवंतु

मित्र से अभय, अमित्र से अभय, जिनको जानते हैं उनसे अभय, जिन्हें नहीं जानते उनसे अभय, रात्रि को अभय, दिन को अभय, (इस प्रकार मैं भय से मुक्त रहूँ) और सारी दिशाएँ मेरी मित्र बनें।

काश कि एक बार फिर हम अपने समाज को अभय की इस स्थिति तक ला सकते, मगर जहाँ राजनीति ही इन चालों पर निर्भर हो कि अमुक समुदाय के भय का लाभ उठाओ, या अमुक समुदाय को भयभीत करो; वहाँ यह अभय कैसे पनपेगा। और अभय नहीं पनपेगा तो हमारे स्वातन्त्र्य का, हमारे जनतन्त्र का सही, सार्थक, कल्याणकारी रूप कैसे उजागर होता ? आज तो प्रसाद जी के शब्दों में :

भयभीत सभी को भय देता भय की उपासना में विलीन
प्राणी कटुता को बाँट रहा, जगती को करता अधिक दीन !

—कामायनी

गरीब जनतन्त्र का प्रधानमन्त्री कैसा हो

जब-जब कश्मीर की समस्या पर बात छिड़ती है और पाकिस्तान के नापाक इरादों, षड्यन्त्रों, घुसपैठियों का जिक्र आजकल होता है तो अक्सर लोग जिक्र करते हैं जगमोहन का, गृहमन्त्री का, फारुख अब्दुल्ला का, या बहुत हुआ तो कश्मीर के कुछ दलीय नेताओं का। जो इस समस्या की पुरानी पृष्ठभूमि की चर्चा करते हैं वे जिक्र करते हैं कश्मीर के महाराजा का, शेरे कश्मीर शेख अब्दुल्ला का, या बहुत हुआ तो नेहरू जी का, सरदार पटेल का या लार्ड माउंट बेटेन का। पर मुझे हर बार याद आता है एक व्यक्तित्व जिसका अब जिक्र नहीं होता, वे हैं लालबहादुर शास्त्री। सन् पैंसठ के युद्ध में कश्मीर में पाकिस्तान की शरारतों का मुँहतोड़ जवाब देनेवाले, बिना झूठी वैदेशिक छवि या महाशक्तियों के दबाव की परवाह किये, भारतीय सेनाओं को लाहौर पर मार्च कर देने का साहसपूर्ण आदेश देनेवाले लालबहादुर शास्त्री का। मुझे याद आता है कि कैसे सन् बासठ के चीनी आक्रमण में अपनी लज्जाजनक पराजय से समूचे देश का स्वाभिमान आहत हुआ था, और भारतीय जनमानस का आत्मविश्वास ध्वस्त हुआ था। लेकिन उस अँधेरे दौर में कैसे लालबहादुर शास्त्री के इस साहसपूर्ण कदम पर देश के सामान्य से सामान्य जन का माथा ऊँचा हो गया था, सीना तन गया था। लोगों को महसूस हुआ कि यह अति साधारण-सा दिखनेवाला, खादी के कुर्ता-धोतीवाला ठिगने कद का आदमी कहीं पर उस अनोखी ऊर्जा, भयहीन साहस और अटूट देशप्रेम का स्वामी है जो केवल महापुरुषों में पायी जाती है। अपने को जनतांत्रिक कह कर भी भ्रष्ट तानाशाहियों की मदद करनेवाले अमरीका ने हमेशा अन्तर्राष्ट्रीय क्षेत्र में पाकिस्तान के अन्याय को शह दी है और भारत को दबाने की कोशिश की है। '65 के युद्ध में भी पाकिस्तान को शह देने के लिए अमरीका ने घोषित किया कि वह भारत को अनाज की सहायता देना बन्द कर देगा। शास्त्रीजी ने इस धमकी का जो जवाब दिया था वह घबराहट, याचना

या भय का द्योतक नहीं था, बल्कि भारतीय परम्परा के अनूठे आत्मबल का परिचायक था। उन्होंने कहा कि हर सोमवार की शाम को वे अन्न नहीं खायेंगे, और यदि सारा देश उनके साथ सप्ताह में एक बार अन्न ग्रहण न करे तो हमें अमरीका से सहायतार्थ मिलनेवाले गेहूँ की जरूरत ही नहीं रहेगी। मुझे याद है कि उस समय सारे देश में यह आह्वान गूँज उठा था और छोटे से छोटे गाँव से ले कर फैशनेबिल महानगरों तक में सोमवार की शाम को करोड़ों लोग उपवास करते थे, ऐसा लगता था कि इस नन्हे से सादे से आदमी में कोई दिव्य तंत्र जाग गया। लोग उसकी बात इस श्रद्धा से ग्रहण करते हैं जैसे वह कोई धार्मिक आदेश हो।

पर उनका आख्यान किसी ग्रीक ट्रेजेडी की तरह है। वह कौन-सी मजबूरी या दबाव थे जिनके तहत उन्हें यह सुझाव मानना पड़ा कि ताशकंद में उनकी और अयूब खाँ की आपसी बात हो। इस बातचीत के पहले ही इधर-उधर शोर मचना शुरू हुआ कि पाकिस्तान अधिकृत कश्मीर में जो क्षेत्र हमने जीते हैं और जो कानूनन पहले से हमारे थे उन्हें भारत लौटा दे। इसमें किन-किन विदेशी शक्तियों का क्या निहित स्वार्थ था नहीं कह सकते, लेकिन प्रबल जनमत यही था कि पाकिस्तान अगर गैर-कानूनी ढंग से अधिकृत किये हुए कश्मीर के क्षेत्र नहीं लौटाता तो किसी भी मध्यस्थ राष्ट्र को यह अधिकार नहीं है कि भारत द्वारा जीते हुए क्षेत्रों को पाकिस्तान को लौटा देने का आग्रह करे। इन सबों में खास महत्त्व था हाजी पीर दर्रे का जहाँ से कश्मीर में पाकिस्तान की भारत विरोधी गतिविधियों को बड़ी आसानी से रोका जा सकता था।

ताशकंद में उन पर कौन-सा दबाव किसके द्वारा डाला गया, वे कौन-सी रहस्यमय परिस्थितियाँ थीं जिनमें शास्त्रीजी उस समझौते पर दस्तखत करने को मजबूर हो गये जिसमें कश्मीर में भारतीय सेना को हाजी पीर तथा अन्य वैसे क्षेत्र छोड़ कर सीमा में लौट जाने की शर्त थी। यह सब एक रहस्य बन कर रह गया क्योंकि उस समझौते के बाद ही उनको घातक हार्ट अटैक हुआ, वे सदा के लिए मौन हो गये, वे नहीं लौटे उनका पार्थिव शरीर ही लौटा। उस दिन सारे भारत पर कैसा मातम छाया था। याद है, और यह भी याद है कि आम पब्लिक में कितने लोग यह कह रहे थे कि उन पर दबाव डाल कर यह समझौता कराया गया और उसी मानसिक क्लेश के कारण उन्हें इतना भयंकर हार्ट अटैक पड़ा। यही नहीं यह भी संदेह किया गया कि उनकी मृत्यु प्राकृतिक थी या उसके पीछे कोई सुनियोजित षड्यन्त्र था? अगर षड्यन्त्र था तो किसका था ? कौन-सी ताकतें उसके पीछे थीं ?

"हाँ, न सिर्फ मुझे याद है, बल्कि मैं बहुत कृतज्ञ महसूस करता हूँ। धर्मयुग ने उस समय बाबूजी के बारे में इतना छापा था, इतनी हिम्मत से छापा था कि लोग दंग थे। और आप जानते हैं, धर्मयुग ने बाद में अम्मा के बारे में भी कई लेख और इंटरव्यू छापे। आपको शायद याद हो धर्मयुग में अम्मा का एक पूरे पृष्ठ का रंगीन

चित्र छपा था जिसमें उनके माथे पर बड़ी-सी लाल बिंदी है। हम लोगों ने उसे मढ़ा कर घर में टाँगा हुआ है। कभी-कभी अम्मा उस तस्वीर के पास आकर उसे एकटक देखा करती थीं।" मेरे सामने सुनील शास्त्री बैठे कह रहे थे। शास्त्रीजी के मँझले बेटे सुनील शास्त्री कुछ वर्ष पहले अपने सम्बन्धी और मेरे पत्रकार मित्र अतुल कुमार के साथ आये थे मुझसे मिलने और मुझसे मिल कर शायद अपने उस बचपन को यादों में दोहराने लगे जो बाबूजी की छाया में बीता था।

हल्का साँवला रंग, गोल भरा हुआ चेहरा, बड़े फ्रेम का चश्मा व्यवहार में परिष्कृत शिष्टता और वाणी में विनय की कोमलता और घरेलूपन की मिठास। एक बात और जो शायद उन्होंने भी कभी महसूस न की हो पर जो मुझे गहरे कहीं छू गयी। वह था बोलचाल में, उच्चारण में एक भूला-बिसरा इलाहाबादी लहजा जो शायद उनके अनजाने ही उन्हें जन्म से विरासत में मिला था। वे बाबूजी की बातें बड़े अपनेपन से कर रहे थे। राजनीतिक बातें नहीं, बिल्कुल घरेलू पारिवारिक बातें। मैं अक्सर सोचा करता था कि सत्ता, शक्ति, ऐश्वर्यवाले राजपुरुष तो अनेक मिलते हैं पर इस कुर्ता-धोतीवाले नन्हे कद के सादे से आदमी ने अपने छोटे से प्रधानमंत्रित्व काल में सारे देश की मानसिकता को जो चमत्कारपूर्ण मोड़ दिया था उस जादुई आत्मबल का रहस्य क्या था ? कैसे मिला वह उन्हें ?

सुनील शास्त्री की बातों में से एक सूत्र मिला मुझे। वह सूत्र यह था कि तंत्र को, प्रशासन को, पूरे देश के करोड़पति, उद्योगपति से ले कर साधारण ग्रामवासी तक में वे जो नैतिक चेतना और शुद्ध आचरण जगाना चाहते थे उसका अपने निजी और सार्वजनिक जीवन में पहले पूरी निष्ठा से प्रयोग करते थे, अपने चरित्र को उन्होंने पहले उस साँचे में पूरी तरह ढाल लिया और तब उसकी प्रेरणा अपने सहयोगी नेताओं, और सभासदों में जगाने की चेष्टा की। निजी सुविधाओं और शासकीय सुविधाओं को वे सदा अलग-अलग रखते थे। इस दिशा में बेहद सतर्क रहते थे कि सरकारी सुविधाओं का इस्तेमाल सिर्फ सरकारी काम के लिए हो, उसका कहीं भूले से भी निजी लाभ न उठाया जाय। सुनील शास्त्री ने जो घटना सुनायी वह बड़ी प्रेरणादायक थी। बहुत बरस पहले सुनील शास्त्री उत्तरप्रदेश में उपमंत्री बने पहली बार सरकार में आये। उनके यहाँ कुछ अखबार और एक-दो पत्रिकाएँ तो पहले से खरीदी जाती थीं मगर सुनील ने देखा कि उपमंत्री बनते ही उनके पास प्रतिदिन डाक से न जाने कितने अखबार, कितनी पत्रिकाएँ आने लगी हैं। हफ्ते भर में ही ढेर लग जाता था महीने भर में तो पूरा पहाड़ इकट्ठा हो गया। इसका क्या करे ? उनकी पत्नी ने पूछा। सुनील सोचते रहे, फिर बोले, इसको रद्दी में बेच दो। रद्दी में बेच कर जो सौ दो सौ रुपये मिले वह पत्नी ने इनके हाथ में रख दिये। सुनील ने वे रुपये एक लिफाफे में डाल कर मेज पर रख दिये। इनका अब क्या हो ? लालबहादुर शास्त्री ने हमेशा सिखाया था कि सार्वजनिक सम्पत्ति को कभी

अपने निजी कार्य के लिए उपयोग न करो। सुनील ने सोचा आखिर ये अखबार, ये पत्रिकाएँ सुनील शास्त्री के पास इसीलिए आती हैं कि वे उपमंत्री हैं। तो ये तो निजी नहीं सरकारी ही हुई। उन्होंने अपने सेक्रेटरी को बुलाया। उसके हाथ में रुपयों वाला लिफाफा रख दिया और बोले इसे सरकारी ट्रेजरी में जमा करा दिया जाय। सेक्रेटरी ने कहा, ''लेकिन ट्रेजरी में वे लोग जमा क्यों करेंगे ! ऐसा तो कोई नियम नहीं है।'' ''नियम न भी हो तो जिस पैसे पर मेरा अधिकार नहीं है उसे मैं क्यों लूँ ?'' सुनील ने कहा। तो सेक्रेटरी बोला, ''नियम न हो तो भी कोई 'प्रीसीडेंट' (पूर्व परम्परा) तो होनी चाहिए। ''यह प्रीसीडेंट ढूँढ़ना आपका काम है। ढूँढ़िए।'' सुनील का जवाब था। सेक्रेटरी ढूँढ़ता रहा, फाइलें उलटता रहा। पर ऐसा कोई उदाहरण मिलता भी कहाँ से। उसने अपनी असमर्थता जाहिर की तो सुनील स्वयं सोचने लगे। सोचते-सोचते खयाल आया कि बाबूजी भी तो इसी प्रदेश के मंत्रालय में काम कर चुके हैं–ऐसे संस्कार भी उन्हीं से मिले हैं। हो न हो उनके समय में जरूर ऐसा कुछ हुआ होगा–उन वर्षों की फाइलें निकाली गयीं–ये लीजिए सुनील की अपनी बाबूजी में आस्था सौ फीसदी सही निकली–ठीक ऐसा ही किया था पुलिस, मंत्री लालबहादुर शास्त्री ने अपने जमाने में।

सुनील काफी मूड में आ गये थे और इस बात से आश्वस्त हो चुके थे कि वे ऐसे परिवार में बैठे हैं जो उनके बाबूजी और अम्मा का हृदय से आदर करता है। सुनील ने इस सरकारी कायदे कानून को ले कर स्वयं अपने साथ घटी एक घटना सुनायी।

घर में दो गाड़ियाँ थीं। एक बड़ी-सी इंपोर्टेड गाड़ी जो सरकारी थी, जो उन्हें दफ्तर ले जाती और ले आती थी या सरकारी आयोजनों में जहाँ वे प्रधानमंत्री के रूप में जाते थे। वह बाहर स्वागत कक्ष के पास खड़ी रहती थी। इस पर आने-जाने की अम्मा को, हरि भैया को, मुझे किसी को इजाजत नहीं थी। किराये की टैक्सी ले कर अम्मा का या हम लोगों का आना-जाना बहुत महँगा पड़ता था। अतः घर के उपयोग के लिए एक छोटी फियेट कार खरीदी गयी। उसका पूरा दाम चुकाना सम्भव नहीं था अतः विक्रेता ने किस्तों में दाम लेना खुशी से मंजूर कर लिया। एक दिन शाम को बाबूजी नहीं थे। कहीं गये थे जहाँ से रात को देर में लौटनेवाले थे। पर देखा कि उनकी बड़ी खूबसूरत सरकारी गाड़ी खड़ी है। हम लोग तो चंचल छोकड़े ही थे। बड़ा शौक था कि इंपोर्टेड गाड़ी में चढ़ कर उसे चला कर देखें। डरते-डरते अम्मा से पूछा। अम्मा ने कहा, ''ले जाओ, लेकिन ड्राइवर साथ रहेगा और घंटे-आध घंटे में घर आ जाना।'' मगर हम लोग निकले तो ड्राइव का मजा आने लगा। लौटने में काफी देर हो गयी। लौट कर देखा, बाबूजी अभी भी नहीं लौटे थे। हम लोगों ने चैन की साँस ली। रसोईवाले पिछले दरवाजे से दबे पाँव चुपके से घुसे। आहट से अम्मा की नींद खुल गयी। उनकी डाँट पड़े कि इसके पहले हम लोग उनके पाँव

से लिपट गये और बड़ी आजिजी से बोले कि "अम्मा बस आज बचा लो। बाबू जी को नहीं मालूम पड़े कि हम लोग बाहर गये थे और गाड़ी ले गये थे।" बड़ी मान-मनौवल के बाद अम्मा मान गयीं। हम लोग अपने-अपने कमरे में जा कर सो गये।

सुबह नौकर चाय कमरे में दे जाता था। मुझे सुबह दरवाजे पर खुट-खुट सुनाई पड़ी तो मैंने अन्दर से ही चिल्ला कर कहा, "चाय ले जाओ, रात को इतनी देर में लौटा। अभी सोऊँगा, चाय बाद में देना।" मुश्किल से आँख झपकी होगी कि फिर खुटखुट। झल्ला कर उठा। नौकर को डाँटने के लिए दरवाजा खोला तो देखा बाबूजी ! मेरी तो ऊपर की साँस ऊपर, नीचे की साँस नीचे।

बाबूजी ने पूछा, "रात देर में सोये थे पर तुम्हारी अम्मा तो कह रही थी कि तुम लोग वक्त से आ कर सो गये थे !" मैं चुप, सर नीचे। बाबूजी ने इस बार जरा मुलायमियत से पूछा, "रात को कहाँ गये थे। सेकंड शो पिक्चर ?"

अब मुझे बोलना पड़ा। पर उनके आगे झूठ बोलना सम्भव नहीं था। सर झुका कर स्वीकार किया कि बड़ी गाड़ी ले कर हम लोग ड्राइव पर निकल गये थे। "अच्छा" बाबूजी बोले, "बड़ी गाड़ी चलाने का शौक पूरा किया। कोई बात नहीं, पर अब सरकारी गाड़ी कभी मत ले जाना। घरवाली फियेट ले जाया करो।"

बाबूजी चले गये। मेरी जान में जान आयी। मैंने सोचा बात खत्म हो गयी। प्राण बचे, लेकिन बात खत्म नहीं हुई थी।

दफ्तर का टाइम होते ही बाबूजी ने ड्राइवर को बुलाया। पूछा, "नोट बुक रखते हो ? देखो कल हमें दफ्तर से लौटा कर लाने के बाद रात को गाड़ी कितने मील चली है ?" ड्राइवर ने मांइलोमीटर देख कर बताया, "जी, 14 मील चली है।"

"ठीक है सेक्रेटरी को बुलाओ।"

सेक्रेटरी आया तो बाबूजी बोले, "बड़ी सरकारी गाड़ी के इस्तेमाल पर प्रति मील जो चार्ज हो उसके हिसाब से 14 मील का जो खर्च आता हो वह मुझसे ले कर ट्रांसपोर्ट विभाग में जमा करा दीजिए।"

मैं सुन कर अभिभूत हो गया। मुझे याद आयी बांग्लादेश की मेरी युद्ध-यात्राओं के दौरान घटी एक घटना शास्त्रीजी से सम्बन्धित जिसे मैं शायद अपनी रिपोर्टों में लिखना भूल गया था।

मैं तीन बार उस दौरान बांग्लादेश गया। एक बार छिपकर मुक्तिवाहिनी के साथ, दूसरी बार भारतीय सेना के साथ युद्ध के दौरान, तीसरी बार बांग्लादेश बन चुका था, शेख मुजीब पाकिस्तान की कैद से छूट कर आ गये थे। यह तीसरी यात्रा विजययात्रा थी। हम पूर्व परिचित आर्मी .चीफ कर्नल उस्मानी से मिले जो अब जनरल हो चुके थे, शेख मुजीब से मिले, राष्ट्रपति से मिले, मौलाना भासानी से मिले लेकिन बड़ी इच्छा थी मुक्तिवाहिनी के उन विद्रोही सैनिकों और अफसरों से मिलने

की जिनके साथ जंगलों में तोपों और हवाई हमलों की छाया में बीते थे। ढाका कैन्टूनमेंट के सैनिक मुख्यालय में हम अपने पुराने साथियों को ढूँढ़ते घूम रहे थे। कुछ युद्ध में शहीद हो चुके थे, कुछ की पोस्टिंग, सिलचट, चटगाँव या जसोर में थी। कुछ मिले और बड़े प्यार और गर्मजोशी से मिले। एक नया चेहरा था मेजर जनरल अशफाक का जो एक बड़ी-सी मेज पर बैठे मुझे और विष्णुकांत शास्त्री को गौर से देख रहे थे और हमारी बातें सुन रहे थे। उठ कर हम लोगों के पास आये, कुर्सी खींच कर बैठे अपना परिचय दिया और बोले, "खालिद मुशर्रफ मेरा दोस्त है। उससे मैंने आप लोगों के बारे में सुना। आपकी हिम्मत की दाद देता हूँ !"

"आप उन दिनों कहाँ पोस्टेड थे ?" मैंने पूछा।

"जी, लाहौर में !" फिर उन्होंने बताया कि पाकिस्तानी सेना में जो भी ईस्ट पाकिस्तान (बांग्लादेशी) अफसर और सैनिक थे उन पर पाकिस्तान विश्वास नहीं करता था। उन्हें लाहौर कैन्टूनमेंट में ला कर एक तरह से नजरबंद कर दिया गया था। हमें न अखबार मिलते थे, न कोई और जरिया था असली हालात जानने का।

यह भी रिपोर्ताज का मजेदार नजरिया हो सकता था। ईस्ट पाकिस्तानी (बांग्लादेशी) अफसरों के अनुभव पाकिस्तानी छावनियों में, मैं उनसे बातें करने लगा। उन्होंने चाय मँगवायी। हम लोग उन्हीं की मेज पर जा बैठे। मालूम हुआ कि उनको सन् '65 के युद्ध में कश्मीर के मोर्चे पर बहादुरी दिखाने के लिए कई मेडल और अलंकरण मिल चुके हैं।

"और साहब, कश्मीर पर बातचीत करने के लिए जब ताशकंद में लोग इकट्ठे हुए तो मार्शल अयूब खाँ साहब मुझे अपने साथ सलाह-मशविरे के लिए ले गये थे। मगर आप लोगों को देख कर जाने क्यों जी उमड़ आया। बात यह है कि मैं हिन्दुस्तान के खिलाफ लड़ा। मैं तो सिपाही हूँ। दुश्मन से लड़ना हमारा फर्ज है। लेकिन मैं इंडिया की बहुत कद्र करता हूँ। आपका प्राइममिनिस्टर लाल बहादुर शास्त्री क्या आला इनसान था। उसमें खुद की कुछ रूहानी बुलन्दी (आध्यात्मिक ऊँचाई) थी या खुदा की खास रहमत (कृपा) थी उस पर कि वह लीडर नहीं कोई पीर औलिया मालूम देता था। बहादुर इतना कि दुनिया की ताकतों की परवाह किये बिना लाहौर पर धावा बोल दिया और अमनपसंद इतना कि भारत-पाक में अमन बना रहे, इसके लिए जीती बाजी हार गया।" हम लोग चुपचाप चाय पी रहे थे। मेजर जनरल अशफाक एक मिनट चुप हो कर जैसे शून्य में कुछ देखते रहे फिर बोले, "जब ताशकंद समझौते के बाद ही वह हादसा हुआ, वो हार्ट अटैक में गुजर गये तो हम सब पर सकता छा गया। किसी को दूर-दूर तक कयास न था कि यह हो जायेगा। जब ताबूत में उनकी देह रख कर एयरपोर्ट ले जाने लगे तो प्रेसीडेंट कोसीगिन और मार्शल अयूब ने कंधा दिया। मैं तो बहुत अदना-सा आदमी हूँ हुजूर मगर मैंने भी टोपी उतार कर उन्हें सलामी दी और ताबूत में कंधा लगाया। लौट

कर दुआ माँगी कि या अल्लाह, जिस कंधे पर आज उस फरिश्ते का बोझ ढोया है उस कंधे पे ताकत दो कि उन पर सही जिम्मेवारियाँ उठा सकूँ, अपने फर्ज को पूरी ईमानदारी से अंजाम दे सकूँ। उनको देख कर ही लगता था कि जैसे मुजस्सम ईमानदारी का पाक फरिश्ता चला आ रहा हो। साहब, मर्द वह जिसे दोस्त ही नहीं उसके दुश्मन भी प्यार करें।'' अब तब उनका गला भर्रा आया था। एक क्षण चुप रह कर फिर बोले, ''उनकी मौत के तीन दिन बाद तो मैं फूट-फूट का रोया। जानते हैं क्यों ? अखबार में पढ़ा कि मरते वक्त उन पर पन्द्रह हजार का कर्जा बाकी था ! क्या बात है ! मैंने मन ही मन दुआ माँगी कि ओ गरीब निवाज ! हमारे मुल्क को भी ऐसा ही कोई गरीब प्राइममिनिस्टर दे। बात यह है साहब कि इंडिया, पाकिस्तान, बांग्लादेश, सीलोन ये सब गरीब मुल्क है। अरबों-खरबों में खेलनेवाले लीडरान यहाँ की गरीब पब्लिक का दर्द क्या समझेंगे। हमें तो गरीबों की हुकूमत चाहिए, जैसे आपके लालबहादुर शास्त्री थे।''

मैं यह कथा सुना रहा हूँ और सुनील शास्त्री जैसे अतीत में खोते जा रहे हैं। उनकी आँखें चश्मे के पीछे नम होती लग रही हैं लेकिन वे मुस्करा कर बड़े मीठे स्वर में कहते हैं, ''आप जानते हैं ? ये पन्द्रह हजार रुपये उसी गाड़ी के उधार थे जो छोटी फियेट उन्होंने अम्मा और हम लोगों के लिए खरीदी थी ताकि सरकारी गाड़ी का उपयोग हम न करें।''

मैंने आपसे शुरू में कहा कि जब कश्मीर की बात चलती है तो मुझे उस आदमी की याद आती है जिसे धीरे-धीरे भुलाया जा रहा है, जिसने देश को सिर्फ नारे नहीं दिये, सिर्फ प्रतिपक्ष पर सारा दोष डाल सुर्खरू बनने की नैतिक निष्क्रियता नहीं दी, जिसने स्वयं अपने चरित्र को परिमार्जित कर देश के हुक्मरानों के सामने आदर्श रूप में रखा, जिसका व्यक्तित्व केवल राजनीतिक नहीं था जिसमें एक रूहानी (आध्यात्मिक) आयाम भी था। जिसने देश को वह दिया जिसकी प्राथमिक जरूरत हमें है यानी आचरण की शुद्धता। अन्याय के, अभाव के, अज्ञान के, भ्रष्टाचार के खिलाफ लड़ने में सबसे बड़ा अस्त्र है यही आचरण की शुद्धता।

छोटे से शारीरिक कद का यह आदमी नैतिक कद में बहुत-बहुत ऊँचा था ! ईश्वर इस देश को क्या फिर कोई ऐसा प्रधानमन्त्री देगा ?

काले मेघा पानी दे

उन लोगों के दो नाम थे—इन्दर सेना या मेढक-मंडली। बिलकुल एक-दूसरे के विपरीत। जो लोग उनके नग्न स्वरूप शरीर, उनकी उछलकूद, उनके शोर-शराबे और उनके कारण गली में होनेवाले कीचड़ कांदो से चिढ़ते थे, वे उन्हें कहते थे मेढक-मंडली। उनकी अगवानी गलियों से होती थी "आ गये साले, दुनिया भर के लफंगे, नंगे !" वे होते थे दस-बारह बरस से सोलह-अठारह बरस के लड़के, साँवला नंगा बदन सिर्फ एक जाँघिया या कभी-कभी सिर्फ लंगोटी। एक जगह इकट्ठे होते थे। पहला जयकारा लगता था, "बोल गंगा मैया की जय।" जयकारा सुनते ही लोग सावधान हो जाते थे। स्त्रियाँ और लड़कियाँ छज्जे, बारजे से झाँकने लगती थीं और यह विचित्र नंग-धड़ंग टोली उछलती-कूदती समवेत पुकार लगाती थी :

काले मेघा पानी दे
गगरी फूटी बैल पियासा
पानी दे, गुड़धानी दे
काले मेघा पानी दे।

उछलते-कूदते, एक-दूसरे को धकियाते ये लोग गली में किसी दुमहले मकान के सामने रुक जाते, "पानी दे मैया, इन्दर सेना आयी है।" और जिन घरों में आखीर जेठ या शुरू आषाढ़ के उन सूखे दिनों में पानी की कमी भी होती थी, जिन घरों के कुएँ भी सूखे होते थे, उन घरों से भी सहेज कर रखे हुए पानी में से बाल्टी-बाल्टी या घड़े भर-भर कर इन बच्चों को सर से पैर तक तर कर दिया जाता था। ये भीगे बदन मट्टी में लोट लगाते थे, पानी फेंकने से पैदा हुए कीचड़ में लथपथ हो जाते थे। हाथ, पाँव, बदन, मुँह, पेट सब पर गंदा कीचड़ मल कर फिर हाँक लगाते "बोल गंगा मैया की जय" और फिर मंडली बाँध कर उछलते-कूदते अगले

घर की ओर चल पड़ते बादलों को टेरते, "काले मेघा पानी दे"। वे सचमुच ऐसे दिन होते जब गली-मुहल्ला, गाँव-शहर हर जगह लोग गर्मी में भुन-भुन कर त्राहिमाम कर रहे होते, जेठ के दसतपा बीत कर आषाढ़ का पहला पखवारा भी बीत चुका होता पर क्षितिज पर कहीं बादल की रेख भी नहीं दीखती होती, कुएँ सूखने लगते, नलों में एक तो बहुत कम पानी आता और आता भी तो आधी रात को भी मानो खौलता हुआ पानी हो। शहरों की तुलना में गाँव में और भी हालत खराब होती थी। जहाँ जुताई होनी चाहिए वह खेतों की मिट्टी सूख कर पत्थर हो जाती, फिर उसमें पपड़ी पड़ कर जमीन फटने लगती, लू ऐसी कि चलते-चलते आदमी आधे रास्ते में लू खा कर गिर पड़े। ढोर ढंगर प्यास के मारे मरने लगते लेकिन बारिश का कहीं नाम निशान नहीं, ऐसे में पूजा-पाठ कथा-विधान सब कर के लोग जब हार जाते तब अन्तिम उपाय के रूप में निकलती यह इन्दर सेना। वर्षा के बादलों के स्वामी हैं इन्द्र और इन्द्र की सेना टोली बाँध कर कीचड़ में लपपथ निकलती, पुकारते हुए मेघों को, पानी माँगते हुए प्यासे गलों और सूखे खेतों के लिए। पानी की आशा पर जैसे सारा जीवन आ कर टिक गया हो। बस एक बात मेरे समझ में नहीं आती थी कि जब चारों ओर पानी की इतनी कमी है तो लोग घर में इतनी कठिनाई से इकट्ठा करके रखा हुआ पानी बाल्टी भर-भर कर इन पर क्यों फेंकते हैं। कैसी निर्मम बरबादी है पानी की। देश की कितनी क्षति होती है इस तरह के अन्धविश्वासों से। कौन कहता है इन्हें इन्दर की सेना ? अगर इन्द्र महाराज से ये पानी दिलवा सकते हैं तो खुद अपने लिए पानी क्यों नहीं माँग लेते ? क्यों मुहल्ले भर का पानी नष्ट करवाते घूमते हैं, नहीं यह सब पाखंड है। अन्धविश्वास है। ऐसे ही अन्धविश्वासों के कारण हम अंग्रेजों से पिछड़ गये और गुलाम बन गये।

मैं असल में था तो इन्हीं मेढक-मंडली वालों की उमर का, पर कुछ तो बचपन के आर्यसमाजी संस्कार थे और एक कुमार-सुधार सभा कायम हुई थी उसका उपमंत्री बना दिया गया था—सो समाज-सुधार का जोश कुछ ज्यादा ही था। अन्धविश्वासों के खिलाफ तो तरकस में तीर रख कर घूमता रहता था।

मगर मुश्किल यह थी कि मुझे अपने बचपन में जिससे सबसे ज्यादा प्यार मिला वे थीं जीजी। यूँ मेरी रिश्ते में कोई नहीं थीं। उम्र में मेरी माँ से भी बड़ी थीं, पर अपने लड़के-बहू सबको छोड़ कर उनके प्राण मुझी में बसते थे। और वे थीं उन तमाम रीति-रिवाजों, तीज-त्यौहारों, पूजा-अनुष्ठानों की खान जिन्हें कुमार-सुधार सभा का यह उपमंत्री अन्धविश्वास कहता था, और उन्हें जड़ से उखाड़ फेंकना चाहता था। पर मुश्किल यह थी कि उनका कोई पूजा-विधान, कोई त्यौहार अनुष्ठान मेरे बिना पूरा नहीं होता था। दीवाली है तो गोबर और कौड़ियों से गोवर्धन और सतिया बनाने में लगा हूँ, जन्माष्टमी है तो रोज आठ दिन तक झाँकी सजाने और पंजीरी बाँटने में लगा हूँ, हर-छठ है तो छोटी रंगीन कुल्हियों में भूजा भर रहा

हूँ। किसी में भुना चना, किसी में भुनी मटर, किसी में भुने अरवा चावल, किसी में भुना गेहूँ। जीजी यह सब मेरे हाथों से करातीं, ताकि उनका पुण्य मुझे मिले। केवल मुझे।

लेकिन इस बार मैंने साफ इनकार कर दिया। नहीं फेंकना है मुझे बाल्टी भर-भर कर पानी इस गन्दी मेढक-मंडली पर। जब जीजी बाल्टी भर कर पानी ले गयी उनके बूढ़े पाँव डगमगा रहे थे, हाथ काँप रहे थे, तब भी मैं अलग मुँह फुलाये खड़ा रहा। शाम को उन्होंने लड्डू-मठरी खाने को दिये तो मैंने उन्हें हाथ से अलग खिसका दिया। मुँह फेरकर बैठ गया, जीजी से बोला भी नहीं। पहले वे भी तमतमाईं, लेकिन ज्यादा देर तक उनसे गुस्सा नहीं रहा गया। पास आ कर मेरा सर अपनी गोद में ले कर बोलीं, "देख भइया रूठ मत। मेरी बात सुन। यह सब अन्धविश्वास नहीं है। हम इन्हें पानी नहीं देंगे तो इन्दर भगवान् हमें पानी कैसे देंगे ?" मैं कुछ नहीं बोला। फिर जीजी बोलीं। "तू इसे पानी की बरबादी समझता है पर यह बरबादी नहीं है। यह पानी का अर्घ्य चढ़ाते हैं, जो चीज मनुष्य पाना चाहता है उसे पहले देगा नहीं तो पायेगा कैसे ? इसीलिए ऋषि-मुनियों ने दान को सबसे ऊँचा स्थान दिया है।"

"ऋषि-मुनियों को काहे बदनाम करती हो जीजी ? क्या उन्होंने कहा था कि जब आदमी बूँद-बूँद पानी को तरसे तब पानी कीचड़ में बहाओ।"

कुछ देर चुप रही जीजी, फिर मठरी मेरे मुँह में डालती हुई बोलीं, "देख बिना त्याग के दान नहीं होता। अगर तेरे पास लाखों-करोड़ों रुपये हैं और उसमें से तू दो-चार रुपये किसी को दे दे तो यह क्या त्याग हुआ। त्याग तो वह होता है कि जो चीज तेरे पास भी कम है, जिसकी तुझको भी जरूरत है तो अपनी जरूरत पीछे रख कर दूसरे के कल्याण के लिए उसे दे तो त्याग तो वह होता है, दान तो वह होता है, उसी का फल मिलता है।"

"फल-वल कुछ नहीं मिलता सब ढकोसला है।" मैंने कहा तो, पर कहीं मेरे तर्कों का किला पस्त होने लगा था। मगर मैं भी जिद पर अड़ा था।

फिर जीजी बोलीं, "देख तू तो अभी से पढ़-लिख गया है। मैंने तो गाँव के मदरसे का भी मुँह नहीं देखा। पर एक बात देखी है कि अगर तीस-चालीस मन गेहूँ उगाना है तो किसान पाँच-छह सेर अच्छा गेहूँ अपने पास से ले कर जमीन में क्यारियाँ बना कर फेंक देता है। उसे बुवाई कहते हैं। यह जो सूखे हम अपने घर का पानी इन पर फेंकते हैं वह भी बुवाई है। यह पानी गली में बोयेंगे तो सारे शहर, कस्बा, गाँव पर पानीवाले बादलों की फसल आ जायेगी। हम बीज बना कर पानी देते हैं, फिर काले मेघा से पानी माँगते हैं। सब ऋषि-मुनि कह गये हैं कि पहले खुद दो तब देवता तुम्हें चौगुना-अठगुना कर के लौटायेंगे। भइया, यह तो हर आदमी का आचरण है, जिससे सबका आचरण बनता है। यथा राजा तथा प्रजा सिर्फ यही

सच नहीं है। सच यह भी है कि यथा प्रजा तथा राजा। यही तो गांधी जी महाराज कहते हैं।'' जीजी का एक लड़का राष्ट्रीय आन्दोलन में पुलिस की लाठी खा चुका था, तब से जीजी गांधी महाराज की बात अकसर करने लगी थीं।

इन बातों को आज पचास से ज्यादा बरस होने को आये पर ज्यों की त्यों मन पर दर्ज हैं। कभी-कभी कैसे-कैसे सन्दर्भों में ये बातें मन को कचोट जाती हैं, अंग्रेज चले गये पर क्या हम आज भी सच्चे अर्थों में आजाद हो पाये। क्या उनकी रहन-सहन, उनकी भाषा, उनकी संस्कृति से आजाद हो कर अपने देश के संस्कारों को समझ पाये। हम आज देश के लिए करते क्या हैं ? माँगें हर क्षेत्र में बड़ी-बड़ी हैं पर त्याग का कहीं नाम-निशान नहीं है। अपना स्वार्थ आज एकमात्र लक्ष्य रह गया है। हम चटखारे लेकर इसके या उसके भ्रष्टाचार की बातें करते हैं पर क्या कभी हमने जाँचा है कि अपने स्तर पर अपने दायरे में हम उसी भ्रष्टाचार के अंग तो नहीं बन रहे हैं ? यही कारण है कि रोज हम पढ़ते हैं कि यह हजार करोड़ की योजना बनी, वह चार हजार करोड़ की योजना बनी, पर यह अरबों-खरबों की राशि कहाँ गुम हो जाती है ? काले मेघा दल के दल उमड़ते हैं, पानी झमाझम बरसता है, पर गगरी फूटी की फूटी रह जाती है, बैल पियासे के पियासे रह जाते हैं ? आखिर कब बदलेगी यह स्थिति ?

केन्द्र में कौन हो ?

जमाना रंग बदलता है। साहित्य में भी उसी हिसाब से चीजों के रंग बदलते चलते हैं। अब यही सवाल लीजिए कि साहित्य की केन्द्रीय विधा क्या है ? 19 वीं शताब्दी तक तो इस प्रश्न के कोई मायने ही नहीं थे, क्योंकि गद्य साहित्य नाम मात्र का था और ब्रजभाषा या अवधी में कविताएँ ही लिखी जाती थीं, मुक्तक काव्य भी और प्रबन्ध काव्य भी। दोहा, चौपाई, कवित्त, सवैया, सोरठा, बरवै की बहार थी। जाहिर है कि उस समय इस सवाल की कोई संगति ही नहीं थी कि साहित्य की केन्द्रीय विधा क्या है ? एक ही विधा थी कविता चाहे उसे केन्द्रीय विधा मानें या राज्य स्तर की। सब ठीक-ठाक चल रहा था, न कहीं कोई भ्रान्ति, न साहित्यिक विवाद। कोई बहुत बड़ा विवाद खड़ा हो गया तो ज्यादा से ज्यादा यह कि देव कवि बड़े हैं या बिहारी। चल रही है विद्वानों में बहस, छप रहे हैं लेख पर लेख। इम्तहान में सवाल पूछे जा रहे हैं कि आपकी दृष्टि में देव बड़े हैं कि बिहारी। "सप्रमाण उद्धरणों सहित पाँच सौ शब्दों में उत्तर दीजिए।" क्या आरामदेह जमाने थे साहित्य-इतिहास के।

मगर "सबै दिन जात न एक समान।" विधना ने ऐसी करी कि 19वीं शताब्दी के मध्य तक आते-आते अंग्रेजों को जुंग चढ़ी कि हिन्दी-उर्दू में गद्य का विकास होना चाहिए। बोलिए, खाहमखाह इसकी क्या जरूरत थी ? लेकिन अंग्रेज कब चाहते थे कि हम चैन से बैठें, सो ले आये गद्य और गद्य के साथ ही आये उपन्यास, कहानी, नाटक, निबन्ध, आलोचना और एक हंगामा मच गया। अंग्रेज फूट डालना चाहता था सो फूट पड़ गयी। अब कोई कहे कि नाटक केन्द्रीय विधा है क्योंकि भारतेन्दु से ले कर प्रसाद तक ने नाटक ही लिखे हैं। कोई बोला कि निबन्ध केन्द्रीय विधा है। प्रमाण में पेश हैं बालकृष्ण भट्ट और प्रतापनारायण मिश्र। उसी समय उपन्यास का प्रचलन हुआ और देवकीनन्दन खत्री ने चन्द्रकान्ता लिख

कर साहित्य के क्षेत्र में उपन्यास का सिक्का जमा दिया। प्रेमचन्द के सामाजिक उपन्यासों, 'निर्मला', 'कर्मभूमि', 'गबन' और गोदान' से जो गहराई उपन्यास विधा को मिली उसमें अपना कृतित्व जोड़ते गए जैनेंद्र, भगवतीचरण वर्मा, यशपाल, अमृतलाल नागर तथा अज्ञेय। एक प्रकार से जो स्थान कविता के क्षेत्र में महाकाव्य का था वही महत्त्व गद्य क्षेत्र में उपन्यास का माना जाने लगा। लेकिन यह मान्यता पाठक की थी। वह ढूँढ़-ढूँढ कर उपन्यास पढ़ता था। अतः प्रकाशक भी ढूँढ़-ढूँढ़ कर उपन्यास छापते थे। कविता, कहानी ले कर जाइए, प्रकाशक सीधे मुँह बात भी नहीं करेगा। उपन्यास ले कर जाइए तो एक प्याला चाय की मिलेगी और अग्रिम रायल्टी भी।

मगर ट्रैजेडी क्या हुई कि इसके बावजूद आलोचकों ने उपन्यास को केन्द्रीय विधा नहीं माना। कविता का पौआ भारी पड़ गया। पूछिये क्यों ? तो उसके कई कारण हैं। एक तो भारत के नाम जो पहला नोबेल पुरस्कार मिला--वह महान् कथाकार शरत्चन्द्र को न मिल कर महाकवि रवीन्द्रनाथ टैगोर को मिला। एक धक्के में कविता की धाक जम गयी। हर जगह कवि सीना तान कर चलने लगे। और चूँकि पाश्चात्य अंग्रेजी आलोचकों ने टैगोर की कविता को रहस्यवादी कविता घोषित किया, अतः रातोरात हिन्दी में भी बड़े-बड़े कवि रहस्यवादी होने लगे। अज्ञात प्रियतम, अवगुंठनवाली प्रकृति, तारकों के संकेत, फूल और दीपक ये तमाम चीजें थोक भाव से हिन्दी कविता के बाजार पर छा गयीं। महावीर प्रसाद द्विवेदी तो इति-वृत्तात्मक कविता को ही श्रेष्ठ मानते थे और रामचन्द्र शुक्ल ने इस छाया वादी कविता को हिन्दी के क्षेत्र में विहार करनेवाली बंगालिन कहा, लेकिन यह कविता जो जमी तो जम ही गयी। किसी ने इसे रहस्यवाद की संज्ञा दी, किसी ने छायावाद की। आलोचकों ने रहस्यवाद और छायावाद की गूढ़ व्याख्याएँ कीं, उनके बारीक भेद बताये तो कुछ ने गहरी खिल्ली उड़ायी, लेकिन रहस्यवादी छायावादी कविता साहित्य के केन्द्रीय स्थान से टस से मस न हुई। केन्द्रीय स्थान में बने रहने के लिए कविता में एक और तमाशा हुआ, जिसे अभी बहुत दिन नहीं गुजरे।

बहुत से नये पुराने पाठकों को अब भी वह हंगामा याद होगा। हुआ क्या कि कविता वाले ही आपस में जोर-जोर से लड़ने लगे। इतिवृत्तात्मक कविता (जैसे मैथिलीशरण गुप्त की रचनाएँ) को छायावाद ने नकारा और कुछ ही दिनों बाद तारसप्तक आया। प्रगतिशील लेखक संघ आया। परिमल आया। सब छायावादी कविता को जड़ से उखाड़ फेंकने पर तुले थे। लेकिन उसकी जगह प्रतिष्ठित कविता को ही करना चाह रहे थे। वह भले इस ब्रांड की कविता न हो कर उनके अपने ब्रांड की कविता हो। देखते-देखते काफी ब्रांड की कविता बाजार में आ गयी। छायावाद गया पर कविता नहीं गयी। इस एपीसोड से दर्शक ने जरा चैन की साँस ली कि दूसरा एपीसोड शुरू हो गया। इसमें प्रगतिवादी कविता, प्रयोगवादी कविता

को देखकर दहाड़ रही थी और प्रयोगवादी कविता संकलन छपाने, तथा खुद कविता के नये सिद्धान्त और सूत्र स्थापित करने में लगे थे। काफी धमाचौकड़ी, शोर-शराबा, उछलकूद और धींगामुश्ती हुई और अन्त में प्रगतिवाद से लड़ते प्रयोगवाद ने सहसा करवट बदल ली, करवट क्या पूरे नाम का नाम बदल लिया। अपने को नयी कविता घोषित कर दिया और कहा कि इसमें प्रगतिवादी भी आ सकते हैं और प्रयोगवादी भी। ठीक जैसे जनता मोर्चा सरकार में जनता दल वाले भी हैं, लोहियाई सोशलिस्ट भी हैं, भारतीय जनता पार्टी वाले भी हैं, शाही इमाम के नुमाइंदे भी हैं, वामपंथी भी हैं, फिल्म स्टार भी हैं—कुछ-कुछ वैसी ही हो गयी नयी कविता। पर जैसे आपसी मतभेदों के बावजूद यह सरकार केंद्र में बनी और कुछ दिन चली भी वैसे ही साहित्यिक मारपीट के बावजूद कविता केन्द्र में बनी रही।

इधर कुछ दिनों से नंदन जी के 'संडे मेल' में कमलेश्वर जी 'आधार शिलाएँ' लिख रहे हैं यानी आत्मकथात्मक शैली में अपने साहित्यिक एडवेंचर। उसमें उन्होंने बड़े जोर से यह सवाल उठाया है कि साहित्य की केन्द्रीय विधा कविता क्यों, कहानी क्यों नहीं। उसके बाद कुछ अंकों में उन्होंने यह भी बताया है कि किस प्रकार कहानीकारों ने एकजुट हो कर प्रयास किया और साहित्य में कहानी को केन्द्रीय विधा मनवा कर छोड़ा। पढ़ कर बहुत प्रसन्नता हुई। एक कवि मुँह लटकाए हुए आये, बोले, "आपके देखते-देखते यह अन्याय हो रहा है। आप कुछ करते क्यों नहीं ?" मैंने उन्हें बहुत समझाया कि इसमें दुखी होने की क्या बात है ? यह तो प्रजातांत्रिक प्रणाली है, कभी चरण सिंह केंद्र में हैं तो कभी इंदिरा गांधी, कभी राजीव गांधी केन्द्र में हैं तो कभी विश्वनाथ प्रताप सिंह, अब तक कविता केन्द्र में थी, अब कहानी को हो लेने दीजिए। कुछ वर्षों बाद फिर कुछ फेरबदल हो सकता है। वे मुझको धिक्कारते हुए बोले कि "आपको कविता से ज्यादा लगाव होना चाहिए, कहानी से नहीं।" मैंने गम्भीर मुखमुद्रा बना कर कहा—"कबिरा खड़ा बाजार में माँगे सबकी खैर।" वह चाहे कहानी हो, कविता हो, नाटक हो, उपन्यास हो, व्यंग्य हो, आलोचना ही क्यों न हो। अगर एक बार सारे सृजनात्मक साहित्य को हाशिये पर डाल कर आलोचना को ही साहित्य की केन्द्रीय विधा मान लिया जाये तो मजा तो बहुत आयेगा।

खैर साहब, मजाक बरतरफ, एक बात गम्भीरता से आपसे पूछ रहा हूँ। किसी विधा को केन्द्रीय मानने या न मानने से साहित्य-सृजन की स्तरीयता में फर्क क्या पड़ता है ? केन्द्रीय विधा मान लीजिये कविता घोषित कर दी जाये तो क्या उस दौरान लिखी कोई अच्छी कहानी बुरी मान ली जायेगी। या केन्द्रीय विधा कहानी घोषित कर दी जाये तो क्या उस दौरान लिखा गया कोई सशक्त नाटक कमजोर करार दिया जायेगा ? केन्द्रीय मान लेने भर से उस विधा में अच्छा सृजन हो यह तो जरूरी नहीं। और अच्छा लिख सकनेवाले को इसकी चिन्ता ही क्यों हो कि उसकी

विधा केन्द्रीय है या नहीं ? इस केन्द्रीय होने न होने से साहित्य सृजन का तो कोई सम्बन्ध नहीं है। हाँ साहित्यिक राजनीति और नेतागीरी से हो तो मैं नहीं कह सकता। उस दिशा में अपने अज्ञान को निस्संकोच स्वीकारता हूँ। हाँ, इतना फिर भी कहूँगा कि जो अच्छा लिख कर अपने को स्थापित कर सकता हो और जिसे अपने लिखने पर गहरा आत्म विश्वास हो उसे साहित्यिक राजनीति की बैसाखी की जरूरत ही क्या ?

साहित्य का नवीनतम वाद

साहित्यिक क्षेत्रों में एक मजाक उन दिनों बहुत प्रचलित था :

सवाल : बताइये हिन्दी साहित्य का प्रमुख वाद कौन है ? रहस्यवाद ? छायावाद? यथार्थवाद ? प्रगतिवाद ? प्रयोगवाद ?

जवाब : इनमें से कोई नहीं। हिन्दी साहित्य का प्रमुख वाद है इलाहाबाद जहाँ से ये बाकी सब वाद उछाले जाते हैं।

बनारस से ले कर दिल्ली तक जो लोग इलाहाबाद की साहित्यिक महत्ता से ईर्ष्या करते थे वे यह मजाक सुना कर ठठा कर हँसते थे, पर हम जैसे लोग भी थे जो इसको मजाक न मान कर ऐतिहासिक तथ्य मानते थे क्योंकि दो-चार महान् साहित्यिक इलाहाबाद के बाहर रहते हों, पर साहित्यिकों का असली जमावड़ा तो इलाहाबाद में ही था और रहस्यवाद से ले कर प्रयोगवाद तक सारी धाराएँ इलाहाबाद से प्रवाहित होती थीं और इन पर साहित्य सृजन से ले कर अखाड़ेबाजी तक सब इलाहाबाद में ही होता था। निस्संदेह हिन्दी साहित्य का प्रमुख वाद था—इलाहाबाद।

मगर साहब ऐसा नाजुक वक्त आ गया है, लोग ऐसे निर्मोही हो गये हैं कि इलाहाबाद का सब किया-धरा बिसरा कर दूसरे वादों का दावा पेश करने लगे हैं कि बाकी सब वाद झूठे हैं हिन्दी साहित्य का असली वाद तो कुछ और ही है ? वह कौन-सा है ? भाई जान बताते कलेजा मुँह को आता है, मगर ये जो सत्येन कुमार हैं न भोपाल के कहानियाँवाले—इन्होंने गजब किया है। कहानियाँ के नये अंक में यकायक घोषित कर दिया है कि हिन्दी साहित्य का प्रमुख वाद न इलाहाबाद है, न प्रगतिवाद है, न जनवाद। हिन्दी साहित्य का प्रमुख वाद है 'आतंकवाद', बाबा रे कैसा डरावना बयान है। मैं बीच में कुछ नहीं बोलूँगा साहब। खुद उन्हीं के बयान के अंश पेश हैं जो उन्होंने कहानियाँ के नये अंक में (मई, 9'0) 'नेपथ्य में' शीर्षक से दिया है। मान गये साहब। तर्क उनके अकाट्य हैं, दृष्टि पैनी है। गहरे पानी

पैठ है और सचमुच एक जमींदोज सत्य ढूँढ़ कर लाये हैं।

अपने आप में यह खासी मजेदार बात है कि जिस साहित्य से आज यह अपेक्षा की जा रही है कि वह देश में उभर रही अलगाववादी या आतंकवादी प्रवृत्तियों का विरोध करे या उन्हें खत्म करने में अपना योगदान दे (कि हर बला अन्ततः बेचारे साहित्यिक पर ही पड़ती है) दरअसल उसी ने पहले-पहल इन कुप्रवृत्तियों को अपनाया था। लेखकीय गुटबाजी राजनैतिक विचारधाराओं में मतभेद के कारण अलगाव, नये-नये साहित्यिक आन्दोलनों का आतंक, और इन सब के बीच अपनी रोटियाँ सेंकनेवाले आलोचना के पेशेवर दलाल–अधिकांशतः यह रहा है हमारा साहित्यिक परिदृश्य।…आलोचनावालों से इस सम्बन्ध में कुछ भी पूछना हिमाकत होगी। किसे नहीं पता कि हिन्दी साहित्य के हर दशक में हुई छीछालेदरी। दुर्दशा के जिम्मेदार यही आलोचक बनाम आतंकवादी थे जिन्होंने पहले शिक्षा-मन्दिरों में शरण ली। फिर वहाँ अड्डे और सराय खोलीं और फिर असबाबो-असला से लैस हो कर साहित्य अकादमी, भारत भवन और सरकारी परिषदों से तरह-तरह की बातचीत की और गाने-बजानेवाले, पीने-पिलानेवाले जश्न मनाए। उनके चमचे मान बैठे कि सब कुछ उनके सिर में है और सिर पर सरकारी हाथ है।

फिर जैसा होता है इन में भी फूट पड़ गयी और फिर असलियत सामने आयी। वही जो हर जगह मौजूद है–कुर्सी का सवाल। नतीजा सामने है–जो कुर्सी से चिपके हैं उनकी मजबूरी है कि उसी पर बैठे ऊँघ रहे हैं। जिनके पास कुर्सी नहीं है, उन्होंने जहाँ जगह मिली–अखबार, पत्रिका, दूरदर्शन वगैरह…अपना स्टूल जमा लिया है और क्या मजाल कि उनकी आँख भी झपक जाये। स्टूलवालों के अलावा भी कई जमातें हैं जो टाट-पट्टी पर ही बैठ कर मूँछों पर ताव देती रहती हैं–प्रादेशिक सरकारों के नौसिखिये अफसर, राजभाषा विभागों के स्वयंभू कर्नल सूबेदार, ताबेदार वगैरह और फिर अलग-अलग सरकारी महकमों के वर्दीधारी पहरेदार जिनकी आज्ञा या कृपा के बिना नये तो छोड़िये कभी-कभी पुराने लिखनेवाले तक उनके 'इलाके' में दाखिल नहीं हो सकते।

अब आप स्वयं तय कर लीजिए कि एक साहित्यकार के रूप में आप इस देश को किस तरह बचा सकते हैं ? खादिम तो सिर्फ यही दुआ कर सकता है कि "अल्लाह करे जोरे कलम और जियादा…आमीन"

प्यारे पाठको ! आपने देखा होगा कि इस जालिम सत्येन कुमार ने कैसी खौफनाक तसवीर खींच कर रख दी है वर्तमान हिन्दी साहित्य जगत् की। ऊपर से जले पर नमक छिड़क रहे हैं। यह पूछ कर कि बताइये आप एक साहित्यकार की तरह इस देश को किस तरह बचाएँगे। अरे कुछ सोचने-विचारने की बात तो दूर हम जैसे सीधे-सादे लोग जो इलाहाबाद को ही साहित्य का प्रमुख और अन्तिम वाद माने बैठे थे, नये हालात सुन कर उनकी सिट्टी-पिट्टी गुम हो गयी है। कहाँ चैन की

बाँसुरी बजा रहे थे, कहाँ साहित्य की यह नयी इन्वेस्टिगेटिव रिपोर्ट पढ़ कर हाथों के तोते उड़ गये हैं। रातों की नींद हराम हो गयी है। साहित्य जगत् में अब जाने कब क्या हो जाये ? पता नहीं किस दिन आप एक बड़ा काव्य-प्रबन्ध लिखें और दूसरे दिन मालूम हो कि चीनी राइफलों से लैस आलोचकों ने उसकी धज्जी उड़ा दी। या किसी दिन आपके पास गुमनाम खत आये कि, "मैं एक प्रतिभाशाली उदीयमान कवि हूँ। मैंने 500 कविताएँ व्यवस्था के विरोध में लिखी हैं, पर मुझे समुचित प्रोत्साहन नहीं मिला। मैं शुक्रवार को 5 बजे शाम से 9 बजे रात के बीच किसी समय अपनी सारी कविताएँ सुनाने आऊँगा। आपसे आशा है कि आप उचित प्रोत्साहन देंगे वरना...आपने कभी राकेट लांचर का नाम सुना है ? मेरे एक दोस्त के पास वह है।"

बहरहाल साहब मैंने तय कर लिया है कि जब तक यह हालत है साहित्य की तब तक साहित्यकार की तरह किसी तरह मैं अपने को बचाऊँगा। बाकी सब बचाने की बाद में देखी जायेगी। कहा है न कि, जी है तो जहान है। सो पहले जीव रक्षा फिर ब्रह्माण्ड रक्षा। ठीक है न !

पावस-रस

यह जीवन की आपाधापी है, या छद्म आधुनिकता का मुखौटा लगाये हमारी महानगरीयता, लेकिन इतना सच है कि हम सतही राजनीति, सतही बौद्धिक प्रदर्शनप्रियता और सतही रोमांच के भ्रमजाल में धीरे-धीरे बहुत कुछ ऐसा खोते जा रहे हैं जो हमारे जीवन को एक सौन्दर्यानुभूति देता था, जीवन की सहज भावनात्मक रसमयता को उद्दीप्त करता था, हमारी जीवन पद्धति को प्रकृति और मानव से गहरे जोड़ता था, उसे अनेक आयाम देता था। आखिरकार इन्हीं संस्कारों के समवेत उत्तराधिकार का ही नाम तो संस्कृति है।

हम पहले मौसमों से जुड़ते थे, केवल भौतिक ढंग से नहीं, सतही ढंग से नहीं बल्कि गहरे भावात्मक स्तर पर। पर अब तो हम नोटिस ही नहीं लेते हैं और लेते हैं तो उसमें कहीं रसमय जुड़ाव ही नहीं होता।

अब यही लीजिए। सावन कब का आ गया। आप भीगे, शहर भीगा, राजधानी भीगी, राजभवन भीगे, राजपथ भीगा, अखबारों के दफ्तर भीगे। लेकिन क्या कहीं एक प्यारी सी खबर छपी जो सावन आने का उल्लास व्यक्त करती ? क्या मानसून का हिसाब रखनेवाले वैज्ञानिकों ने खेतों को बधाई दी। नहीं, सिर्फ इतना ऐलान हुआ दूरदर्शन पर कि इन्सेट बी से लिये गये चित्र के अनुसार पूर्वी क्षेत्र पर बादल छाये हुए हैं। अरुणाचल प्रदेश, मिजोरम और असम के कुछ हिस्सों पर वर्षा होगी या गरज के साथ छींटे पड़ेंगे। छिः छिः क्या मशीनी ढंग है पावस ऋतु के स्वागत का। ऐसा कहीं हमारे मुहल्ले में होता था क्या ?

हमारे मुहल्ले में पहले धीरे-धीरे फिजां बदलती थी, हवा की चाल बदलती थी, आसमान का रंग बदलता था। लपलपाती गर्म लपटोंवाली पछुआ हवा शांत पड़ने लगती थी और एक दिन हवा में ठंडक का एक बारीक तार गुंथ जाता था। हवा का रुख बदल जाता था। एक सुकून, एक आशा लोगों के चेहरों पर दिखाई पड़ने

लगती थी। पसीना पोंछ कर वे कहते, "पुरवैया तो बहने लगी, अब पीछे-पीछे बादल भी आते होंगे।"

बादल आते थे। हाथी दाँत के रंग का पीलापन लिये सफेद बादल। क्षितिज से उठ कर धीरे-धीरे सारा आसमान ढँक लेते थे। पुरवैया के बावजूद थोड़ी उमस होने लगती थी। लोग छप्परों की मरम्मत करने लगते थे। खपरैल बदली जाने लगती थी। धूप में सुखाने के लिए रखे गये पापड़, अचार, बड़ी, मुंगौड़ी खुले में से हटाई जाने लगती थीं। लेकिन जाननेवाले जानते थे कि अब भी बरसात जरा दूर है।

जुगराफिया यानी भूगोल मेरा प्रिय विषय था और मेरे ज्याग्रैफी के अध्यापक निगम मास्टर साहब ने बताया था कि ये मानसून के बादल पूरब से बंगाल की खाड़ी से आते हैं, मैदान पार करते-करते हिमालय से टकराते हैं और तब बरस पड़ते हैं। इसीलिए तराई में बहुत ज्यादा वर्षा होती है।

लेकिन इस मामले में छुटकी दादी को मैं ज्यादा बड़ा विशेषज्ञ मानता था। बहुत बूढ़ी थीं। बाल सन जैसे सफेद, चिपक कर जटा जैसे हो गये थे, बदन भर में झुर्रियाँ। दाँत एक भी नहीं। मेरी माँ रात की एक बासी रोटी सुबह उनके लिए दूध में भिगो कर रख देती थी। दादी किसी वक्त लठिया टेकती हुई निकलती थीं और मुहल्ले भर के बेटों, बहुओं, नाती-पोतों को डाँटती-डपटती या आसीस देती मेरे चबूतरे पर आ कर बैठ जाती थीं। मैं उनसे बादलों के बारे में पूछता रहता। कई दिन से छाये बादलों को दिखा कर पूछता था कि ये बरसते क्यों नहीं। दादी बताती थीं कि "बचवा, ये सब इंदर महाराज के चोबदार, कोचवान, साईस, लोग हैं, निठल्ले, कोई काम के नहीं। जब उनका भिश्ती मशक लेके आवेगा तब कुछ होगा।" एक दिन तेज हवा चल रही थी ऐसी अजीब-सी कि धरती से धूल-धक्कड़, पत्ते-कागज उड़ा कर दूर तक आसमान में बिखेरती थी। उस दिन दादी खुश-खुश आयी, "अब भिश्ती आवैवाला है। जानत हौ बचवा, कहा गवा है कि भुंइयालोट बहै पुरवाई, तब जानों बरखा ऋतु आयी।" आँख से कम दीखता था सो हथेली से आँखों पर छाया कर के आसमान की ओर देखतीं और कहतीं, "बचवा देखो कहीं काली मशक दिखाई देती है क्या ?"

और लो, सचमुच मैं देखता हूँ कि क्षितिज में एक कोने में मिल की चिमनी से निकले धुएँ की तरह एक काला धब्बा दिखने लगा है। दादी बतातीं, "बस आय गवा इंदर महाराज का भिश्ती, मशक में पानी भर के लाय रहा है।" सचमुच एक गहरा काला बादल बहुत नीचे उड़ता हुआ, भारी-भारी चाल से चला आ रहा है। छुटकी दादी फिर बताती, "अभी आज नहीं बरसैगा यह, गंगा, जमुना, कावेरी, गोदावरी, रामेश्वर सब तीर्थों और नदियों से पानी लाया है। रातोंरात जा कर कैलास पर्वत पर शिव जी और गौरा पारवती के चरण धोयेगा तब यहाँ आ कर बरसेगा।"

कहाँ का इन्सेट बी और कहाँ का जुगराफिया। कौन कहता है ये बादल

हिमालय से टकरा कर लौटते हैं। ये तो शिव जी के चरण पखारने जाते हैं। तभी न गंगा, जमुना, गोदावरी, कावेरी और सागर सब इनकी मशक पानी से भर देते हैं। हमारी छुटकी दादी से क्या ज्यादा मालूम है भूगोलवालों को ?

मौसम की जो पहली-पहली बरसात होती थी उसका भी एक खास नाम था दौंगरा, शायद ही कभी दिन दोपहर में आता हो। रात-बिरात बेवक्त आता था दौंगरा, उमस के मारे सारे लोग खुली छत पर या आँगन में सोते थे। सब चौंककर जागते थे, खाट खींच-खींच कर अन्दर डालते थे और फिर नींद में बेसुध सो जाते थे। सुबह उठते थे तो दौंगरा का नशा हर ओर छाया हुआ होता था। चैत बैसाख जेठ में धरती तपती थी न, बेहद प्यासी होती थी। दौंगरा का पानी कितनी जल्दी सोख लेती थी। उसके बाद पहले-पहल तनमन से भीगी हुई धरती से एक अद्‌भुत सोंधी-सोंधी महक उठ कर हवाओं में बस जाती थी। उसके साथ एक और गन्ध मिली होती थी रात की अन्धड़-पुरवैया में झकझोरे हुए पेड़, पानी की बूँदों के आघात से टूटे हुए पत्ते, उनकी एक खास हरियाली महक। इसीलिए हमारे यहाँ यह नहीं कहते थे कि पहला पानी बरसा था। लोग कहते थे, "दौंगरा आय के धरती को महकाय गये। देखो कैसी महमहाय रही है सुबह।"

सचमुच कुछ अजीब जादू होता था उस दौंगरे के बाद वाली सुबह का। दौंगरे के बाद बारिश की और एक अदा होती थी झड़ी की। धारोधार पानी बरसने लगता था और बिना रुके बरसता ही चला जाता था। उसे झड़ी कहते थे। सबसे कष्टप्रद होती थी यह झड़ी। लगी अगर तो दस-दस दिन तक सूर्य के दर्शन नहीं होते थे। दीवार, छत, आँगन सब में सील बैठ जाती थी। कपड़े धोने-सुखाने की कोई गुंजायश नहीं। खपरैल और छप्पर छोड़िए, पुरानी पक्की छतें तक चूने लगती थीं। जमीन भीग कर इतनी गीली हो जाती थी कि बहुत पुराने मकानों की दीवारें धँसने लगती थीं और कच्ची दीवारों और छतोंवाले कमजोर मकान भहरा कर गिर पड़ते थे। इस विनाशलीला का एक और पक्ष था। जल-थल सब जगह पानी-पानी हो जाता था तो चूहों, और साँपों के बिलों में भी पानी भर जाता था। चूहे भीगे भागे डरे हुए नालियों में भागते थे। एक तरह के बड़े-बड़े लाल चींटे होते थे। वे कतार बाँध कर खिड़की फर्श पर होते हुए पता नहीं कहाँ जाते थे। और उनमें से कोई अगर पाँव में चिपक गया तो ऐसा दर्द होता था कि पूछिये मत। कनखजूरे, गोजर, काँतर, यहाँ तक कि बिच्छू भी घर में घुस कर किसी सूखी जगह पर चिपक कर बैठ जाते थे।

यह स्थिति आयी कि घेघा बुआ की भूमिका अकस्मात् बदल जाती थी। घेघा बुआ की याद है आपको ? कहानी 'गुलकी बन्नो' में वे गाली देते हुए प्रगट हुई

थीं। गाली देना ही उनका स्थायी भाव था। खड़ी हो जाती थीं अपने छज्जे पर और मुहल्ले में जिससे नाराज हों उसकी सातों पुश्तों की खबर लेती रहती थीं। उस बीच में अगर कोई बेकसूर भी उधर से गुजरा तो एक बौछार गालियों की उसे भी बोनस में मिल जाती थी। मगर झड़ी लगते ही, कीड़े-मकोड़े निकलते ही वे अकस्मात् बदल कर दया की प्रतिमूर्ति बन जाती थीं। उसी छज्जे से ऐलान होता था कि "ऐ ननकू, ए बुलाकी खबरदार जो किसी कीड़े को मारा। हमें दै जाव, हम सहेज लेबै।" घेघा बुआ अपने यहाँ चौड़े मुँह की एक हंडिया रखती थी जिसके मुँह पर लोहे का भारी तवा रख कर ढँक देती थीं। लोग चिमटा या संड़सी से पकड़कर अपने यहाँ के गोजर, काँतर, बिच्छू लाते थे और उस हंडिया में रख जाते थे। सोते समय घेघा बुआ हँडिया के मुँह पर गीला आटा थोप-थोप कर बन्द कर देती थीं। झड़ी जब तक खुलती नहीं थी, तब तक यह क्रम चलता था। सूरज निकलने पर गफूर चाचा को अफीम खाने के लिए एक अठन्नी देती थीं और गफूर मियाँ हाँडी लेकर जमुना किनारे किसी सुनसान झाड़ी झंखाड़ के पास हाँडी तोड़ कर सब कीड़ों को फेंक आते थे। कोई बुआ से पूछे तो कहती थीं, "अरे सब भगवान् जी के बनाये जीव हैं। उन्हें भगवान् जी ने जो शरीर दिया—चूहे का, साँप का, बिच्छू का उसी में रहते हैं। हम काहे को मार कर पाप लें। जब उनको मरना होयगा भगवान् जी खुद उन्हें मुक्त कर देंगे," मेरे कुछ समझ में नहीं आता था यह रहस्य। मौसम बदलते ही घेघा बुआ क्यों बदल जाती हैं ?

कभी पूछने की हिम्मत नहीं हुई पर एक दिन गफूर चाचा ने ही बताया—बोले कि, "ये अभागिन बड़ी कुलच्छनी है। पिछले जन्म में बिच्छू रही होयगी। तब पूँछ से डंक मारती थी अब मुँह से मारती रहती है। कोई दया माया थोड़े ही है इसे। बेवा हो गयी। इसके एक लड़की थी। सात-आठ साल की रही होयगी तो ऐसी ही झड़ी में खूब उछल-उछल के, नाच-नाच के भीगी। बीमार पड़ गयी। सरदी नमूनिया हो गया और ऐसी झड़ी वाले मौसम में ही चल बसी। अब झड़ी लगते ही यह सोचती है कि उसकी बच्ची न जाने कौन से रूप में उससे मिलने आये। इसीलिए ऐसे मौसम में किसी को साँप बिच्छू तक मारने नहीं देती। ज्यादा झड़ी पड़े तो गाली बकना बन्द कर देती है और चूल्हे के पास बैठी-बैठी रोती रहती है।"

झड़ी के बाद आता था बरसात का सबसे खूबसूरत रूप झींसी। बादल बरस कर काफी खाली हो चुके होते थे पर फिर भी कुछ पानी बच रहता था। बादलों की गहरी परत छायी रहती थी। सारा आकाश ढँका रहता लेकिन बारिश नहीं होती थी। सूरज भी नहीं दिखाई देता था पर दिन खुल चुका होता था। दिन चढ़ आने पर

उन तमाम बादलों से बहुत छोटी-छोटी राई के दाने के बराबर बूँदे झरने लगती थीं और लगातार झरती ही जाती थीं। पर इतनी छोटी होती थीं वे बूँदें कि उनमें कोई आधा मील भी चले तो भीगता नहीं था, चुनरिया अगर रेशम की हो तब तो कोई बात ही नहीं पर अगर सूती मलमल की हो तो भी ये झींसी की बूँदे उसे गीला नहीं करती थीं, बस जैसे सुबह की ओस हरे पत्तों पर पड़ी रहती है वैसे ही पड़ी रहती थीं। दुपट्टा या चूनर झटको तो गायब।

यही झींसी का मौसम आदर्श माना जाता था झूलों के लिए। अमूमन नीम, आम और शीशम की डाल में झूले पड़ते थे। सबसे ज्यादा उत्साह होता था 10, 12 बरस की बच्चियों को। सावन की तीज पर उन्होंने हाथों में मेहंदी रचाई होती थी और सखियों का अपनी मेहंदी दिखा कर मुग्ध करने की सबसे अच्छी जगह वही होती थी जहाँ झूले पड़े हों, क्या ऊँची पेंगें लगती थीं कि देखनेवालों को डर लगे। झींसी में झूला झूलनेवाली इन बच्चियों का प्रिय गाना होता था :

नन्ही नन्ही बुँदियाँ रे सावन का मेरा झूलना
नन्ही नन्ही सुइयाँ रे जाली का मेरा काढ़ना।

ये जाली रंगीन रेशमी धागों से काढ़ी जाती थी और ज्यादातर इनसे काढ़ कर भइया के लिए रूमाल या तकिये का गिलाफ काढ़ा जाता था। भइया के लिए इसलिए कि सावन का महीना अब पूरा होने के निकट होता था, और पूर्णमासी आनेवाली होती थी। श्रावण पूर्णिमा, यानी सलूनो यानी रक्षा-बन्धन। कैसे सजधज कर बहनें जायेंगी भइया को राखी बाँधने। उनकी चूनर हरी होती थी और हरे के भी कितने, शेड हरा, फिरोजी हरा, धानी, तोतापंखी, काही, समुंदरी। रंगरेज को दो आने ज्यादा दे कर रंगते वक्त अबरक का चूरा भी डलवा लिया जाता था ताकि वे चमकें। नन्हे-नन्हे हाथों में छोटे-छोटे थाल, थाल में एक ओर कढ़ा रूमाल, एक ओर चावल और रोली, एक ओर राखी और एक ओर मिठाई, भला इतनी चीजें इतने छोटे से थाल में आ सकती हैं। मगर क्या करें, बड़ा थाल ले कर चलें तो थाल भी गिरे, खुद भी गिरें, पर भाई लोग 10, 15 बरस की उमर वाले बड़े लालची होते थे, न टीके का खयाल न राखी का इन्तजार। बस मिठाई पर झपट्टा मारना शुरू कर देते थे। पर छोटी-सी बहन भी सोच लेती थी कि इस बार भइया से पूरे पाँच रुपये लेगी। एक पैसे कम नहीं। आप खुद ही सोचो। उसे कितनी चीजें लेनी हैं। एक मेहंदी का पैकेट, एक आँखों में काजल लगाने की सलाई, एक झब्बेदार सुनहला चुटीला, एक नगजड़ी पीतल की अँगूठी, और कम से कम चार पेंसिलें, आखिर पाँच रुपये से कम में कैसे काम चलेगा। हाँ अगर इसी में से दो-चार आने बच गये तो वह चावल के मीठे अनरसे खरीद कर सखियों को दिखा-दिखा कर, ललचा-ललचा कर खायेगी।

कैसा अद्भुत है यह सावन की पूर्णता का रस-बिन्दु, भाई और बहन का निश्छल प्यार और विवाह के बाद भी जीवन भर बहन की रक्षा करने की भाई की प्रतिज्ञा। है दुनिया की किसी और संस्कृति में ऐसा त्यौहार ? इतना पवित्र, इतना अर्थवान और उसके पहले बरसात के इतने रूपों के अपने विशेष शब्द, दौंगरा, झड़ी, फुहार, झींसी कितनी समृद्ध हैं अपनी देसी भाषाएँ।

मगर मैंने कहा न शुरू में, कि जीवन की आपाधापी में, या शहरीपन के लबादे में, या हृदय की उपेक्षा कर केवल रूखे सिद्धान्तों की छद्म बुद्धिजीविता में हम यह सब भूले जा रहे हैं। प्रकृति के विभिन्न रूपों से गहरे जुड़े शब्द और मुहाविरे और रक्षा-बन्धन जैसे उदात्त प्रतीक। जो संस्कृति अपनी भाषा खोने लगती है वह गहरे अहसासों को भी भूलने लगती है और जो अपने प्रतीकों का अर्थ भूलने लगती है वह अन्दर से खोखली और ऊपर से सतही होने लगती है। हम क्या कभी सोचते हैं कि जिसे हम गर्व से भारतीय संस्कृति कहते हैं वह किस खतरनाक मोड़ पर आ गयी है ? कहा था छुटकी दादी ने कि भुइयांलोट बहै पुरवाई तब जानौ बरखा ऋतु आयी। हवा को भी भुइयांलोट होना पड़ता है। मिट्टी से रगड़ खा कर मिट्टी में लोट कर। हमारी राष्ट्रीय चेतना और सौन्दर्यबोध जब तक एक बार फिर भुइयांलोट नहीं होंगे तो कैसे आयेगी रस सौन्दर्य और समृद्धि की बरसात ?

जय हिन्द

अंग्रेजी के टी. आर. वाइ. एस. टी 'ट्रिस्ट' के माने आपको मालूम है ? मालूम है तो वाह ! वाह ! और नहीं मालूम है तो भी कोई बात नहीं। जब मैंने पहली बार सुना था तब मुझे ही कहाँ मालूम था ? बरसों बाद जब उस भाषण को संग्रहों में छपा देखा तब तक यह भूल चुका था कि इसका सही उच्चारण ट्राइस्ट है या 'ट्रिस्ट'। बहरहाल अपने देश भारत की 'डेस्टिनी' का 'ट्रिस्ट' हुआ था उस महान् दिन की आधी रात को। वह ऐतिहासिक दिन था 15 अगस्त, सन सैंतालिस। उस दिन आधी रात को अंग्रेजों ने भारत को आजादी सौंपी थी और उस अवसर पर हमारे पहले प्रधानमंत्री पं. जवाहर लाल नेहरू ने अपने वक्तव्य में इस शब्द का प्रयोग किया था। ''दिस इज द मोमेंट ऑफ अवर ट्रिस्ट विथ डेस्टिनी''। बाद में शब्दकोश से मालूम हुआ कि ट्रिस्ट के अर्थ हैं ''पूर्व नियुक्त भेंट'' यानी ऐसी भेंट जो अकस्मात् नहीं है। किसी युद्ध में सहसा विजय हो जाने जैसी नहीं, बल्कि पहले से सोच समझ कर समय निश्चित कर मिली हुई नियति का अहसास।

तो क्या हमारी स्वाधीनता उस महान् राष्ट्रीय संग्राम में मिली हुई विजय नहीं थी जो इस शताब्दी के महानतम नेता-चिंतक, साधक महात्मा गांधी के नेतृत्व में चल रहा था ? हमें गुलाम बनानेवाले अंग्रेजों को भारत से खदेड़ देने का स्वप्न देखनेवाले बहादुरों जैसे पलासी के युद्ध के नायक सिराजुद्दौला, कित्तूर की वीर महारानी चेन्नम्मा, सिपाही क्रान्ति के नायक नाना साहब, झाँसी की रानी लक्ष्मीबाई, फैजाबाद के मौलवी अहमद शाह, आरा के योद्धा कुँवर सिंह, मैसूर के टीपू सुलतान और कालपी के तात्या टोपे आदि के महान् बलिदानों का फल नहीं था यह हमारी आजादी का क्षण ? गांधी जी के आह्वान पर जेलों में बेंत खा-खा कर जीवन बिता देनेवाले या ब्रिटिश पुलिस के घोड़ों की टापों के नीचे छटपटा कर जान देनेवाले अहिंसक बलिदानियों के पुण्य का प्रतीक नहीं था यह क्षण ? अशफाकुल्ला, भगत

सिंह, चन्द्रशेखर आजाद के महान् साहस का विजय पर्व नहीं था यह क्षण ? यह हमारी नियति से हमारी पूर्व नियुक्त भेंट मात्र थी। किसने यह पूर्वनियुक्ति किससे कर रखी थी ? और कैसी विचित्र थी यह नियति। विभाजन, नर-संहार, उजड़ते गाँव, लाशों से लदी रेलगाड़ियाँ, एक-दूसरे के लिए डर, नफरत और सन्देह ? क्या भारत के सामान्य जन ने इस नियति की स्वीकृति दी थी। फिर किसने और क्यों स्वीकार की इस अभागी नियति से पूर्व नियोजित भेंट ?

पूरे राष्ट्रीय संग्राम में इलाहाबाद का एक खास स्थान रहा था। उत्तर के अधिकतर नेताओं का यह केन्द्र तो था ही, मोतीलाल नेहरू ने जब आनन्द भवन बनाया और पुराना घर स्वराज्य भवन कॉंग्रेस को भेंट कर दिया तब अखिल भारतीय कॉंग्रेस कमेटी का स्थायी केन्द्रीय दफ्तर भी यही हो गया, जिसके कारण न केवल पंजाब, यू. पी. और बिहार के वरन् असम, उड़ीसा, बंगाल, गुजरात, महाराष्ट्र, तमिलनाडु और केरल तक के प्रख्यात नेताओं का अड्डा यहीं जमता। सत्याग्रह, पिकेटिंग, जलसा, जलूस, लाठी चार्ज, गिरफ्तारियाँ, गोली सभी इलाहाबाद को झेलनी पड़ती थीं। 1857 में इलाहाबाद के चौक के सात नीम के पेड़ों पर सैकड़ों विद्रोही फाँसी पर लटका दिये गये थे, तब से उस क्षण तक जब चन्द्रशेखर आजाद पुलिस की गोलियों का जवाब गोलियों से देते हुए इलाहाबाद के कम्पनी बाग में शहीद हुए थे—एक अविच्छिन्न परम्परा थी इस प्रयाग की जहाँ धर्म, साहित्य और राष्ट्रीय राजनीति का अद्‌भुत संगम होता था। और वह किसी एक पीढ़ी तक सीमित नहीं रहती थी। प्रयाग विश्वविद्यालय और काशी विश्वविद्यालय के कारण हर वर्ष देश भर से आनेवाले छात्र देशभक्ति और बलिदान के रंग में रंग जाते थे। उन दिनों विशाल पब्लिक मीटिंग से ले कर यूनियन के समारोहों तक में लाउडस्पीकर पर जो राष्ट्रभक्ति के रेकार्ड लगा करते थे। उसमें छात्रों का सबसे प्रिय रेकार्ड था :

> "मेरा रंग दे बसंती चोला !
> इसी रंग में रंग के शिवा ने
> माँ का बंधन खोला !"

गीत और भी थे जो सामान्य जन में लोकप्रिय थे :

> "सर बाँध कफनिया हो शहीदों की टोली निकली।"
> या
> "सुनिये भारत के अहवाल,
> गांधी और जवाहर लाल,
> पैदा हुए थे दोनों लाल दुख उठाने के लिए।"

पहले ये रेकार्ड हजारों की पब्लिक मीटिंगों से ले कर विद्यार्थियों के छोटे-छोटे

जलसों, गली, नुक्कड़ की छोटी-छोटी सभाओं यहाँ तक कि ब्याह, बारात तक में बजते थे। लोगों को जोश दिलाते थे।

उस दिन 15 अगस्त के दिन ये लाउडस्पीकर, ये ग्रामोफोन खामोश थे। वैसे आकाशवाणी पर शहनाई बज रही थी, कुछ घरों, दूकानों पर आम और फूलों की बंदनवार भी सजी थी, कोतवाली, कचहरी, म्यूनिसिपैलिटी, सरकारी दफ्तरों पर शाम को बिजली की सजावट भी होनेवाली थी, लेकिन आम पब्लिक के चेहरे पर आजादी का उन्मुक्त उल्लास नहीं था। दिल में कहीं एक अहसास तो था कि हम जिसके लिए इतने दिनों से इन्तजार कर रहे थे, वह आजादी का दिन आज ही है, लेकिन इस अहसास के साथ एक सन्देह भी था कि यह धूर्त अंग्रेजों की कोई चाल तो नहीं जिसमें अपने भोले-भाले जवाहरलाल फँस गये हों, क्योंकि सुना गया कि गांधी जी तो दिल्ली में हैं ही नहीं। दूर कहीं किसी प्रदेश में विभाजन के दंगा पीड़ितों की सेवा में लगे हैं।

'नियति से पूर्व नियुक्त भेंट' वाले उस दिन देश क्या महसूस कर रहा था इसे महान् शायर फैज अहमद फैज ने अपनी नज्म में बखूबी चित्रित किया है :

सुबहे आजादी (15 अगस्त, 1947)
ये दाग दाग उजाला, ये शब गजीदा सहर
वो इन्तजार था जिसका ये वो सहर तो नहीं
ये वह सहर तो नहीं जिसकी आरजू ले कर
चले थे यार, कि मिल जायगी कहीं न कहीं
फलक के दश्त में तारों की आखिरी मंजिल
कहीं तो होगा शबे सुस्त मौज का साहिल

सुना है हो भी चुका है फिराके जुल्मत ओ-नूर
सुना है हो भी चुका है विसाले मंजिल ओ गाम

जिगर की आग, नजर की उमंग, दिल की जलन
किसी पे चार ए फिजा का कुछ असर ही नहीं !

आप इस मनःस्थिति को क्या कहेंगे ? विरह का समाधान हो गया है। आजादी से, या अपनी ऐतिहासिक नियति से मिलन (ट्रिस्ट) भी हो गया है मगर 'जिगर की आग', नजर की उमंग, दिल की जलन ज्यों की त्यों कायम है।

खुशी भी है अंग्रेजों की गुलामी से छुटकारा पाने की पर दुख भी कि आजाद होते ही देश के टुकड़े-टुकड़े हो गये। गलियाँ बँट गयीं, मुहल्ले बँट गये, जिन्दगी भर की दोस्तियाँ बँट गयीं। जिसे विश्व मैत्री, करुणा और अहिंसा का विजय पर्व

होना था वह एक सम्प्रदाय और दूसरे संप्रदाय के बीच पारस्परिक अविश्वास, संशय और आक्रामकता का पर्व बन गया। क्या अपनी नियति से पूर्व नियुक्त भेंट तय करते वक्त हमारे लीडर ने अंग्रेजों से कहा था कि नहीं हमें यह नियति पसन्द नहीं। यह विभाजन हमारे भूगोल, हमारे इतिहास और हमारे राष्ट्रीय संग्राम के घोषित उद्देश्यों के सर्वथा विपरीत है। हम किसी कीमत पर इसे स्वीकार नहीं करेंगे ?

एक और दृष्टि से यह स्थिति वांछनीय नहीं थी। मध्यकाल में खासतौर से गुलामी के दौर में भारत का आम आदमी भाग्यवादी बन गया था। जो भाग्य में होगा, वही होगा। ब्रह्मा ने जो नियति लिख दी है कपाल पर उसे कौन मिटा सकता है। यह धारणा न केवल हमारे विचार-विश्लेषण और विवेक को कुंठित करती थी वरन् हमें एक प्रकार से निष्क्रिय भी बनाती थी। इसीलिए भारत की दुर्दशा थी। जो लोग इस दुर्दशा से दुखी थे, (हा, हा भारत दुर्दशा देखी न जाई—भारतेन्दु) उन्होंने हर स्तर पर भारत के सामान्य जन को इस भाग्यवाद या नियति-निर्भरता से निकाल कर नवीन चिन्तन और कर्मठता की ओर प्रेरित किया। राजा राममोहन राय, बंकिमचन्द्र चट्टोपाध्याय, ईश्वरचन्द्र विद्यासागर, भारतेन्दु हरिश्चन्द्र से ले कर स्वामी दयानन्द, स्वामी रामतीर्थ और स्वामी विवेकानन्द तक। कर्म की ओर प्रेरित करनेवाली गीता के नये भाष्य हुए इसी दृष्टि से। तिलक ने गीता-रहस्य लिखा, गांधी जी ने 'अनासक्ति योग' लिखा और सबसे प्रेरक ग्रंथ लिखा विनोबा ने, 'गीता प्रवचन'। क्रान्तिकारी अपनी गुप्त बैठकों में गीता की ही शपथ खाते थे और कइयों ने तो फाँसी के तख्ते पर जाते समय हाथ में गीता ले जाने की अनुमति माँगी। कर्म के चतुर्दिक उद्घोष और सौ साल से ज्यादा चलनेवाले इस कर्म, संघर्ष और बलिदान-यज्ञ के बाद हासिल क्या होती है, 'नियति,' जिस पर हमारा कोई वश नहीं, पर जिससे हम 'ट्रिस्ट' कर के प्रसन्न और सन्तुष्ट हैं।

ऐसा नहीं कि उस समय सामान्य जनता के समक्ष नियति को स्वीकार कर लेने के अलावा कोई रास्ता नहीं था। सामान्य जन में अदम्य आत्मबल, संघर्ष का साहस और अद्भुत संकल्पशक्ति है यह सिद्ध हो चुका था सन् सैंतालीस के कुछ ही पहले इसी अगस्त के महीने में—9 अगस्त, 1942 को।

याद कीजिए। युद्ध शुरू हुए कई वर्ष बीत गये थे। अंग्रेजी फौजें जगह-जगह हार रही थीं और जितना वे दुश्मन से हारती थीं उतनी ही खीज वे अपनी औपनिवेशिक प्रजाओं पर निकालती थीं, गांधी जी ने शांत रहने की सलाह दी थी। देश ने मानी भी थी पर अनिच्छा से। लोग अब ब्रिटिश शासन बर्दाश्त करने को तैयार नहीं थे। वास्तव में सन् 37-38 से ही एक युवा वर्ग उभर आया था जो क्रान्तिकारी नीतियाँ चाहता था। उसके प्रतीक बन गये थे सुभाष चन्द्र बोस, जिन्हें जनता ने गांधी जी की इच्छा के विरुद्ध राष्ट्रपति (कांग्रेस-अध्यक्ष) चुना था। गांधी जी ने युवा भारत के इस बदलते मूड को समझा और उसे दबाने के बजाए उसे

रचनात्मक रास्ता देने के उपाय सोचने लगे थे। पर वे युवा भारत के इस तर्क से धीरे-धीरे सहमत होने लगे कि युद्ध काल में संघर्ष रोके रहने के बजाय तीव्र कर देना चाहिए। क्योंकि जब तक अंग्रेज नहीं जाते तब तक देश की समस्याओं का ठीक-ठीक समाधान नहीं होगा।

अगस्त के प्रथम सप्ताह में बम्बई में कांग्रेस महासमिति की बैठक बुलाई गयी। उसमें लोगों ने सुखद आश्चर्य से सुना कि गांधी जी ने 'क्विट इंडिया' का नारा दिया है। यानी अंग्रेजो ! भारत छोड़ो। अंग्रेज सरकार ने शायद इस स्थिति को भाँप लिया था और अन्दर ही अन्दर अपनी पूरी तैयारी कर ली थी। देश भर के शीर्षस्थ नेता उस समय कांग्रेस महासमिति के अधिवेशन में मौजूद थे।

दूसरे दिन का अखबार आया तो देश सन्न रह गया। गांधी जी, जवाहरलाल, पुरुषोत्तमदास टंडन, मौलाना अबुल कलाम आजाद, आचार्य कृपलानी से ले कर प्रान्तीय स्तर तक के नेताओं को रातोंरात गिरफ्तार कर लिया गया। (मौलाना आजाद ने 'गुबारे खातिर' में उस तड़के सुबह का मार्मिक वर्णन किया है जब वे गिरफ्तार किये गये थे।) लोगों को जरा भी अनुमान नहीं था कि कमजोर पड़ती हुई ब्रिटिश सरकार यह दुस्साहस करेगी कि गांधी जी और नेहरू जी तक को गिरफ्तार करेगी। यह पूरे देश के स्वाभिमान को एक चुनौती थी और इसका जवाब किसी कीमत पर दिया जाना है।

मगर वे करें क्या ? उन्हें रास्ता दिखानेवाला कोई नेता नहीं बचा है। अंग्रेजों को भारत से भगाने के लिए किसी नेता ने कोई कार्यक्रम भी तो नहीं छोड़ा। घनघोर अंधेरा है, कोई नेता नहीं है और सामान्य जन को, युवा पीढ़ी को स्वयं निर्णय लेना है कि वह क्या करे। सच बात तो यह है कि 9 अगस्त का वह दिन था। निज के बूते पर अपने पर नियति से साक्षात्कार का। उसकी कोई पूर्व नियुक्त भेंट नहीं थी नियति से। हर आदमी को निर्णय खुद लेना था। रास्ता खुद चुनना था। वह जो करता है उसकी पूरी जिम्मेवारी उस पर है। कुछ देर सन्नाटा छाया रहा। लोग किंकर्तव्य विमूढ़ रहे लेकिन फिर एक निर्णय लिया। एक दृढ़ निश्चय किया और अटूट संकल्प के साथ उठ खड़े हुए कि जिस प्रकार से भी हो वे अंग्रेज सरकार को दिखा देंगे कि अब वे झुकने को तैयार नहीं। सच पूछिए तो यह नियति से पूर्व नियुक्त भेंट नहीं थी। अपना निर्णय खुद लेना था। अपनी नियति खुद बनाना था। यह सदियों बाद आनेवाला वह गीता-क्षण था जब फल की चिन्ता न कर व्यक्ति केवल अपने स्वधर्म और अपने कर्म से साक्षात्कार करता है। किसी नेता द्वारा पूर्व नियुक्त भेंट नहीं, किसी शासक के द्वारा पूर्व निर्धारित नियति नहीं, यह हमारे इतिहास का बहुत मूल्यवान क्षण था। अपना स्वधर्म स्वयं निर्धारित करना। उसमें छोटे-बड़े की बात भी नहीं थी। विनोबा ने एक बड़ी प्यारी बात कही है—गीता प्रवचन में। ''स्वधर्म न किसी का बड़ा होता है न छोटा। वह हर मनुष्य के अपने

ब्योंत भर का होता है।'' इस देश के सामान्य जन ने शताब्दियों की गुलामी और भाग्यवाद के विरुद्ध स्वधर्म का चुनाव किया था–वह भी किसी नेता, किसी अवतार, किसी उद्धारक, किसी मसीहा के बगैर। सच्ची दायित्वपूर्ण स्वतन्त्रता का क्षण।

इसीलिए हर 15 अगस्त को अपनी स्वाधीनता के प्रतीक परम पवित्र तिरंगे को प्रणाम करता हूँ। उसके बाद दो चीजों को और प्रणाम करता हूँ। एक 9 अगस्त की जनक्रान्ति को, और दूसरे प्रातःस्मरणीय नेता जी सुभाषचन्द्र बोरा को, जिन्होंने लाल किले पर तिरंगा फहराने की कल्पना सबसे पहले की थी, 'चलो दिल्ली' का आह्वान किया था, सबसे पहली आजाद हिन्द फौज गठित कर अंग्रेजों के दाँत खट्टे कर दिये थे और हर धर्म, हर क्षेत्र, हर जाति को प्यारा लगनेवाला राष्ट्रीय अभिवादन दिया था, 'जय हिन्द'। 'जय हिन्द' जब बोला जाता है तो क्या उसकी यह पूरी पृष्ठभूमि किसी के ध्यान में रहती है। नारा दोहराया जाता है, सन्दर्भ और अर्थ धीरे-धीरे भुला दिया गया है !

दीप मेरे जल अकम्पित

बड़ी उधेड़बुन में पड़ा रहा कई दिन। समस्या आप सुनेंगे तो हँसेंगे। मगर क्या करूँ साहब, मन में फाँस बैठ गयी तो बैठ ही गयी। मेरी एक छोटी-सी वैचारिक तलाश थी। वह यह कि क्या कोई ऐसा तरीका हो सकता है कि जिस दुश्मन को सजा दूँ तो ऐसी दूँ कि उसकी रातों की नींद हराम हो जाये, पर ऊपर से यह लगे कि मैं उसका आदर सत्कार कर रहा हूँ, उस पर प्यार बरसा रहा हूँ। कोई रास्ता ही समझ में न आवे। सोचता रहा। सोचता रहा। फिर साहब, कहते हैं कि "जिन खोजा तिन पाइयाँ"। सो सहसा एक दिन रास्ता सूझ ही गया। मैंने सोचा है कि इस बार किसी से रंजिश हुई तो जरा भी जाहिर नहीं होने दूँगा। उसे खत लिखूँगा कि आपसे मिलने को जी तरसता रहता है। आप बम्बई आइए तीन-चार दिन मेरे पास ठहरिए।

और बुलाऊँगा उसको दीवाली के चार-छह दिन पहले, कैसी सजी-सँवरी होती है बम्बई उन दिनों, धूमधाम, नियोन लाइटें, जूड़े में लटके गजरे, और गेंदे की मालाओं से सजी दुकानें, जाहिर है कि मेहमान खुश हो जायेगा। आराम से खा पी कर बम्बई के गुन गाता हुआ सोने जायेगा। मगर जब रात के दो बजेंगे तो सहसा एक खौफनाक धमाका होगा। मानों किसी ने सीधे आपकी ओर निशाना तान कर बोफोर्स तोप दाग दी हो। मेहमान घबराकर उठ बैठेगा, उसके चेहरे पर घबराहट होगी और माथे पर पसीना। वह मुझसे काँपते स्वर में पूछेगा, "यह क्या हुआ ?" मैं बहुत शान्त स्वर में जवाब दूँगा, "कुछ नहीं, बच्चे हैं फटाकड़ा छुड़ा रहे हैं।" वह पूछेगा "इस वक्त, यह कौन समय है ?" मैं अन्दर ही अन्दर प्रसन्न होता हुआ ऊपर से बच्चों पर नाराजगी दिखाता हुआ कहूँगा, "अरे बम्बई में तो यही फटाकड़ा छुड़ाने का समय है। बच्चे अब शुरू करेंगे और सुबह पाँच-छह बजे तक यही चलेगा।"

मेहमान लेट कर मुश्किल से आँख बन्द करेगा कि धड़, धड़ फिर एक लम्बे

सिलसिले में विस्फोट शुरू हो जायेंगे। मेहमान को लगेगा कहीं बारूद के कारखाने में आग लग गयी है। चीनी राइफल ए. के. 47 ले कर पाक प्रशिक्षित घुसपैठियों ने धावा बोल दिया है। वह दरवाजा खोल कर घबरा कर इधर-उधर देखेगा। मैं बहुत शान्त स्वर में बताऊँगा, "यह कुछ नहीं है। बच्चे लड़ लाये हैं। लड़ छुड़ा रहे हैं।" लड़ फटाकड़ों की एक लम्बी माला होती है। दोहरी बिनावट की। उसे सड़क पर लम्बा बिछा दिया जाता है एक सिरे में मोमबत्ती छुला दी जाती है फिर एक के बाद एक सैकड़ों विस्फोट लगातार होते चले जाते हैं मानों दर्जनों मशीनगनें एक साथ गरज उठी हों। और लड़ें भी छोटी नहीं होतीं। 20 की लड़, 50 की लड़ 100 की लड़ से ले कर हजार तक की लड़ होती है। और अदाबदी इस तरह चलती हैं कि जब तक 50 की लड़ खत्म हो तब एक सामनेवाला 200 की लड़ लगा देता है, नौबत हजार लड़ तक पहुँचाती है। कभी गिनती छोड़ कर दूरी नापी जाती है यानी इतनी लड़ें एक के बाद एक, कि लम्बाई में पूरी गली या सड़क के पूरे हिस्से में बिछा दी जाये। कभी-कभी तो पन्द्रह-बीस मिनट तक यह दिल दहलानेवाला कान के पर्दे फाड़ देनेवाला शोर चलता रहता है वह भी रात के दो बजे, तीन बजे। किसी तरह पाँच बजे सुबह आँख लगी तो फिर कोई फटाकड़ा प्रेमी वह धमाका कर देता है जिसे यहाँ की भाषा में 'एटमबम' कहा जाता है। और यह कोई दीवाली पर ही नहीं होता। दीवाली के चार-पाँच दिनों पहले से शुरू हो जाता है और यह 'धूमधड़ाका' दीवाली के दो-तीन दिन बाद तक चलता है। कैसी तकलीफदेह होती है ये छह-सात रातें।

पर सुनते हैं यह केवल बम्बई का हाल नहीं है। कमोबेश हर बड़े शहर में यह होने लगा है। दीपकोंवाली दीवाली गायब होती जा रही है। फटाकड़ोंवाली दीवाली हावी होती जा रही है।

ऐसा हुआ क्यों ? दीवाली के साथ पटाखे भी पहले चलते थे पर वे धमाकेवाले कम होते थे, रंगबिरंगी रोशनीवाले ज्यादा होते थे। रोशनी को फुहारों की तरह बिखरानेवाले अनार, रोशनी के फूल जिनसे झरते थे ऐसी फुलझड़ियाँ, रोशनी के साथ सीटी बजानेवाले आकाशबान, नीली लौ वाले नासपाल। पर ये सब गौण थे। दीपावली का असली हीरो तो कस्बे के कुम्हार द्वारा बनाया हुआ मिट्टी का दिया ही था।

एक सप्ताह पहले से हाट बाजार में छोटे-बड़े दियों की ढेरिया लग जाती थीं। सैकड़े के हिसाब से खरीदे जाते थे। उनके साथ खरीदी जाती थी रुई। एक दिन पहले से माँ की बुढ़ाती हथेलियाँ रुई की बत्ती बटना शुरू कर देती थीं। चाची बाल्टी भर-भर कर पानी लाती थी। पहले दिये धोये जाते थे, फिर पानी में भिगो दिये जाते थे। एक-दो दिन पानी में भीगते थे और धनतेरस के दिन से भीगते दियों की सोंधी मिट्टी की गन्ध आँगन में छाने लगती थी। दिये इसलिए भिगोये जाते थे कि भरपेट

पानी पी लें ताकि तेल ज्यादा न सोखें।

दीवार पर लक्ष्मी गणेश बना कर सबसे पहला दिया रखा जाता था। चाची दिये भिगोती थीं, माँ रुई की बत्तियाँ बटती थी, पर दिये में तेल डाल कर बत्ती लौ सबसे पहले जलाती थीं भाभी। गृहलक्ष्मी जो ठहरीं। पहले दीये की काँपती लौ में उनकी नाक की नथ ऐसे चमकती थी कि बस क्या बतायें ? फिर मिट्टी के रंग-बिरंगे खिलौने होते थे। खाँड़ के हाथी, घोड़े, मोर होते थे। लावा लाई, चिवड़ा और बताशे होते थे। फिर सबके पाँव में महावर लगानेवाली नाइन बुआ होती थी। बरेठिन मासी होती थी, सब अपना-अपना नेग और खील बताशे लेने आती थीं। आशीष देती हुई जाती थीं। कितने स्नेह सम्बन्धों से जुड़ता था वह मिट्टी का दिया और उसका काँपता उजाला जाने कितने शब्द बोलता था, कौन-कौन सी बातें कहता था जिसे कविगण दोहराते थे। महादेवी जी लिखती थीं, "धूप सा तन, दीप सी मैं।" बच्चन जी लिखते थे, "है अँधेरी रात पर दीवा जलाना कब मना है ?" और तब तरुण नरेन्द्र शर्मा लिखते थे :

"तुम दुबली पतली दीपक की लौ सी सुन्दर
मैं अन्धकार
मैं दुर्निवार
मैं तुम्हें समेटे हूँ सौ सौ बाँहों में मेरी ज्योति प्रखर।"

यानी वह मिट्टी के दियों की दीवाली कवि मन में बिम्ब जगाती, मन को मन से जोड़ती थी, सौन्दर्यबोध की एक भाषा बनाती थी :

और अब ?

अब सिर्फ फटाकड़े छूटते हैं, ऐसी विस्फोटक ध्वनि जो
जोड़ती नहीं राहगीर को दूर भगाती है।
दूसरों को सुख नहीं देती।
धमाके से आधी रात का सरदर्द देती है।
बुनियादी फर्क जानते हैं क्या है ?

दीपक के उजाले में हम एक-दूसरे को देखते थे। फटाकड़े छोड़नेवाले सिर्फ यह कहते हैं कि "यह देखो, यह हम हैं।" आधी रात को दूसरों का कान फाड़ कर घोषणा करते हैं कि "यह देखो--यह हम हैं, तुम पचास लड़वाले हो हम हजार लड़ वाले हैं।" हम हम और केवल हम का विस्फोट !

यह बदलाव आया कैसे ? द्वितीय महायुद्ध के बाद से बेईमानी की कमाईवाला एक नौरईस तबका पनपने लगा जो आजादी के बाद और पनपा। कालाधन इतना था कि उसे कैसे फूँका जाये, यही नहीं समझ में आता था। उसके पास न

सौन्दर्यबोध था न संस्कार। एक समृद्ध संस्कृति में दीपक भी बोलते हैं, भाषा गढ़ते हैं, स्नेह का शब्द सेतु बनाते हैं। पर धन से समृद्ध और संस्कारों से खोखली संस्कृति शब्दों को तोड़ती है, भाषा को निरर्थक बना कर सिर्फ आत्म-प्रदर्शन के लिए धमाके करती है। अर्थहीन धमाके !

चिन्ता तब होती है जब यह धमाके की फटाकड़ा संस्कृति चिन्तन लेखन के दूसरे आयामों को प्रभावित करने लगती है। राजनीति की धमाकेदार घोषणाएँ, कला में आधुनिकता के नाम पर रेखाओं, रंगों का धमाका, साहित्य समीक्षा में समीक्षा के बजाय धमाकेदार फतवे, पत्रकारिता में जनशिक्षण और सन्तुलित संवाद के बजाय धमाकेदार 'स्कूप'। विज्ञापनों की दुनिया में धमाका ही धमाका। फटाकड़ा संस्कृति के इस धमाका-विस्तार को सार्थक संवाद में परिष्कृत न किया गया तो कुछ दशकों बाद हमारी संस्कृति को एक नये खोखलेपन का संकट झेलना पड़ सकता है। पर हमारी जड़ें इतनी गहरी हैं कि हम मूल्यों, सार्थक शब्दों के स्नेहमय उजालों की ओर फिर लौटेंगे, इसका मुझे विश्वास है। बच्चन जी ने लिखा है न :

"है अँधेरी रात पर दीवा जलाना कब मना है ?"

तन का दिया : प्राण की बाती

लगभग आधी रात होने को है। हम लोग नुमायश के लम्बे-चौड़े मैदान में इधर से उधर बेमतलब घूम रहे हैं। नवम्बर का महीना। इलाहाबाद की कड़क ठण्ड, थोड़ी-थोड़ी ओस गिरनी शुरू हो गयी है। पर हम लोग खुले आसमान तले कहीं बाहर वक्त गुजार रहे हैं। क्योंकि मुख्य पण्डाल ठसाठस भीड़ से भर गया है। आज सांस्कृतिक कार्यक्रमों के अन्तर्गत विराट् कवि-सम्मेलन होना है। इलाहाबाद में हर साल नवम्बर में यह नुमायश होती है और इसमें होनेवाला कवि सम्मेलन बहुत विशेष माना जाता है। उस समय इलाहाबाद छायावाद और छायावादोत्तर कवियों का गढ़ था। इस कवि सम्मेलन में इलाहाबाद के प्रख्यात कवि तो रहते ही थे, देश भर से बड़े-बड़े कवि बुलाए जाते थे। बच्चन, रामकुमार वर्मा, सुमित्राकुमारी सिन्हा, गया प्रसाद शुक्ल 'सनेही', सुभद्राकुमारी चौहान, बेढब बनारसी, भगवतीचरण वर्मा—सब एक-एक कर अपनी कविताएँ पढ़ चुके थे कि माइक पर निराला जी आये। उन्होंने अपने अनूठे ओजस्वी स्वर में 'राम की शक्तिपूजा' पढ़नी शुरू की। सब लोग मन्त्र-मुग्ध, पण्डाल के अन्दर और बाहर जो जहाँ था, जैसा था—बिल्कुल जादू में बँधा हुआ, स्तब्ध ! क्या शब्दावली, क्या कथागठन, कैसा दिव्य काव्य पाठ वैसा क्या कभी सुनने को मिला होगा। लोकातीत अकल्पनीय। और अब भला कौन साहस करेगा पढ़ने का। कवि सम्मेलन समाप्त। अब तो साल भर प्रतीक्षा करनी पड़ेगी इन स्वरों को सुनने के लिए। फिर साल भर बाद नुमायश में…

मगर नहीं, लाउडस्पीकर पर संचालक की आवाज आयी……'कवि सम्मेलन अभी खत्म नहीं हो रहा है। आप लोग जरा प्रतीक्षा करें। इस वर्ष हमने बिहार से एक विशेष कवि को बुलाया है। ट्रेन लेट हो जाने के कारण वे अभी-अभी पहुँचे हैं। बिहार में इनके स्वरों का जादू छाया हुआ है। इलाहाबाद के इस मंच से हम पहली बार इन्हें सारे देश के समक्ष प्रस्तुत कर रहे हैं, लीजिए आ गये ! आइये

बन्धुवर" हड़बड़ी में संचालक कवि का नाम ही घोषित करना भूल गये हैं। एक क्षण के अन्तराल के बाद कवि पहली पंक्ति पढ़ता है, अपने अनूठे स्वर और जादू भरे अन्दाज़ में कि लगता है जैसे हजारों छोटी घंटियाँ बजने लगी हों, बेहद मीठी, पर बहुत उदास। पण्डाल के अन्दर, पण्डाल के बाहर, दुकानों पर, भीड़-भाड़ पर जैसे सकता छा गया हो, सचमुच यह जादू है, सारा आकाश, धरती, मनुष्य जैसे जादू में बँध गये हों। नवम्बर, दीपावली का मौसम—और कविता की पंक्तियाँ हैं दीपक पर। पहली पंक्ति से ही मानों ओस की बूँदें अमृत बन कर झरने लगी हों :

दीपक जलता रहा रात भर
तन का दिया, प्राण की बाती, दीपक जलता रहा रात भर !

क्या गला, क्या अदायगी, कितना रस, कैसे अछूते बिम्ब ! जाने किस लोक में पहुँच गये हैं हम। कविता आगे बढ़ती है...

दुख की घनी बनी अँधियारी
सुख के टिमटिम दूर सितारे
उठती रही पीर की बदली
मन के पंछी उड़ उड़ हारे
बची रही प्रिय की आँखों से
मन की कुटिया एक किनारे
मिलता रहा स्नेह रस थोड़ा
दीपक जलता रहा रात भर !

सुननेवालों के मन भीग उठे हैं। कौन है यह कवि ? कवि है या कोई पीड़ा का जादूगर ? एक क्षण रुक कर कवि फिर शुरू करता है :

दुनिया देखी भी अनदेखी
नगर न जाना, डगर न जानी
रंग न देखा, रूप न देखा
केवल बोली ही पहचानी
कोई भी तो साथ नहीं था
साथी था आँखों का पानी
सूनी डगर सितारे टिमटिम
पंथी चलता रहा रात भर...
दीपक जलता रहा रात भर...

हजारों बल्बोंवाली जगमग नुमायश मानों एकदम बुझ गयी, घटाटोप अन्धियारा जैसे

स्वरों के पंखों पर उतर आया हो हर श्रोता अब अन्धेरे में सुनसान डगर पर चलनेवाला राहगीर बन गया हो। हरेक के मन में जाने कहाँ अन्दर छिपा हुआ निचाट अकेलापन कसक उठा है। कवि गाता जा रहा है :

होती रही रात भर चुपके
आँख मिचौनी शशि बादल में
लुकते छिपते रहे सितारे
अम्बर के उड़ते आँचल में
बनती मिटती रही लहरियाँ
जीवन की जमुना के जल में
मेरे मधुर मिलन का क्षण भी
पल-पल चलता रहा रात भर
दीपक जलता रहा रात भर !

कवि का कण्ठ अजब ढंग से आर्द्र हो आया है, मानों आँसू पीता हुआ गा रहा हो···कविता चलती जाती है :

छिपने नहीं दिया फूलों को
फूलों के उड़ते सुवास ने
रहने नहीं दिया अनजाना
शशि को, शशि के मन्द हास ने
भटकाया जीवन को दर दर
जीवन ही की मधुर आस ने
मुझको मेरी आँखों का ही
सपना छलता रहा रात भर !

हर श्रोता की आँख गीली हो आयी है, रात का सन्नाटा, झरती ओस, और कवि का दर्दीला स्वर···गूँज जारी है :

सूरज को प्राची में उठकर
पश्चिम ओर चला जाना है
रजनी को हर रोज रात भर
तारक दीप जला जाना है
फूलों को धूलों में मिल कर
जग का दिल बहला जाना है
एक फूँक के लिये प्राण का
दीप मचलता रहा रात भर

दीपक जलता रहा रात भर !

कविता खत्म हुई। लेकिन नहीं, खत्म कहाँ हुई। उसकी गूँज मेरी तरह हर श्रोता के प्राणों में बरसों तक कसकती रही होगी। उम्र की कितनी उदासियाँ कटी होंगी इस कविता के सहारे मैं तो आज तक नहीं उबर पाया इस कविता के जादू से ! लेकिन यह कवि है कौन ? कवि सम्मेलन खत्म हो गया पर संचालक इस कवि का नाम ही घोषित करना भूल गये ! तीसरे दिन अखबार में छपी रिपोर्ट से जाना कि ये थे बिहार के गोपाल सिंह नेपाली।

फिर तो कई बरस में उस नुमायश में कवि सम्मेलन सुनने जाता रहा। पर नेपाली जी फिर नहीं आये तो नहीं ही आये। तमाम पत्र-पत्रिकाएँ देखता रहा कहीं वे छपे हों, बिहार से उस समय कितनी ही पत्र-पत्रिकाएँ छपती थीं, पर न कहीं उनकी कोई कविता, न उन पर कोई लेख···

हाँ, एक बार फिर उन्हें सुनने का मौका मिला। पर प्रत्यक्ष नहीं। रेडियो पर कोई कवि सम्मेलन प्रसारित हो रहा था पता नहीं किस केन्द्र से, लेकिन सहसा वही आवाज़ सुनाई पड़ी, "अब सुनिये नेपाली जी को–" और नेपाली जी का स्वर वही था, पर इस बार उदासी नहीं, एक ओजस्वी, आस्था भरा गहराया स्वर था :

कल्पना करो
नवीन कल्पना करो
तुम कल्पना करो !

नये-नये स्वतन्त्र हुए देश के युवकों को आह्वान कि अब स्वतन्त्र देश के नव-निर्माण की एक नवीन कल्पना करें। नेपाली की कविता का यह रंग भी उतना ही प्रगाढ़ और मनोहारी था। स्वर उतना ही सुरीला और अर्थवान, छन्द लय उतनी ही बहा ले जानेवाली !

जाने क्यों उनके बारे में और जानने की, और सुनने की उत्सुकता बनी ही रही। कई लोगों से पूछा पर उनका पता नहीं चल सका। बरसों बाद पटना जाने का मौका मिला तो एक मित्र से पता चला कि वे बिहार छोड़ कर बम्बई चले गये हैं, किसी फिल्म बनानेवाले के आमंत्रण पर। बस और कोई जानकारी नहीं। उनका कोई कविता संकलन छपा या नहीं, वह भी मालूम नहीं हो पाया।

बात आयी गयी हो गयी, समय बीतता गया, उम्र के दूसरे पड़ावों पर दूसरे काफिले। दूसरी आवाजें !

बरसों, बरसों, बरसों बाद जब इलाहाबाद से धर्मयुग सम्पादन के लिए बम्बई आया तो एक दिन इलाहाबाद से आये एक मित्र से जिक्र छिड़ा नुमायश के कवि सम्मेलनों का, और मन के किसी कोने में दबी खोई वह आवाज फिर कसक उठी, "दीपक जलता रहा रात भर···" मैंने फिर पता लगाने की कोशिश की कि नेपाली

जी कहाँ हैं ? फिल्मी दुनिया में अपनी किसी से पहचान नहीं, बम्बई के लेखकों, अध्यापकों, पत्रकारों से पूछा। किसी को नेपाली जी का ठौर-ठिकाना मालूम ही नहीं। हार कर चुप होकर बैठ गया।

फिर एक दिन फोन आया, फणीश्वरनाथ रेणु का ! अरे मैं चकित 'आप बम्बई कब आये ?' पता चला राजकपूर को उनकी एक कहानी पसन्द आयी और वे 'तीसरी कसम' फिल्म बनाना चाह रहे हैं। रेणु जी से पुरानी दोस्ती। जब वे और लतिका जी इलाहाबाद में रहते थे। मैं सब काम छोड़कर उस जगह गया जहाँ वह ठहरे थे। दो इलाहाबादी मिलें तो पहले बात इलाहाबाद की होती बाकी सब बाद में। इलाहाबाद की बातें होती रहीं। इतने में कुछ और लोग आते गये और अन्त में आये गीतकार शैलेन्द्र जी। राजकपूर उनकी गीत प्रतिभा का लोहा मानते थे। इस फिल्म के गीत भी वही लिख रहे थे। नेपाली जी का जिक्र छिड़ा तो उनमें से किसी ने बताया कि दूर किसी उपनगर की एक छोटी-सी खोली (कोठरी) में रहते हैं। आर्थिक स्थिति भी ठीक नहीं। स्वास्थ्य भी बहुत गिर गया है। कहाँ, किस उपनगर में यह भी किसी को मालूम नहीं। कुछ दिन और बीते किसी ने बताया कि शायद वे नहीं रहे, पर ठीक से उसे भी मालूम नहीं। हिन्दी का इतना सशक्त गीतकार, बिहार की इतनी बड़ी विभूति चली गयी, लेकिन रेडियो पर समाचार तो दूर, हिन्दी के किसी अखबार में भी एक शब्द इस बारे में नहीं। छपे भी तो कैसे ? किसी को कुछ अता-पता तो हो। ठौर-ठिकाना मालूम हो तो कोई हाल-चाल ले, जाँच पड़ताल करे। वे तो ऐसी गुमनामी में अनजाने ही खो गये कि धुएँ की एक लकीर भी नहीं।

यह कैसी फूँक थी जिसके लिए उनके प्राण के दीप मचलते रहे रात भर !

उसके काफी दिनों बाद की बात है। मैं अपनी केबिन में बैठा कुछ पढ़ रहा था कि ग्राउण्डफ्लोर से सीक्योरिटी आफिसर का फोन आया "डॉक्टर भारती, सर, एक वेरी वेरी ओल्ड लेडी आपसे मिलने को बोलता है नेपाल के किसी पोएट का वाइफ है। शुड वी सेण्ड हर ?"

नेपाल के किसी कवि की पत्नी ? पर मैं तो कभी नेपाल गया नहीं। वहाँ किसी कवि को जानता नहीं ? फिर मुझसे मिलने को···? लेकिन एक क्षण में जाने क्यों मन में कौंधा कि कहीं यह नेपाली जी की पत्नी तो नहीं ? मैंने सीक्योरिटी को फोन से कहा, "उन्हें कुर्सी देकर बिठाइये मैं खुद नीचे आ रहा हूँ।" लिफ्ट का भी इन्तजार नहीं किया। तेजी से सीढ़ियाँ उतरकर नीचे पहुँचा। सीक्योरिटी-कक्ष में झाँक कर देखा। वहाँ तो कोई महिला नहीं। कहीं बेसबरी में ऊपर तो नहीं चली

गयीं। सीक्योरिटी आफिसर से पूछा तो उन्होंने कहा, "सर, हमने उन्हें चेयर आफर किया। पर वो बैठी नहीं। गेट पर लगे पत्थर पर बैठ गयीं। हमने आपको फोन पर बताया वो तो आल आफ ए सडेन उठ कर चली गयीं। कुछ बोलना बतलाना माँगता। पर ओ तो बस उठीं और चली गयीं।"

मैंने दूर तक देखा। दोपहर का वक्त था। सड़क लगभग खाली थी। इक्का-दुक्का कारें, वी. टी. स्टेशन की ओर जाते हुए दो-तीन कुली—बस देखता रहा देखता रहा, दूर-दराज़ तक कोई नहीं। हारकर सीक्योरिटी आफिसर से कहा, "इस बार वह आयें तो बिठा लेना जब तक मैं आकर मिल न लूँ तब तक जाने मत देना।" सीक्योरिटी आफिसर ने एक क्षण मेरी ओर अचरज से देखा पर पूछा कुछ नहीं। बोला, "ओ. के. सर डोन्ट वरी, वी विल टेक केयर !"

मगर हफ्ते बीते, महीने बीते, बरसों बीते—वह नहीं आयीं। कौन थीं वह ? नेपाली जी की पत्नी या कोई और ? अब तक नहीं जान पाया ?

कहाँ चले गये नेपाली जी ? उस दिन इलाहाबाद के कवि सम्मेलन में संचालक उनका नाम घोषित करना भूल गये थे। बाद में जैसे उनका नाम लगभग भुला ही दिया गया। छायावादोत्तर कविता पर किये गये शोध के ग्रन्थों में यदा-कदा उनका उल्लेख है लेकिन जिस यश और महत्त्व के वे अधिकारी थे ! क्या वह उन्हें मिल सका ? उनकी काव्य-भाषा, उनके छन्दों की लयात्मकता, उनके काव्य-बिम्ब का अछूतापन—क्या इनका सही-सही आकलन हो पाया ? वे खुद साहित्य की दुनिया से भटककर इतनी दूर क्यों चले आये—जहाँ "नगर न जाना डगर न जानी।" कैसी दुखद परिणति हुई इस विलक्षण प्रतिभा के अनूठे गीतकार की। पता नहीं बिहार में भी कभी कोई उन्हें याद करता है या नहीं ?

उन्हीं के शब्दों में :

"अगणित तारों के प्रकाश में, मैं अपने पथ पर चलता था
मैंने देखा गगन गली में चाँद सितारों को छलता था
आँधी में तूफानों में भी प्राणदीप मेरा जलता था
कोई छली खेल में मेरी दिशा बदलता रहा रात भर
दीपक जलता रहा रात भर !"

क्या पायेंगे, प्रभु, हम क्या पायेंगे ?

इस दशक की सबसे महत्त्वपूर्ण घटना जब हुई तब मैं अस्पताल के इंटेंसिव केयर यूनिट में लगभग बेहोश पड़ा था। बीच-बीच में कभी-कभी थोड़ी देर के लिए होश भी आता तो धुँधली शक्लें, अस्फुट आवाजें और स्पन्दन के नाम पर केवल नर्सों, डॉक्टरों का इधर-उधर जाना या सिरहाने लगे हृदय की गति और श्वासों का स्पन्दन नापनेवाली मशीनों पर टिक-टिक चलती हुई ज्योति-रेखाएँ। इंटेंसिव केयर यूनिट के इस खाने में क्या हो रहा है इसकी धुँधली-सी खबर के अलावा दीन-दुनिया की कोई खबर नहीं।

उस दिन कुछ विशेष हलचल थी। एक किसी के पास छोटा जेबी ट्रांजिस्टर था, पर उसे बाहर गैलरी के पास बहुत धीमी आवाज में सुनने की इजाजत दी गयी।

क्या हुआ था ? इस दशक के सबसे महत्त्वपूर्ण इतिहासपुरुष गोर्बाचेव ने सोवियत महासंघ के सभी देशों को सोचने की, बोलने की, लिखने की स्वतन्त्रता दे दी थी। गजब ! अश्विसनीय !! खुले चुनाव घोषित कर दिये, प्रजातान्त्रिक स्वतंत्रता दे दी।

विश्वास नहीं होता। स्तालिन की तानाशाही ने अपने उपनिवेशवाद के विस्तार के लिए साठ-सत्तर बरस पहले मानवीयता के मूलभूत अधिकार छीन लिए थे। कितने लेखकों ने आत्महत्या की, कितनों ने रूस छोड़कर दूसरे देशों में शरण ली, जिसके लिए स्तालिन ने अपने ही साथी त्रॉत्सकी की हत्या करवायी, जिसके लिए शहर-के-शहर और जिले-के-जिले साइबेरिया के यंत्रणा शिविरों में भेज दिये गये। जहाँ सत्तर साल से आदमी होंठों पर ताला लगा कर, आँखों पर पट्टी बाँध कर, व्यवस्था को दोनों हाथ जोड़ कर सतत प्रणाम करते जीता रहा—जहाँ इनसानी रिश्ते टूटने की कगार पर पहुँच गये क्योंकि हरेक को यह शक था कि दूसरा उसकी जासूसी कर रहा है। बाप-बेटे, पति-पत्नी एक-दूसरे पर खुफिया निगाह तो नहीं रख

रहे हैं···एक दिन वह दानवीय शिकंजा टूटना तो था, पर लगता था जाने कितनी जद्दोजहद, कितने खून-खराबे, शायद एक भयंकर विश्वयुद्ध के बाद इस शिकंजे से मानव को मुक्ति मिल सकेगी। लेकिन ऐसे अनायास ? यह तो किसी ने सोचा ही नहीं होगा !

काश कि इस वक्त मैं हृदयाघात से लाचार, अस्पताल में न पड़ा होता। काश कि इस समय जा सकता उन रूसी दोस्तों के पास जो लन्दन में, हैम्बर्ग में, बुडापेस्ट में मुझे वर्षों पहले मिले थे। कुछ रूस से निर्वासित कर दिये गये थे, कुछ ने आत्मनिर्वासन ले रखा था ताकि स्वतन्त्रता की ज्योति जगाये रखें जिसे कम्यूनिस्ट शिकंजे में घोट कर मारा जा रहा था—मार्क्सवाद का बहाना बना कर !

इंटेंसिव केयर यूनिट में न अखबार आता था, न रेडियो सुन सकते थे। फिर भी होश और बेहोशी के बीच कुछ-न-कुछ सुनने को मिल जाता था। मैं कभी-कभी आँखें बन्द कर अतीत में उतर जाता था। आज से लगभग पैंतीस वर्ष पहले मैंने भी 'प्रगतिवाद एक समीक्षा' के लेखों में बार-बार यही तो कहा तर्कों के साथ, पूरे प्रमाणों के साथ। वही बात जरा हलके व्यंग्य के साथ कही थी माणिक मुल्ला ने 'सूरज का सातवाँ घोड़ा' में। मगर उस समय कठमुल्ले भारतीय कम्यूनिस्ट समीक्षकों का एक ही उत्तर था—मैं पलायनवादी हूँ, मैं आत्मनिष्ठ व्यक्तिवादी हूँ, अमरीकी एजेंट हूँ, हाथीदाँत की मीनारों में रहनेवाला समाजद्रोही हूँ, यह सब याद कर-कर के उस यातना के पीड़ा भरे क्षणों में भी एक हलकी उदास मुसकान चेहरे पर आ जाती थी। काश कि तथाकथित वामपक्षी बुद्धिजीवियों में उस समय साहस होता, नैतिकता होती इस स्तालिनवादी समाज-व्यवस्था और साहित्य-दमन की कुरूप अमानुषिक सचाई को देख पाने की ! लेकिन नहीं, वे अपने स्वप्नलोक में थे हवाई किले बनाते हुए, शब्दों की हवाई तोपें दागते हुए। उन छद्म शब्दजालों में उलझ कर कितनी नयी प्रतिभाएँ कुंठित हो गयी होंगी, तत्कालीन नवोदित साहित्यकारों में से कितनों ने प्रगतिवादी समीक्षकों से स्वीकृति पाने के लिए झूठी आक्रामक मुद्राएँ अपना ली होंगी और अपनी मौलिकता से कट कर धीरे-धीरे मुरझाते चले गये होंगे। साहित्य के नाम पर बयानबाजी और उछाड़-पछाड़ में अपनी सारी सृजनात्मक संवदेना खोते चले गये होंगे।

रोमांचक खबरें बढ़ती चली जा रही हैं। अब मैं इंटेंसिव केयर यूनिट से वार्ड में एक अलग स्वतन्त्र कमरे में लिटा दिया गया हूँ। यहाँ उतनी एकान्त कैद नहीं है। मैं खुद तो बिस्तर से उठ नहीं सकता; लेकिन रोज लोग देखने-मिलने आते हैं और रोज नयी खबरें बता कर जाते हैं।

एक के बाद एक किला गिर रहा है। पोलैंड ने जनतन्त्र घोषित कर दिया, हंगरी ने, चेकोस्लोवाकिया ने भी और रोमानिया में तो तानाशाह चाउशेस्कू के प्रति न केवल विद्रोह हो गया वरन् उसको तथा उसकी पत्नी को जनता की अदालत में मृत्युदण्ड मिला। मृत्यु के बाद उसके जमींदोज खजाने के जो चित्र टीवी पर आये उन्हें देखकर तो आँखें फटी-की-फटी रह गयीं। उस छोटे से देश रोमानिया की मुट्ठीभर जनता का कितना भयंकर शोषण किया होगा इस तानाशाह ने—मार्क्सवाद के नाम पर ! शोषण एक-सा है, लिप्सा एक-सी है चाहे वह अमरीका समर्थित फिलिपींस का मार्कोस हो या रूस-चीन समर्थित रोमानिया का चाउशेस्कू हो।

तय हुआ है कि ऑपरेशन होगा—बाइपास सर्जरी ! तीन महीने लगातार अस्पताल में रहते-रहते घबरा गया हूँ। ऑपरेशन के बाद कम-से-कम दो महीने तो लगेंगे ही। डॉक्टर ने कुछ दिन घर पर रह लेने की अनुमति दे दी है। मैं घर आ गया हूँ। अखबारों में रोज नयी खबरें आ रही हैं। पोलैंड में लेक वालेसा फिर से राजनीति में लौट आये हैं। रोमानिया की जनता ने माँग की है कि कम्यूनिस्ट पार्टी को 'बैन' कर दिया जाये। जिन्होंने सबसे पहले कम्यूनिज्म को उदार, मानवतावादी चेहरा देने की पेशकश की थी, वे थे चेकोस्लोवाकिया के दुबचेक। कैसे रूसी टैंकों ने चेकोस्लोवाकिया को घेर लिया था और जन-जन के प्राणों में बसे दुबचेक को राजनीति से निर्वासित होना पड़ा था, इसका आँखों देखा मार्मिक रिपोर्ताज निर्मल वर्मा ने ही लिखा था—**धर्मयुग** में ही। दुबचेक भी अपने देश वापस आ गये हैं। **लाल किताब** और झूठी सांस्कृतिक क्रान्ति के नाम पर बुद्धिजीवियों के अमानुषिक दमनवाले चीन के छात्र निकल आये हैं इस तानाशाही के खिलाफ। सारी दुनिया में अजीब उथल-पुथल है।

मैं घर वापस आ गया हूँ पर ज्यादा चल-फिर नहीं पाता। अपनी किताबोंवाले कमरे में लेटा-लेटा सोचता रहता हूँ। मोटी-मोटी जिल्दोंवाली स्तालिन की मूँछोंवाली फोटो के साथ छपी किताबें जो कभी कम्यूनिस्टों के लिए धर्मग्रन्थ थीं, अब इतिहास के कूड़ेखाने की शोभा बढ़ायेंगी। एक हरी जिल्द की किताब थी **'हाउ टु बी ए गुड कम्यूनिस्ट'** लियो शाओ चि की एकमात्र पुस्तक, जिसमें उसने कम्यूनिस्टों के नैतिक आचरण का प्रश्न उठाया था। मेरे भारतीय संस्कारवान मन को अच्छी लगती थी। लेकिन सांस्कृतिक क्रान्ति के दौरान चीन में न केवल उस किताब की होली जलाई गयी वरन माओ ने अपने इस पुराने वफादार साथी को अपदस्थ कर दिया। इस संजीदा, मौलिक, साहसी चिन्तक के घर को रोज 'रेड गार्ड' आ कर घेर लेते थे और उसे गालियाँ देते, उसके पुतले को रस्सी से फाँसी पर लटकाते। कहाँ गया

लिओ शाओ चि? कहाँ गये आत्महत्या करनेवाले येसेनिन और मायकावस्की के दोस्त? चक्कर लगाता हूँ किताबों के बीच। यह है **कम्यूनिज्म एंड द क्वेश्चन ऑफ नेशनैलिटीज**—स्तालिन की वह छोटी-सी पुस्तिका जिसकी गवाही देकर भारतीय कम्यूनिस्ट पार्टी ने आजादी के पहले विभाजन को समर्थन देकर साम्प्रदायिकता को बढ़ाया दिया और देश के टुकड़े करवा दिये। सामने पड़ती है बोरिस पेस्तरनाक की **डॉ. जिवागो** और याद आता है कि किस तरह उसे मिलनेवाले नोबेल पुरस्कार को रूसी तानाशाही बर्दाश्त नहीं कर पायी। और **करेज ऑफ जीनियस** नामक छोटी-सी पुस्तक ओल्गा इविस्काया पर, जिसने इतने कष्ट सहे पर पेस्तरनाक का साथ नहीं छोड़ा, उसकी हिम्मत बढ़ाती रही। इन किताबों में इस विचित्र दौर का पूरा इतिहास है। सृजन की अदम्य शक्ति का और तानाशाही की निर्मम क्रूरता का।

पर हुआ क्या था स्तालिन के जमाने में? सारे बुद्धिजीवी चुप क्यों थे ? और सामने पड़ती है एक पुरानी किताब **फॉल ऑफ ए टाइटन** (एक महाबली का पतन)। यह मार्मिक उपन्यास बहुत पहले एक रूसी लेखक ने लिखा था जो निर्वासन ले कर विदेशों में भटक रहा था। कभी कहीं मिले तो इस उपन्यास को आप अवश्य पढ़िए। जानते हैं इसमें क्या है ? इसमें विश्वविख्यात रूसी उपन्यासकार मैक्सिम गोर्की की कहानी है—नाम बदल कर ! जिनकी रचनाओं से क्रान्ति आयी उनमें मैक्सिम गोर्की का नाम सबसे ऊपर लिया जाता है। उनका प्रख्यात उपन्यास **द मदर** (माँ) न केवल क्रान्तिपूर्व विक्षोभ का प्रामणिक दस्तावेज, बल्कि इनसानी रिश्तों के बदलते आयामों का ऐसा मार्मिक दस्तावेज, जिसने सारी दुनिया के समक्ष यह साबित किया कि रूस में दॉस्तावस्की और ताल्सताय की परम्परा खत्म नहीं हो गयी, क्रान्ति के बाद भी वह जिन्दा है—गोर्की में !

गोर्की अकेले ऐसे लेखक थे जिनका लोहा स्तालिन भी मानता था और उनकी कही किसी बात को पूरे ध्यान से सुनता था। गोर्की को 'साम्यवाद' का विकृतीकरण बिलकुल पसन्द नहीं था। वह मानता था कि साम्यवाद की आधारभित्ति कुछ मूल्य हैं और उन मूल्यों की रक्षा हर हालत में होनी ही चाहिए। सचाई को बेलौस, ईमानदार ढंग से तलाश करने-समझने और उसे प्रचारात्मक नहीं वरन् साहित्यिक स्तर पर, कलात्मक ढंग से व्यक्त करने का लेखक का बुनियादी अधिकार है। गोर्की जिन अभावों और संघर्षों से गुजरा था उनका जिक्र उसकी आत्मकथा में विस्तार से है। इसीलिए उसकी स्वाभाविक सहानुभूति गरीब, दबे हुए, शोषित लोगों के साथ थी। और अगर उन पर कोई जुल्म हो तो गोर्की चुप नहीं बैठता था। स्तालिन ने उसे सम्मान दिया। कई बार स्तालिन की साहित्य सम्बन्धी नीतियों का गोर्की ने विरोध किया, स्तालिन ने उसकी बात का आदर किया।

और यहीं से बीज पड़ा गोर्की के डगमगाने का। स्तालिन को प्रभावित कर सकने के कारण गोर्की में यह अहसास जागा कि वह कितना शक्तिशाली है। और

फिर जो उसे विश्वव्यापी यश मिल रहा था, क्रान्ति के प्रतीक-लेखक के नाते उसको जो अपार लोकप्रियता मिल रही थी, उसका जो दबदबा बढ़ रहा था, इस सबने उसमें जाने कब अनजाने में ही समझौतापरस्ती के बीज बो दिये। और एक दिन अचरज से लोगों ने देखा कि शिकायत ले कर आनेवाले लेखकों का पक्ष ले कर लड़ने के बजाय वह स्तालिन का पक्ष ले कर लेखकों को समझाने लग गया। वही स्तालिन की भाषा कि क्रान्ति के व्यापक सन्दर्भ में थोड़ा-बहुत अनुशासन तो रखना ही पड़ेगा। लेखकों को इससे यह नहीं समझना चाहिए कि उनका दमन हो रहा है। अपने कुछ अधिकारों को लेखकों को स्वयं सत्ता को समर्पित कर देना चाहिए, ताकि स्तालिन के नेतृत्व में ठीक-ठीक से क्रान्ति हो सके। इसके बाद तो सत्ता ने गोर्की को और भी सर पर बिठा लिया। तमाम देश में उसकी प्रतिमाएँ, लेखकों के विश्राम-स्थल पर गोर्की का नाम, लेखक समारोहों में क्रान्ति के सफल प्रतीक लेखक के रूप में अतुलनीय सम्मान—धीरे-धीरे कैसे और कब वह खोखला होता गया, सचाई के प्रति उसका बेलौस उत्साह धीमा होता गया, उसका दबंग साहस द्विविधा में बदलता गया, इसे गोर्की जान भी नहीं पाया। एक दिन उसने महसूस किया कि वह अब पहलेवाला 'वह' नहीं रह गया है। लेकिन जब उसे यह अहसास हुआ तब तक बहुत देर हो चुकी थी। वह कलम का महाबली (टाइटन) घोषित हो चुका था। अब हालत यह थी कि साधु कम्बल को छोड़ना भी चाहे तो कम्बल साधु को नहीं छोड़ रहा था।

आइगोर गूजेंको की यह रचना मन पर एक उदासी छोड़ जाती है और इस बात की व्याख्या भी करती है कि बहुत बड़े-बड़े बुद्धिजीवी साम्यवाद के इस तानाशाहीकरण के खिलाफ आवाज क्यों नहीं उठा पाये। यदि कोई आवाज उठाता भी था तो उसे प्रतिक्रियावादी, क्रान्ति का विरोधी, जनता का शत्रु घोषित कर दिया जाता था और किस्सा खत्म !

मैंने आपको बताया कि उन दिनों ऑपरेशन के पहले, कुछ दिनों के लिए घर आने की इजाजत मिली थी। कमजोरी बहुत थी। बाहर टहलना तो दूर, आधे घंटे कुर्सी पर सीधा भी नहीं बैठ पाता था। लेकिन फिर भी न उन दिनों ज्यादा अपने स्वास्थ्य के बारे में सोचता, न भविष्य के बारे में। मैं अक्सर इन्हीं सब बातों पर सोचता रहता था। एक सबसे बड़ा अचरज मुझे यह था कि इतनी चतुराई, इतने उपकरण, इतने सशक्त तन्त्र के बावजूद यह कम्यूनिस्ट तानाशाही का सारा ढाँचा इस तरह एक उँगली के लगते ही भरभरा कर कैसे गिर पड़ा ! जंगलों में अकसर दीमकों की बांबियाँ दीख पड़ती हैं। कोई-कोई तो तीन फुट, चार फुट ऊँची ! लगता है जैसे पूरा किला हो, मगर हाथ लगाइए कि चूर-चूर हो कर बिखर जाता है। कुछ वैसा ही हाल हुआ कम्यूनिस्ट तन्त्र का। लेकिन क्यों ? क्या कमी छूट गयी थी ? कौन-सा मरण-बिन्दु अपने में पाल रहा था यह सारा कम्यूनिस्ट ढाँचा ?

इसका उत्तर मुझे एक दिन मिला किशन पटनायक से। दुबले-पतले-साँवले, तीखे नैन-नक्श और चमकती आँखोंवाले किशन पटनायक सतही राजनीतिक चिन्तन से अलग, कुछ गहरा और मौलिक सोचनेवाले हैं। समाजवाद के गहरे अध्येता। मेरी बीमारी का हाल सुन कर देखने आये थे। मैंने उनसे यही सवाल किया--आखिर कम्यूनिज्म का यह विध्वंस हुआ क्यों, और वह भी इतने अप्रत्याशित रूप से--देखते-देखते ? 1848 में कम्यूनिस्ट मेनीफेस्टो पहली बार प्रकाशित हुआ था--उसे अभी डेढ़ सौ साल भी तो नहीं बीते ! डेढ़ सौ वर्ष भी नहीं चल पाया। आखिर क्यों ?

''इसलिए भारती जी,'' किशन पटनायक बोले, ''इसलिए कि कम्यूनिज्म कोई संस्कृति नहीं दे पाया। उसने संगठन दिया, नारे दिये, आन्दोलन दिये, सत्ता-परिवर्तन दिये लेकिन सचमुच देने के लिए उसके पास कोई संस्कृति नहीं थी। बिना संस्कृति के, इतिहास में कोई भी दौर कब तक चल पाया ! इतने दिन चल गया यही चमत्कार है।''

किशन जी की बात में मुझे न सिर्फ दम लगा बल्कि इस समूची स्थिति का पुनः आकलन करने के लिए एक गम्भीर विचार-बिन्दु भी।

सोचने-विचारने के लिए एक दिशा-संकेत तो दे गये किशन भाई पर आगे का रास्ता तो मुझी को तय करना था, और वह रास्ता कुछ जटिल सवालों में से हो कर गुजरता था। यह संस्कृति है क्या ? समाजतन्त्र से इसका क्या रिश्ता है ? इसमें कौन-सा तत्त्व है जो इससे जुड़नेवाली चीजों को स्थायित्व देता है ? कम्यूनिज्म तानाशाही का रास्ता तो मानवता ने छोड़ दिया, गली का एक मोड़ तो आ गया। अब इसके आगे हम किस ओर मुड़ रहे हैं ? क्या जिधर मुड़ रहे हैं उधर संस्कृति है ? और फिर सौ सवालों का एक सवाल--संस्कृति है क्या ?

संस्कृति क्या है इसकी विशद वैज्ञानिक परिभाषा कर पाना मेरे वश की बात नहीं है। यह तो कोई दार्शनिक, कोई समाजशास्त्री, कोई इतिहासवेत्ता ही कर पायेगा। मैं तो अपने अहसासों से यह बता सकता हूँ कि संस्कृति कहाँ नहीं है। बिलकुल उपनिषदों की पद्धति, जहाँ ब्रह्म की व्याख्या है 'नेति नेति'--ब्रह्म यह नहीं है, ब्रह्म वह नहीं है। इन सबको नकार कर जो शेष रह जाता है वही ब्रह्म है।

उसी तर्ज पर मैं कह सकता हूँ कि संस्कृति वहाँ नहीं है जहाँ मनुष्य से प्रकृति का रिश्ता केवल उपभोग और उपभोक्ता का है। संस्कृति वहाँ नहीं है जहाँ मनुष्य अपने जीवन के गहरे अर्थवान आयामों की खोज न कर, केवल उत्पादन और उपभोग में आत्मतुष्ट रहता है। संस्कृति वहाँ नहीं है जहाँ मनुष्य और मनुष्य का

रिश्ता केवल भौतिक सम्बन्धों का रिश्ता हो—शोषक-शोषित का रिश्ता, ग्राहक और विक्रेता का रिश्ता, विजेता और पराजित का रिश्ता।

संस्कृति वहाँ नहीं है जहाँ सम्पूर्ण मनुष्य—समाज के आर्थिक, सामाजिक और आध्यात्मिक विकास की बात न हो। समाज एक छोटा-सा वर्ग 'एलीट' (अभिजात्य) मान लिया जाये, उसे उपभोग की सारी सुविधाएँ मिलें—बाकी लोग चाहे एक डबल रोटी पाने के लिए घंटों कतार में खड़ें रहें। यही तो हो रहा था रूस में समानता के नाम पर ! येल्तसिन ने जो भंडाफोड़ किया उससे तो स्पष्ट है कि रूस में सुविधाभोगी अभिजात्य उपभोक्ता-तन्त्र मात्र था—न समाजवाद था, न संस्कृति थी !

यह तो क्षितिज के इस पार की तस्वीर हुई। आइए, अब जरा क्षितिज के उस ओर झाँक कर देखें। अमरीका और विकसित यूरोपीय देशों में क्या है ? वहाँ भी यही उपभोक्ता संस्कृति है ! यह जरूर है कि बोलने, लिखने, सोचने की आजादी होने के कारण घुटन कम है। प्रजातांत्रिक प्रणाली होने के कारण राजनीतिक निरंकुशता कम है। समाज में खुलाव ज्यादा है, राजनीतिक आतंक नहीं है—लेकिन (और यह महत्त्वपूर्ण लेकिन है) वहाँ भी जीवन का मूल मानदण्ड उपभोक्तावाद के अलावा और क्या है ? प्रकृति और मनुष्य का रिश्ता केवल कच्चे माल और उत्पादक का रिश्ता है और इस उत्पादन को अंजाम देती हैं आधुनिक मशीनें। उत्पादन उपभोग के लिए होता है। उपभोग की आदतें उत्पादित माल की खपत के लिए बढ़ायी जाती हैं और बढ़ती हुई उपभोग-लिप्सा के लिए उत्पादन बढ़ाया जाता है। यदि उत्पादन के हिसाब से उपभोग कम हुआ तो नये विज्ञापनों द्वारा माल की खपत बढ़ायी जाती है। ज्ञान-संचय की जगह आज इन देशों में टी. वी. के विज्ञापन प्रभावी तथ्य बनते जा रहे हैं। यूँ भी बुद्धि और मस्तिष्क का उपयोग कम होने लगा था। जो कुछ थोड़ा बहुत उपयोग है भी वह कंप्यूटर और सुपर कंप्यूटर की वजह से निरर्थक और अनुपयोगी हो जायेगा। इस सबमें संस्कृति कहाँ है ? और जो कहें कि विकासशील देशों में कुछ है, तो वहाँ भी क्या है ? अपने जगद्गुरु भारत देश को ही लीजिए। बम्बई में, दिल्ली में, कलकत्ते में—हर बड़े नगर में वही नौरईस अधकचरा अभिजात्य वर्ग पनप रहा है जहाँ मनुष्य और मनुष्य तो दूर, मनुष्य और स्वदेश का रिश्ता ही टूटता जा रहा है, उन्हें जीन्स इंपोर्टेड चाहिए। छपी हुई टी शर्ट इंपोर्टेड चाहिए, सूट का कपड़ा इंपोर्टेड चाहिए, भाषा इंपोर्टेड चाहिए, वी. सी. आर. इंपोर्टेड चाहिए, मिक्सी और फ्रिज इंपोर्टेड चाहिए, संगीत इंपोर्टेड चाहिए, यहाँ तक कि क्लब में जिससे रमी खेलते हैं वे ताश के पत्ते भी इंपोर्टेड चाहिए।

तो आखिर इस दशक में इतने विचार परिवर्तन आने के बाद भी संस्कृति के स्तर पर हम जा कहाँ रहे हैं ? समता के नाम पर गढ़ी रूसी अपसंस्कृति को त्याग कर, स्वतन्त्रता और खुले बाजार के नाम पर गढ़ी अमरीकी अपसंस्कृति की ओर ?

फिर इतिहास आगे कहाँ बढ़ा ? उसमें गति तो जरूर आयी इस दशक में मगर वह गति कोल्हू के बैल की गति है जो घूम-फिर कर वहीं पहुँचता है जहाँ से चला था। फिर चलता है, गोल-गोल चक्कर काटता है, पहुँचता कहीं भी नहीं।

उपभोक्तावाद के इस दुश्चक्र से छुटकारा कैसे मिलेगा ? नवाँ दशक तो बीत चला। क्या बीसवीं शताब्दी के अन्तिम दशक में कोई रास्ता निकलेगा ? क्या इक्कीसवीं शताब्दी, बीसवीं शताब्दी के मायाजालों से मुक्त हो कर कोई नयी संस्कृति खोज सकेगी जहाँ मनुष्य की गरिमा हो, उसके प्रकृति से, मशीनों से, और साथी मनुष्य से सार्थक सम्बन्ध पनप सकें ? संस्कृतियों का बीजारोपण किया था उपनिषदों के ऋषियों ने, कृष्ण की अनासक्ति ने, राम की मर्यादा-चेतना ने, सूफी फकीरों के तसव्वुफ और प्रेम-पंथ ने, गौतम की करुणा और मैत्री ने, जीसस की क्षमा और त्याग ने, शंकर के अद्वैत ने, चैतन्य के प्रेम-महाभाव ने। संस्कृति निर्माता तो ऐसे लोग होते हैं !

बीसवीं शताब्दी में उपभोक्तावाद के खतरों के खिलाफ सबसे सशक्त आवाज उठायी थी महात्मा गांधी ने तब हम उन्हें इतनी गहराई से समझ नहीं पाये थे। आवाजें पश्चिम में भी उठी थीं—रस्किन ने लिखा था—अन टु दिस लास्ट और ताल्सताय ने अपना ली थी गाँवों में अपने हाथ से कपड़ा बुनकर, अपने औजारों से कुर्सी बना कर रहनेवाली जीवन-पद्धति ! ताल्सताय से तो गांधी जी का शायद पत्र-व्यवहार भी हुआ था, ऐसा याद पड़ता है।

रूसी और अमरीकी उपभोक्तावाद एक ही सिक्के के दो पहलू हैं। संस्कृतिविहीन लेकिन नये परिवेश में भटकते संसार को क्या नयी संस्कृति मिल सकेगी ? कौन देगा उसे ? क्या भारत दे सकेगा ?

वर्ष नव, हर्ष नव, उत्कर्ष नव

दिल्ली तो ठहरी पटरानी। वह तो हमेशा सजी-सँवरी ही रहती है, क्या नया साल क्या पुराना साल। पर बड़े दिन और न्यू ईयर में खुशनुमा सजावट देखते थे कलकत्ते में। खास तौर से चौरंगी पर। सचमुच, कभी कलकत्ता अंग्रेजों की प्रिय राजधानी रहा है। यह ऐसे ही अवसरों पर प्रगट होता था।

लेकिन नव वर्ष के आगमन पर जो शानो-शौकत, जो हंगामा मुम्बई में आ कर देखा उसका जवाब नहीं। हर फाइव स्टार होटल में हफ्तों पहले से अपनी सीट बुक करा लीजिए नहीं तो 31 दिसम्बर को खाना तो दूर खड़े होने की जगह मयस्सर नहीं होगी। नया-नया मुम्बई आया था न, तो यहाँ के हर तिलिस्मी ठौर-ठिकाने, रस्मो रिवाज, रहन-सहन के प्रति अचरज भरा कुतूहल था। उस समय हर सीट का भाव हुआ करता था सौ रुपये से पाँच सौ रुपये तक। यह तीस वर्ष पहले की बात है। अब तो भाव क्या हैं पूछने की भी हिम्मत नहीं कर पाता। बहरहाल, लकदक सजावट, फूलों से झिलमिल करती नियोन लाइटों से, झंडियों से, रंगीन कागज की झालरों से, विशेष कैबरे का आयोजन और जो मेज कैबरे-मंच के जितने पास हो, उसकी सीट के उतने ही ऊँचे दाम।

आठ-नौ बजे से ही लोगों का आना शुरू हो जाता था। माइक पर गायिका आर्केस्ट्रा पर गाती रहतीं। इधर खाना शुरू हो जाता था। बीच-बीच में कभी नृत्य की धुन बजती तो युवा-जोड़े उठ कर थिरकने लगते। फिर कैबरे की घोषणा होते ही आ कर अपनी सीट पर बैठ जाते। खाने की बाकी चीजें परोसी जातीं। अर्द्धरात्रि के ठीक पाँच मिनट पहले माइक पर घोषणा होती अब नया वर्ष आने में सिर्फ पाँच मिनट बाकी हैं। मादक नृत्य की धुन फिर बजने लगती। लोग अपनी सीट से उठ कर बीच के खुले नृत्य-स्थल पर चले आते। भीड़-भाड़, कन्धों से रगड़ खाते कन्धे, विदेशी इत्रों की तेज उन्मादक खुशबुओं में घुलती-मिलती हुई स्कॉच और शैम्पेन

की महक। सहसा संगीत की धुन तेज और तेज हो कर झम्म से रुक जाती और आधे मिनट के लिए हाल की बत्तियाँ गुल हो जातीं, पुराने वर्ष को विदा देने के लिए। दूसरे ही क्षण गेटवे ऑफ इंडिया पर खड़े विशालकाय सुसज्जित जहाजों के साइरन बजते, एक साथ दर्जनों साइरन। लो 12 बज कर एक मिनट हो गये। नया वर्ष आ गया। लोगों का खुशी से झूमना, किसी से हाथ मिला कर, किसी को गले लगा कर 'हैप्पी न्यू ईयर' कहना, मुबारकबाद देना, फूलों के गुच्छे देना। बाहर सड़क पर तेज गाड़ी चलाते-चलाते हर अज्ञात अपरिचित को 'हैप्पी न्यू ईयर' कहना। बड़ा जानदार था (और है) यह सारा जश्न; और मुम्बई वालों ने इसका सही नाम रख छोड़ा है—'न्यू ईयर हंगामा'।

धूमधाम के बीच मेरे मन पर जाने कहाँ एक गूँज छूट जाती थी अँधेरे को चीर कर आते जहाजों के साइरनों की। और चंद सवाल, कहाँ से आये हैं ये जहाज, क्यों आ लगे हैं मुम्बई के तट पर, कई तो अपना निर्धारित मार्ग बदल देते थे। दो-तीन दिन पहले ताकि 31 दिसम्बर आधी रात मुम्बई में मनाएँ, शुरू करें अपना नया साल मुम्बई में मुम्बई में हम लोग कभी-कभी भूल जाते हैं कि यह बुनियादी तौर पर बन्दरगाह है, समुद्री शहर, नाविकों का जहाजियों का यात्रा-विरामस्थल। पर वह वातावरण आधी रात को दीखता है। ताजमहल होटल से ले कर कोलाबा की गलियों तक जहाँ जहाजी पोशाकें पहने सैकड़ों विदेशी इधर-उधर घूमते रहते हैं। इनकी भटकती आँखों को देख कर लगता है जाने कितने दिन हो गये हैं इनको अपने घर से बिछुड़े। जाने अभी कितनी यात्रा बाकी है इनकी। कुछ रात भर के बसेरों की तलाश में निकले होते। लेकिन रात भर के बसेरे क्या कभी घर के पर्याय बन सकते हैं। शायद उन आत्म-वंचना के बाजारू क्षणों में इन्हें अपना घर और अधिक याद आता होगा।

आप से सच बताऊँ नये वर्ष की इन जगमग हंगामे भरी नव वर्ष की रातों में मुझे भी अपना घर याद आता था। वह शान्त हंगामा-हीन शहर जिसे इलाहाबाद कहते हैं। नव वर्ष का आगमन वहाँ भी मनाया जाता था, लेकिन ऐसे नहीं। दिसम्बर-जनवरी वहाँ कड़ाके की सर्दी के दिन होते थे। हाड़-हाड़ ठिठुरा देनेवाली सर्दी। रात को बाहर सड़क पर निकलना तो दूर, घर में लिहाफ के बाहर निकलने में जान काँपती थी। न हंगामा हो सकता था, कैबरे तो किसी ने सुना भी नहीं था। समुद्री जहाजों और उनके साइरनों का सवाल ही नहीं। रेल की सीटियाँ जरूर सुनाई पड़ती थीं। पर वह कभी भी सुनाई पड़ती थी, उनसे नव वर्ष का क्या ताल्लुक। लेकिन वहाँ भी इकतीस दिसम्बर की रात को बारह बजे नव वर्षागमन की आवाज गूँजती थी। वह आवाज होती थी, गिरजाघरों में बजते आधी रात के घंटों की। शहर भर में छोटे-बड़े गिरजाघर थे और एक विचित्र पवित्र पुकार रहती थी उन घंटा ध्वनियों में। आधी रात के सन्नाटे में ठिठुरती कोहरे भरे बियावानों, सोयी हुई सड़कों

और गलियों को पुकारती हुई वह मीठी आवाज। कई मिनट तक घंटे बजते ही रहते। एक गिरजाघर अगर घर के पास हुआ और दूसरा जरा दूरी पर तो एक धीमी घंटा ध्वनि और एक तेज घंटा ध्वनि की जुगलबंदी उस आधी रात की खामोश महफिल में चलती रहती। अँधेरे-अँधेरे में ही ये चर्च के घंटे उस खामोश शहर की कितनी चीजों को जोड़ जाते थे। पार्कों में, बागीचों में, जंगलों में खिले रंग-बिरंगे असंख्यों फूल, इतिहास भरी सड़कें और जिन्दगी की अद्‌भुत कहानियाँ कहती हुई गलियाँ, रात को जम कर गहराया हुआ कोहरा और अनवरत कलकल कर बहती हुई गंगा। सारे ऐश्वर्य, सारी जगमगाहट, सारे मदहोश नाच, सारे उत्तेजक संगीत, सारी जगमग सज्जा, सारे करोड़पति साजबाज कितने फीके लगने लगते होंगे, खामोश, फूलों भरे शहर में आधी रात बजती उन चर्च की पवित्र घंटियों के सामने।

पर उस कड़कड़ाती सर्दी में हम बाहर नहीं निकलते थे। असल में हमारा नव वर्ष शुरू होता था पहली जनवरी को सुबह नौ दस बजे के बाद जब धूप निकलने से ठिठुरन कुछ कम हो जाती थी। पर धूप भी जाड़े की सुबह की दुबली-पतली काँपती हुई सी धूप होती थी। पेड़ों के बीच से रोशनी की तिरछी शहतीरों की तरह वह धूप कोहरे से भरी होती थी। उस धूप में चलनेवालों के साये कितने लम्बे होते थे। फूलों पर कोहरा छाया होता था। धूप सुनहले पतले तारों की बारीक जाल जैसी कोहरे और फूलों में उलझी नजर आती थी। ऐसे वातावरण से नये साल के हंगामे नहीं उपजते थे—उनसे उपजते थे नये साल की नयी आशाएँ, नये संकल्प, नयी कविताएँ।

नये साल के विशेष उपहार के रूप में ऐसे वातावरण से उपजी दो कविताएँ आपको सुनाऊँगा (घबराइये नहीं मेरी कविता नहीं हैं वह) और इन कविताओं को विशेष भेंट मान कर मेरी ओर से नये वर्ष की शुभकामनाएँ स्वीकार करें।

नये वर्ष के प्रति

केदारनाथ सिंह

ओ अपरिचित
लाओगे ? क्या लाओगे !
पूछते हैं घर—
दिशाएँ
नदी-नाले,

गाँव-जंगल,
लाओगे ! क्या लाओगे !

गन्ध पहले बौर की
या फलों पर चढ़ते सुनहरे रंग,
स्पर्श हाथों का नया
या सर्द पानी सी छुअन निस्संग
लाओगे ! क्या लाओगे !

अनछुए तट
या कि रस्तों के नये भटकाव
धूपगन्धी पंख चिड़ियों के
कि टूटे आँधियों के पाँव
लाओगे ! क्या लाओगे !

नई चा की प्यालियों में तैरता दिन
या कि हल्की भाप
चोट खाये बादलों की एक टूक जिजीविषा
या फिर
अजनमे स्वरों का चढ़ता हुआ आलाप
लाओगे ! क्या लाओगे !

नये साल पर

सर्वेश्वरदयाल सक्सेना

नये साल की शुभकामनाएँ
खेतों की मेड़ों पर धूल भरे पाँव को
कुहरे में लिपटे उस छोटे से गाँव को
नये साल की शुभकामनाएँ।

इस पकती रोटी को, बच्चों के शोर को

चौके की गुनगुन को, चूल्हे की भोर को
नये साल की शुभकामनाएँ

इस चलती आँधी में हर बिखरे बाल को
सिगरेट की लाशों पर फूलों से खयाल को
नये साल की शुभकामनाएँ

कोट के गुलाब और जूड़े के फूल को
हर नन्ही याद को, हर छोटी भूल को
नये साल की शुभकामनाएँ

उनको जिनने चुन चुन कर ग्रीटिंग कार्ड लिखे
उनको जो अपने गमले में चुपचाप दिखे
नये साल की शुभकामनाएँ।

(दोनों कविताएँ 'तीसरा सप्तक' से साभार)

लेखन धर्म और जीवन का मर्म

रजत जयंतियाँ मनाने के अनेक ढंग होते हैं—अधिकतर प्रदर्शनपूर्ण और उत्सवधर्मी। लेकिन भारतीय ज्ञानपीठ ने एक अलग स्तरीय सूझबूझ का परिचय दिया। बहुचर्चित ज्ञानपीठ पुरस्कार सन् '65 में प्रारम्भ हुआ। उसे पच्चीस वर्ष पूरे हो गये। इस अवसर पर कोई आडम्बरपूर्ण उत्सव न मना कर उन्होंने एक अत्यन्त महत्त्वपूर्ण प्रकाशन प्रस्तुत किया। भारत की सभी भाषाओं के जो श्रेष्ठ लेखक पच्चीस वर्षों में पुरस्कृत हुए उन सबको समाहित करते हुए एक सुरुचिपूर्ण ग्रंथ, 'ज्ञानपीठ पुरस्कार : सन् 1965 से 1990' है। पुरस्कार स्थापना की पृष्ठभूमि, पुरस्कार निर्णय की पद्धति आदि परिचयात्मक सामग्री तो है ही, पिछले पच्चीस वर्षों में पुरस्कृत सभी लेखकों पर जो सामग्री दी गयी है वह सचमुच संग्रहणीय है। उन तमाम लेखकों के चित्र, उनके कृतित्व का परिचय तथा उनकी अंतरंग जीवन गाथाएँ, कन्याकुमारी से कश्मीर तक समूची भारतीय सृजन-मनीषा और वैविध्य के बावजूद भारत की आन्तरिक एकता को प्रतिबिम्बित करती हैं। लेकिन सबसे महत्त्वपूर्ण अंश उन तमाम लेखकों के पुरस्कार ग्रहण के अवसर पर दिये गये आत्मकथ्यात्मक अभिभाषणों का संकलन। शायद एक साथ इतनी संख्या में इतनी भारतीय भाषाओं के शीर्षस्थ लेखकों के मन की अंतरंग झाँकी, उनकी स्मृतियाँ और संवेदनाएँ, उनके अन्तर्द्वन्द्व और लेखन-धर्म के इतने बहुविध आयामों का एक साथ संकलन और कहीं नहीं मिलेगा। कैसे सार्थक और सारगर्भित हैं ये प्रसंग इसकी कुछ झलकियाँ आपको दिखाने का मोह संवरण नहीं कर पा रहा :

ज्ञानपीठ पुरस्कार के सर्वप्रथम विजेता थे मलयालम के महाकवि जी शंकर कुरुप। सृजनात्मक भावना भावना क्या है, चेतन और अचेतन, आत्म और सर्वात्म को समन्वित करनेवाली कालजयी साहित्य संवेदना का मर्म क्या है ? कहाँ से मिला उन्हें यह मर्म—उन्हीं के शब्दों में प्रस्तुत है :

"आखिर क्या है, यह सृजनात्मक भावना ? मेरी भाषा मलयालम के एक छोटे से ग्रामगीत की सदा हरित शाखा तोड़ कर मैं आप लोगों के सामने रख देता हूँ। परिभाषा देने के विफल परिश्रम से यही अच्छा है। वसन्तागम का प्रारम्भ ही हुआ। देहात की पगडंडी पर चलनेवाला एक नवयुवक अकस्मात् रुक गया। किसी बाड़ी की सीमा पर खिला है—नवल पाटिलवर्णवाला नन्हा-सा सुमन। मालूम पड़ता है वह अभी बोल उठेगा। अपने 'सरस्वती कंठाभरण' में भोज ने जिस अभिमान और अहंकार की चर्चा की है वही जाग उठा उस एकाकी ग्रामतरुण में। वह पूछ रहा है :

ओ नन्हे फूल, लाल फूल !
कहाँ गया तू इतने दिन ?
क्या तू गया था तृच्चाम्बरम् में भजन करने ?

उस प्रश्नकर्ता के बोधतल में चेतन और अवचेतन की नाजुक सीमा को डुबो देनेवाला भावोद्रेक, अहम् का एक ज्वार भाटा, चाहे तात्कालिक ही क्यों न हो, किसने भर दिया। अगर उस पुष्प के पास भाषा होती तो वह अवश्य ही पूछ बैठता "तुम कवि हो या पागल हो ?" मैं इस मनोहर ग्रामांतरिक्ष का प्रकाश पीने आया हूँ। तीर्थ यात्रा करके लौट नहीं जाना चाहता। मित्र, तुम्हें भ्रम हो गया है।

अच्छा हुआ ऐसा कह कर उस पुष्प ने उस आह्लाद समुज्ज्वल क्षण को फीका और उदास नहीं बनाया। आकस्मिक पुष्प-दर्शन में अप्रत्याशित रूप से उद्भूत प्रेरणा ने उस नवयुवक की प्रतिभा को प्रोज्ज्वलित कर दिया, स्मृति रूपों को अवचेतन मन से विमोचित किया, वैजात्य में अंतर्लीन सदृशता को ढूँढ़ निकाला, तब वह लाल फूल तीर्थयात्रा करके लौट आनेवाला काषाय वस्त्रधारी तीर्थयात्री बन गया, पल भर में एक नया सौहार्द पैदा हो गया। इस बोध चेतना से अनुप्रविष्ट छन्दमयी भाषा, वैद्युति का बहाव करनेवाली एक सजीव शलाका बन गयी है। साहित्य अर्थमयी भाषा है, इस वाक्य का आशय आपको अब स्पष्ट हुआ होगा। साहित्य अर्थमय भाषा है, इस ग्रामगीत का रिद्म उस ग्रामीण कवि के हृदय की लय ही है...इस सरल गीत के द्वारा अनुभव मण्डल में लाया गया वह नया सौहार्द हृदय की स्निग्धता और आत्मा को निवृत्ति से सिक्त करनेवाला अनुग्रह ही है, चाहे इसका और कोई उपयोग ही न रहे, फिर भी भावनात्मक जीवन को उसी हैसियत से सार्थकता प्रदान करनेवाला अनुग्रह ही है।

मगर इस ग्रामगीत का दूसरा चरण भी है :

"हे तृच्चम्बरम् के भगवान्
तुम्हारे श्री चरणों में प्रणाम"...

उस नन्हे से फूल ने द्रष्टा के मन को भावना के पंख प्रदान कर भगवान के सान्निध्य में पहुँचा दिया है…

इस नन्हे से गीत को परिपूर्ण कला-सौन्दर्य से परिपूर्ण शिल्प होने का गर्व नहीं, फिर भी कितने फूल झड़ गये उसके बाद ? लेकिन अद्‌भुत के अमृत बिन्दु से सिक्त यह सुमन और यह गीत आज भी जीवित है। (यही सृजन का चमत्कार है।) जो जीवन नश्वर है उसमें से मूल्यवान भावों को जगा कर अनश्वर लय का रूप देकर उनको शब्दों में अमर कर देती है…मेरे प्रथम गुरु हैं उस गीत के अज्ञातनाम ग्राम कवि।''

भाषा थोड़ी जटिल है पर अगर आप एक-एक शब्द पर ध्यान देकर पढ़ें तो महाकवि शंकर कुरुप के साहित्य की अमरता और सृजन कर्म की धारणा स्पष्ट हो जाती है।

मनुष्य को प्रकृति और ब्रह्म से एकाकार करनेवाली इस सृजन प्रक्रिया को बंगला के महान् कथाकार ताराशंकर वन्द्योपाध्याय ने ऊर्ध्वगामी चेतना के सन्दर्भ में देखा है। अपने अभिभाषण में कहते हैं वह–

''मानव जीवन में संस्कृति का मूल अर्थ क्या है ?…मेरे लिए धारावाहिक मानव संस्कृति एक पेड़ की भाँति है। उसका जन्म मिट्टी के अन्धकार में व्याप्त पंक-रस में होता है। वही उसका प्रारम्भ है पर उसका गन्तव्य कहीं और है, सम्भवतः विपरीत दिशा में। अन्धकार के पंकरस में जन्म ले कर, उस रस से विकसित हो कर आकाशलोक की ओर उसका अभिसार होता है। पत्र-पल्लव के पथ पर यात्रा कर आकाशमुखी पंखुड़ियों के खिलने से उसका अभिसार पूर्णता प्राप्त करता है। मानव-जीवन भी मानो उसी भाँति एक अभिप्राय को सम्पूर्णता देने के लिए काल से कालान्तर में विभिन्न प्रजन्मों के बीच यात्रा कर रहा है…श्रीराम, श्रीकृष्ण, या बुद्ध, पार्श्वनाथ और गांधी इस जीवन-साधना के उज्ज्वलतम विग्रह हैं।''

पर क्या यह सब सायास होता है ? नहीं; गुजराती के महाकवि उमाशंकर जोशी कहते हैं :

''कविता तो घटित हो जाती है। अनवरत कुछ बनने के बीहड़ विस्तार में स्थित होने के लघु द्वीप हैं कविताएँ। कविता 'चरितार्थता' है।

गर्भस्थ शिशु के अभी तक
अनखुले नयन
माँ के चेहरे में टिमटिमाएँ

देखी हैं तुमने कविता कभी ?

इस तरह चमकती हुई मेरे आत्मत्व में कवि अपनी कविता को पीछे छोड़कर आगे बढ़ जाता है किसी नयी वस्तु की खोज में। एक नये ताजे आरम्भ में प्रत्येक कविता के साथ कवि रूप में उसका पुनर्जन्म होता है।''

कन्नड़ के विश्वनाथ सत्यनारायण को ज्ञानपीठ पुरस्कार मिला था तेलुगु में रचित उनके महाकाव्य 'रामायण कल्पवृक्षम्' पर, जो वस्तुतः रामकथा पर लिखा महाकाव्य है। इतने प्रतिभाशाली थे वे कि 30 वर्ष की आयु में ही उन्हें तेलुगु के समीक्षकों और काव्यरसिकों ने कवि-सम्राट् की उपाधि दे दी थी। रामकथा को अपनी काव्य रचना की विषयवस्तु क्यों चुना इसकी दिलचस्प कथा उन्होंने अपने अभिभाषण में बताई। कहते हैं वे :

''शब्द होठों पर उग आये और कविता में तुतलाये—यह पंक्ति मुझ पर लागू हो सकती है। पालने से उतरते ही मैं तुकबन्दी करने लगा था। अपने जन्म के गाँव से चालीस मील दूर मछलीपट्टनम में मैं तीसरी श्रेणी में पढ़ता था। मेरे पिता जी मुझसे मिलने वहीं पधारे तो उन्होंने उसी तरह मुझे कविता गढ़ते पाया। वे क्रोध से भर उठे।

मेरे पिता तेलुगु के विद्वान् थे। महाभारत और भागवत उनकी उँगलियों की पोरों पर थे। शायद उन्हें लगा कि यदि मुझे तुकबन्दी करने की धुन लग गयी तो मैं भी एक दिन वैसा ही भिखारी कवि बन जाऊँगा जैसे बहुधा उनके पास आया करते थे। धमकी दी गयी कि मुझे अंग्रेजी अध्ययन सीखने को तिलांजलि देनी होगी।

मेरी और उनकी सन्धि हो गयी। यदि मुझे कविता ही लिखना है तो मेरा उद्देश्य होना चाहिए कि तेलुगु में रामायण लिखूँ सम्भवतः तेलुगु के पुराने रामकाव्य जो उस समय उपलब्ध थे, पिताजी को पसन्द नहीं थे।

इस प्रकार पिताजी के सम्मुख मैंने पवित्र प्रतिज्ञा की कि यदि मेरी क्षमता इस स्तर की हो पायी तो मैं तेलुगु रामायण का सृजन करूँगा। यह प्रतिज्ञा 1913 में की थी और 1934 में मैंने 'रामायण कल्पवृक्षम्' लिखना शुरू किया—इक्कीस वर्षों का अंतराल !''

हिन्दी भाषा में पहला पुरस्कार मिला सुमित्रानन्दन पंत को और उसके बाद दूसरा पुरस्कार मिला दिनकर जी को 1972 में। दिलचस्प बात यह है कि दिनकर जी मशहूर तो हुए अपनी ओजस्वी राष्ट्रीय भावनाओं की कविताओं से, पर उन्हें पुरस्कार मिला अपने काव्य नाटक 'उर्वशी' पर जो स्त्री-पुरुष सम्बन्धों के जटिल मनोविज्ञान को व्याख्यायित करनेवाली एक वैदिक प्रेमकथा पर आधारित है। हो सकता है उनके

दिमाग में यही विसंगति रही हो जब उन्होंने अपने अभिभाषण में कहा, "लगता है पृथ्वी पर आने के पूर्व जब भगवान् को प्रणाम करने गया तो वे कलाकारों के बीच छेनी, टाँकी, हथौड़ी, कूंची और रंग बाँट रहे थे। लेकिन भगवान् ने मुझे छेनी, टाँकी और हथौड़ी नहीं दी, जो पच्चीकारी के औजार हैं। उनके भण्डार में एक हथौड़ा पड़ा हुआ था। भगवान् ने वही हथौड़ा मुझे उठाकर दे दिया और (जरा-सी आत्मश्लाघा के लिए मुझे क्षमा कीजिएगा) कहा कि जा तू इस हथौड़े से चट्टान का पत्थर तोड़ेगा और तेरे तोड़े हुए अनगढ़ पत्थर भी काल के समुद्र में फूल के समान तैरेंगे।"

लगता है जब मैं हथौड़ा लेकर चला तब मैं छेनी और टाँकी की ओर मुड़-मुड़ कर लोभ से देख रहा था। वह लोभ मुझे जीवनभर सताता रहा है और जीवन भर मैं इस विचिकित्सा में पड़ा रहा हूँ कि कविता का वास्तविक प्रयोजन क्या है ? क्या वह मनुष्य को जगाने, सुधारने और उन्नत बनाने के लिए है, या उसका प्रयोजन आदमी को रिझाना और प्रसन्न करना है ? या इनमें से कोई भी ध्येय कविता का नहीं है। जैसा एजरा पाउंड ने कहा है—कविता केवल कविता है जैसे वृक्ष केवल वृक्ष है। वृक्ष अपनी जगह पर स्थिर खड़ा हुआ है। वह किसी को भी नहीं बुलाता, फिर भी लोग उसकी हरियाली को देखकर खुश होते है। उसकी छाया में बैठते हैं और अगर वह फलदार हुआ तो वे उसके फल तोड़ कर खा लेते हैं।"

एजरा पाउंड ने कविता की तुलना वृक्ष से की है तो अमृता प्रीतम ने लेखक की आत्मा को पक्षी-आत्मा बनाया है। इसका सन्दर्भ है एक आदिवासी किंवदंती। कहती हैं वे :

"ऑस्ट्रेलिया के आदिवासियों में एक कहानी चलती है कि पुराने वक्तों में आसमान बहुत नीचा हुआ करता था। इतना नीचा कि धरती का इनसान सिर उठाकर नहीं चल सकता था। तब धरती पर इतना अँधेरा भी रहता था कि खाने के लिए इनसान को हाथों से टटोल-टटोल कर जड़ी-बूटियाँ खोजनी पड़ती थीं। तब पक्षियों को यह खयाल आया कि अगर आसमान को धकेल कर कुछ ऊँचा कर दिया जाये तो धरती के इनसान धरती पर सर उठा कर चल सकेंगे।

और कहते हैं पंछियों ने लम्बे-लम्बे तिनके इकट्ठे किये और अपना पूरा जोर लगाकर आसमान ऊपर उठाना शुरू किया। और आसमान सचमुच ऊपर उठ गया, और लोग जो घुटनों के बल चलते थे सिर उठा कर खड़े हो गये, चलने लगे।

यह कहानी पुरानी होते हुए भी मेरी नजर में हर काल की कहानी है। हर क्षेत्र की कहानी है—बेशक अपने-अपने अर्थों में। पंछी-रूह (पक्षी आत्मा) वाले

इनसान अपने जतन से, इनसानी रिश्तों के अँधरे जंगल में भी अपना आसमान ऊँचा उठा कर अपने लिए सूरज की रोशनी खोज लेते हैं।

और मैं सोचती हूँ कि हर समाज, हर मजहब, हर सियासत के अँधेरे में—जहाँ और जितनी बार रोशनी दिखाई देती है, वह उन कुछेक लोगों की वजह से है जिन्होंने अपने जतन से कहीं न कहीं अपना आसमान ऊँचा किया है।

लेखन की धरती पर सचमुच कुछ लेखक होते ही हैं पंछी-रूह जैसे और उनकी कलमें ही वह तिनके होती हैं जिनके जोर से आसमान को ऊँचा उठा कर इनसान का सर ऊँचा कर देते हैं।''

इस तरह पच्चीस वर्षों में पुरस्कार पानेवाले जितने साहित्यकार हैं, सृजनात्मकता और जीवन के सम्बन्धों के बारे में उनके विचार हैं और सभी महत्त्वपूर्ण है। भारतीय मनीषा कितने रूपों में प्रतिफलित होती है यह उसकी एक झलक है। जीवन का सुख-दुख, मनुष्य के जीवन का अर्थ, रचना की प्रासंगिकता, सृजन का मनोविज्ञान, और अपने-अपने रचना काल के संघर्ष सब न केवल भारतीय साहित्य के अमूल्य दस्तावेज हैं, वरन जीवन जीने के लिए हमें कितना संबल देते हैं !

और अब इस चर्चा का समापन करूँगा अपने अध्यापक तथा उर्दू के महाकवि रघुपति सहाय के अभिभाषण में पिरोये हुए एक शेर से :

जो जहरे हलाहल है अमृत भी वही, लेकिन
मालूम नहीं तुझको, अन्दाज है पीने के।

एक समाधान : कितने व्यवधान

इस महादेश की सांस्कृतिक महानता का मूल कारण ही यह रहा है, कि शुद्धतावादियों के प्रबल आग्रह के बावजूद यहाँ की सांस्कृतिक मानसिकता जड़वादी नहीं बनी। वह सब कुछ ग्रहण करते हुए भी अपनी मूल पहचान बनाये रखने में समर्थ रही। यह समवन्य की प्रक्रिया किसी सत्ता, किसी सामन्त, किसी शिक्षाशास्त्री वगैरह के आदेश की मोहताज नहीं रही, बल्कि जनसामान्य के स्तर पर सुख-दुख को मिलजुल कर झेलते हुए अति साधारण लोगों की सहज जीवन पद्धति से प्रेरित होती रही। समुद्री सीमाएँ उस समय उतनी सक्रिय नहीं थीं, और अधिकतर आगन्तुक खैबर के दर्रे या सिन्ध के मैदानों से हो कर आते रहे। उनका गन्तव्य गंगा-जमुना का दोआबा रहा। अतः वह प्रदेश ही इस समन्वय की प्रमुख भूमि रहा, जिसे हम आज हिन्दी प्रदेश कहते हैं। कुछ ऐसा जादू था इस प्रदेश की मिट्टी में, कि केवल दो पीढ़ी पहले विदेश से आये खानदान के अमीर खुसरो ने अपने को सच्चा हिन्दी (हिन्द का) मानने में गर्व किया और उस समय अभिजात्य पर छायी फारसी संस्कृति को जबर्दस्त चुनौती दी। उसकी चुनौती की प्रेरणा दिल्ली दरबार नहीं, वरन छज्जू का चौबारा था, और उसने ललकार कर कहा कि 'जो सुख छज्जू के चौबारे, सो न बलख न बुखारे'। वे बुद्धिजीवी जो दिल्ली दरबार से ही जुड़े रहते हैं और जिनको बलख और बुखारे से ही पार्टी-आदेश आते रहते हैं, वे उस समन्वय प्रक्रिया को कैसे समझ पायेंगे, जो कि भारत के गाँवों, कस्बों की गलियों में स्थित 'छज्जू के चौबारों' में सम्पन्न होती रहती है ? विशेषकर पिछली चार-पाँच शताब्दियों में यह सांस्कृतिक समन्वय कैसे होता रहा, इसका कुछ संकेत मैंने अपने लेख 'काऊ बेल्ट की उपकथा' में दिया है। इस समन्वित मानसिकता को खंडित करने का प्रयास धर्म, संस्कृति, भाषा और राजनीति के क्षेत्र में किस प्रकार उपनिवेशवादी शासकों ने किया, इसका भी उल्लेख किया है। उसी षड्यन्त्र का अन्तिम परिणाम था देश का

विभाजन।

विभाजन के दिनों में पनपे तनाव जब कुछ मन्द पड़ने लगे, तब अनेक क्षेत्रों में अनेक लोग इस प्रयास में लगे, कि इस षड्यन्त्र के पीड़ाजनक परिणामों का हैंग ओवर समाप्त हो, और हमारी समन्वित संस्कृति का मूल उदारवादी मानवीय स्वर फिर से उभरे। इन सांस्कृतिक प्रयासों की कुछ बानगी पेश है, और साथ ही यह भी कि इन प्रयासों से असहयोग किसने किया ?

आज से लगभग 35-36 वर्ष पहले की बात है। प्रयाग विश्वविद्यालय में कुछ युवा अध्यापक थे, जिनका सरोकार सिर्फ अध्यापन से नहीं था, अध्यापन को वे व्यापक सांस्कृतिक शिक्षण का एक अंग मानते थे। उस समय हमारा विश्वविद्यालय जीवन्त चिन्तन और साहित्य सृजन का केन्द्र था।

हिन्दी विभाग में मैं था, और अंग्रेजी विभाग में विजयदेवनारायण साही। मैं हिन्दी पढ़ाता था, पर उर्दू कविता और कथा-साहित्य का प्रेमी था। साही अंग्रेजी पढ़ाते थे। हिन्दी में लिखते थे। और बी. ए. में फारसी उनका प्रिय विषय था। हम दोनों अध्यापक हिन्दी उर्दू की साहित्यिक समीपता और विरोधपूर्ण तनावों की उलझन पर बातें करते थे। एक सुझाव मन में आया। बी. ए. की कक्षाओं से ही पाठ्यक्रम में एक सुधार किया जाये। आधुनिक हिन्दी काव्य के संकलन में मीर, गालिब, नजीर से ले कर जिगर मुरादाबादी तक के जो काव्यांश हिन्दी की भाषा प्रकृति के अनुकूल हों, उन्हें हिन्दी कविता की विरासत के रूप में पढ़ाया जाये और इसी तरह उर्दू कविता के संकलन में भारतेन्दु से ले कर मैथिलीशरण गुप्त के जो काव्यांश अनुकूल हों उन्हें उर्दू की कक्षाओं में पढ़ाया जाय। इससे कम-से-कम इतना तो होगा कि साहित्य के विद्यार्थियों की मानसिकता का क्षितिज विस्तृत होगा और वे कूपमण्डूकता और कट्टरपंथी के शिकार नहीं होंगे। अपने गुरु और विभागाध्यक्ष डॉ. धीरेंद्र वर्मा का मैं बहुत लिहाज करता था, डरता भी था, पर साही के बार-बार उकसाने पर एक दिन मैंने यह सुझाव उनके सामने रखा। उन्होंने प्रस्ताव की सार्थकता मानी, कुछ व्यावहारिक कठिनाइयां भी बताईं, पर उन कठिनाइयों को कैसे दूर किया जाय, इस पर भी विचार किया। लेकिन यह कार्य अकेले हिन्दी विभाग नहीं कर सकता था। उर्दू विभागवालों की प्रतिक्रिया भी जाननी होगी क्योंकि पाठ्यक्रम में परिवर्तन बिना उनकी सहमति और सीनेट की अनुमति के नहीं हो सकता। इसलिए धीरेंद्रजी ने पूछा, 'क्या तुमने उर्दू विभागवालों से बात की ?' उनका इशारा समझ कर कुछ उर्दू विभागवालों से बात की। हम लोगों के हमजोली जो नये युवा अध्यापक आये थे, पहले उनसे बात हुई। उम्मीद थी कि वे नये सन्दर्भों को नये ढंग से समझ सकेंगे। लेकिन उनकी प्रतिक्रिया इतनी तीखी थी, कि आश्चर्य हुआ। उनमें से जो तरक्कीपसन्द तहरीक (प्रगतिशील आन्दोलन) से आये थे, वे तो लाल-पीले हो गये—आप पढ़ाइए मीरगालिब को, मगर आपको उनकी समझ क्या

है ? हम भारतेन्दु हरीशचंदर को क्यों पढ़ाएँ ? क्या रखा है उनकी शायरी में ? जो प्रौढ़ अध्यापक थे, वे बोले, 'अच्छा तो अब मीर गालिब भी आप ही लोग पढ़ाएँगे ! तो हम उर्दू के लेक्चरार क्या घास खोदेंगे ?'

हार कर अध्यक्ष डॉ. एजाज हुसेन से मिले। उनके बंगले पर। वे सारी बात बड़े धीरज ने सुनते रहे। फिर सिगरेट की राख झाड़ कर मुस्कुरा कर बोले, 'धरमवीर, तुम्हारे दिमाग पर एक न एक फितूर सवार रहता है। अब यह नयी खुराफात सोच लाये ? क्या बिल्कुल शेखचिल्ली हो।' बहरहाल बात उठी थी। खत्म हो गयी। या यों कहें कि खत्म कर दी गयी।

लेकिन एक जिज्ञासा मन में बनी रही। तरक्की-पसन्द युवा उर्दू अध्यापकों की प्रतिक्रिया इतनी तीखी क्यों थी ? इसका भेद कुछ दिन बाद खुला।

इलाहाबाद में 'प्रगतिशील लेखक मंच' के अखिल भारतीय अधिवेशन के आयोजन की जोरशोर से घोषणा हुई। सभी को प्रसन्नता हुई, लेकिन उसी समय एक खबर ऐसी सुनने को मिली, कि लोग स्तब्ध रह गये। पता चला कि इस अधिवेशन में एक प्रस्ताव लाया जा रहा है कि हिन्दी तो केन्द्र की भाषा है, उत्तर प्रदेश और बिहार की राजभाषा उर्दू को मान लिया जाय। नये तनावों को जन्म देनेवाली इस तजबीज का प्रगतिवादी लेखन से क्या सम्बन्ध है, किसी की समझ में नहीं आ रहा था। मालूम हुआ, कि कम्यूनिस्ट पार्टी इन राज्यों के अल्पसंख्यकों में अपना प्रभाव बढ़ाने के लिए यह उपाय सोच रही है, और रणनीति की दृष्टि से बजाय राजनीतिक मंच के, इस सवाल को लेखकीय मंच से उठाना चाहती है। बहरहाल यह बात फूटते ही इलाहाबाद में भयंकर साहित्यिक बवंडर उठ खड़ा हुआ। बाहर के तो सभी लेखकों, अध्यापकों और पत्रकारों ने तो इसका जोरदार विरोध किया ही, स्वयं अधिवेशन में आये हुए अनेक डेलीगेट-लेखक भी बड़े खिन्न हुए। अन्त में बाहरी विरोध और अन्दरूनी असन्तोष के कारण कम्यूनिस्ट पार्टी के तत्कालीन महासचिव पी. सी. जोशी (जो इलाहाबाद में ही रहते थे) के इशारे पर यह प्रस्ताव लाने का सुझाव स्थगित कर दिया गया।

यह तो हुआ इलाहाबाद। अब आइये मुम्बई। सन् 60-61 के दौरान धर्मयुग में आने के बाद ही मेरा सम्पर्क हुआ उर्दू के जानेमाने तरक्कीपसन्द लेखकों से। ख्वाजा अहमद अब्बास, अली सरदार जाफरी, मजरूह सुल्तानपुरी, इस्मत चुगताई, कृश्न

चन्दर। लगभग सभी से घनिष्ठ मैत्री हुई, और कुछ से अंतरंग पारिवारिकता, जो आज तक कायम है। इन सबसे बहुत प्यार मिला और बहुत सहयोग भी। इनमें से कुछ से इलाहाबादवाली घटना का जिक्र हुआ तो उनकी प्रतिक्रिया बिल्कुल ही दूसरी थी। उनको यह प्रस्ताव बहुत उत्साहवर्धक लगा कि उर्दू साहित्य (खासतौर से कथा-साहित्य) का अनुकूल अंश हिन्दी कथा साहित्य के रूप में हिन्दी पाठ्यक्रम में पढ़ाया जाय, और इसी प्रकार हिन्दी साहित्य का उर्दू में ग्राह्य अंश उर्दू साहित्य के पाठ्यक्रम में शामिल किया जाये। विशेष रूप से ख्वाजा अहमद अब्बास और कृश्न चंदर तो इस तजबीज से बहुत उत्साहित थे। वह समय कुछ ऐसा था कि उर्दू-साहित्य क्षेत्र में बेहद निराशा छायी हुई थी। उन्हें लगा कि इस पारस्परिक सहयोग से बुझते हुए उर्दू लेखन में नयी जान पड़ जायेगी, उसका क्षितिज विस्तृत होगा। पाठक संख्या भी बहुत बढ़ जायेगी। उन दिनों 'धर्मयुग' में ख्वाजा अहमद अब्बास, कृश्न चंदर तथा अन्य अनेक उर्दू लेखकों के एक के बाद एक तमाम लेख प्रकाशित हुए, जिनमें कुछ ने उत्साहपूर्वक यह भी प्रतिपादित किया कि उर्दू लेखकों को देवनागरी लिपि अपना लेनी चाहिए, इसी में उर्दू का भविष्य सुरक्षित है। इन लेखकों में अनेक बार इन लेखकों ने देवनागरी में ही अपने हस्ताक्षर प्रकाशित कराए। हिन्दी पाठक ने तो इस लेख विचारक्रम का खुले मन से स्वागत किया, अनेक उर्दू पाठक भी इससे सहमत दीखे, लेकिन कुछ उर्दू क्षेत्रों में इस विचारधारा का प्रबल विरोध हुआ। उन्हीं दिनों मुम्बई में 'जश्ने-कृश्न चन्दर' मनाया गया, जिससे मंच की पीछे दायें से पारसी लिपि में तथा बायें से देवनागरी लिपि में 'जश्ने-कृश्न चन्दर' लिख कर दोनों के सिरे कलात्मक रूप से गूँथ दिये गये, ताकि उर्दू साहित्य के लिए दोनों लिपियाँ ग्राह्य हैं, इसका संकेत रहे।

लेकिन इसे मुश्किल से डेढ़-दो बरस बीते होंगे, कि हम लोगों को महसूस हुआ, कि सिवाय अब्बास साहब के लगभग सब का रुख बदल रहा है। खासतौर से मुझ पर यह तोहमत लगाई जाने लगी, कुछ अल्पज्ञात उर्दूवालों द्वारा, कि यह व्यक्ति उर्दू के दोस्त का भेष धारण करनेवाला उर्दू का हितैषी नहीं है। यह एक छिपी योजना है, जिसके तहत हिन्दी उर्दू को निगल जाना चाहती है और जैसा अक्सर होता है, एकाध उर्दू लेखक ने यह भी कहना शुरू किया कि पता लगाओ कि यह भारती जनसंघी तो नहीं है ? बहरहाल एक कड़वाहट फिजां में फैलने लगी। उसकी कुछ वजह समझ में नहीं आ रही थी।

कुछ दिनों बाद वजह भी समझ में आ गयी। राजनीतिक स्तर पर कहीं यह निर्णय हुआ था, कि हिन्दी क्षेत्रों में उर्दू को द्वितीय राजभाषा का दर्जा देने की माँग

उठाई जाय और इसके लिए बाकायदा आन्दोलन की तैयारी हो। अब समझ में आया, कि वे वरिष्ठ उर्दू लेखक जो कल तक देवनागरी अपनाने की बात तक पर विचार करने को तैयार थे, अब पल्ला झाड़ कर अलग क्यों खड़े हो गये हैं। और शीघ्र ही यह खबर प्रकाशित हुई, कि कृश्न चन्दर आदि कुछ लेखकों का डेलीगेशन दिल्ली, लखनऊ, इलाहाबाद, पटना का दौरा करेगा, और उर्दू को द्वितीय राजभाषा बनाने की माँग के लिए जनमानस तैयार करेगा। कैसे वह विवादास्पद डेलीगेशन उत्तर भारत में गया, कैसे उसका स्वागत हुआ, उस समय सर्वश्री अमृतलाल नागर, भगवतीचरण वर्मा, यशपाल तथा अमृतराय ने शालीनता, लेकिन दृढ़ता से इनके मिथ्या दावों का प्रतिवाद किया, वह काफी ताजा इतिहास है, उसे यहाँ दोहराना आवश्यक नहीं। मैं तो उनकी इस बदली नीति से इतना स्तब्ध हुआ, कि समझ में ही नहीं आया कि क्या कहूँ। लेकिन उस समय अप्रत्याशित रूप से कमलेश्वर आगे आये, और उन्होंने एक बहुत तीखा, लेकिन तर्कपूर्ण लेख 'नवभारत टाइम्स' में लिखा, जिसकी बहुत चर्चा हुई। इन तमाम दोमुँही बौद्धिक कलाबाजियों के बीच एक व्यक्तित्व था जो तमाम विरोध सह कर भी अपनी मूल मान्यताओं पर अडिग खड़ा रहा—वे थे डॉ. राही मासूम रज़ा। उन्हें उर्दू कट्टर पंथियों से तो सामाजिक बहिष्कार तक की धमकी सहनी पड़ी, पर कुछ हिन्दी प्रदेश के कट्टरपंथियों ने भी अपने जौहर दिखाए। राजस्थान विश्वविद्यालय के पाठ्यक्रम में लगे उनके उपन्यास 'आधा गाँव' के विरुद्ध एक शर्मनाक अभियान छेड़ दिया गया। यह बात दीगर है कि सभी समझदार हिन्दी लेखक और अध्यापक इस आन्दोलन से न केवल अलग रहे, वरन् अभियान के विरोध में खड़े हो गये।

तो दोस्तो, यह है कहानी समाधान की, और उस समाधान में बार-बार पड़नेवाले व्यवधान की। इन व्यवधानों के पीछे कौन-सी शक्तियाँ हैं, कौन-से राजनीतिक खेल हैं, कौन से चेहरे हैं, इसकी तफसील में जाने से क्या फायदा ? हाँ, एक किस्सा और बयान कर अपनी बात खत्म करूँगा :

मुम्बई में प्रतिवर्ष अनेक संस्थाएँ हिन्दी-दिवस मनाती हैं। लगभग दो साल पहले हिन्दी-दिवस पर एक अनूठा आयोजन किया गया विख्यात युवा गायक बंधु शेखर कल्याण द्वारा। उन्होंने पाकिस्तान के नये शायरों की अनेक रचनाएँ छांटी (इब्ने इंशा से लेकर निगार सहबाई तक की) जिनमें राधा, बाँसुरी, सावन, तुलसी, सीता और बनवास के बिम्ब बहुतायत से थे, जिनकी आत्मा बिल्कुल भारतीय थी और शब्दावली हिन्दी पाठकों की सुपरिचित। आयोजन को संज्ञा दी गयी 'हिन्दी-दिवस पर पाकिस्तान की हिन्दी कविता'।

सबसे पहले तो प्रशासन चौंका। यह हिन्दी-दिवस के नाम पर पाकिस्तान का प्रचार तो नहीं ? पूछताछ के बाद जैसे-तैसे इजाजत मिल गयी। फिर कुछ कट्टरपंथी हिन्दी संरक्षक संस्थाएँ चौंकीं, उन्होंने सक्रिय सहयोग जैसा हर साल देती थीं, नहीं दिया। पर कोई विरोध भी नहीं किया। लेकिन असहयोग मिला दूसरी ओर से। सप्रेम आमन्त्रण और बारबार फोन सम्पर्क के बावजूद उर्दू का कोई भी वरिष्ठ लेखक या पत्रकार नहीं आया। हॉल में हिन्दी श्रोता थे, चन्द युवा उर्दू श्रोता भी थे, गुजराती थे, मराठी थे, सिन्धी थे, पंजाबी थे—अगर नहीं थे तो उर्दू के कुछ वरिष्ठ नामी लेखक, जिनमें से कई वामपक्षी विचारधारा और समन्वित संस्कृति की कसमें खाते नहीं थकते।

लेकिन आयोजन हुआ और शान से हुआ। इब्ने इंशा से लेकर निगार सहबाई तक एक के बाद एक पाकिस्तान के आधुनिक शायरों की रचनाएँ, जिनमें भारत का सावन था, झूले थे, राधा थीं, तुलसी थी, साँझ को तुलसी पर जलनेवाले दीये थे, मन्दिर की घंटियाँ और शंख की प्रतिध्वनियाँ थीं, वे सभी काव्य उपकरण थे जो हमारी साझा संस्कृति के उपादान रहे हैं, और अन्त में जब शेखर की गहरी दर्दभरी आवाज में पाकिस्तान की जहरा निगाह की कविता शुरू हुई, 'बनवास' तो हॉल में अजीब-सा सन्नाटा छा गया। सीता की पीड़ा पर इतनी गहरी और अग्निपरीक्षा प्रसंग पर इतनी पैनी कविता पाकिस्तान की लेखिका की कलम से। आश्चर्य ! आप सुनना चाहेंगे वह कविता ? सुनिये :

बनवास

सीता को देखे सारा गाँव
आग पे कैसे धरेगी पाँव

बच जाये तो देवी माँ है
जल जाये तो पापन
जिसका रूप जगत की ठंडक
अग्नी उसका दरपन ?

सब जो चाहें सोचें समझें
लेकिन वो भगवान्
वो तो खोट कपट के बैरी
वो तो नहीं नादान !

अग्नी पार उतर के सीता
जीत गयी विश्वास
देखा दोनों हाथ बढ़ाए
राम खड़े थे पास
उस दिन से संगत में आया
सचमुच का बनवास ।।

कविता हिला गयी है सबको, कहीं अन्दर से, बहुत अन्दर से। एक गहरा सन्नाटा है भरे हॉल में। शेखर की गम्भीर दर्द भरे कंठ की आवाज डूब जाती है। कल्याण के सिसकते तबले में, और हॉल में बत्तियाँ जल उठती हैं।

रोशनी में दीखता है कि हर आँख डबडबाई हुई है। महिला श्रोताओं में से अनेक के आँचल आँखों से बहते आँसू पोंछ रहे हैं। उन छलकती, डबडबाई आँखों में मुस्लिम आँखें भी हैं, पारसी आँखें भी हैं, पंजाबी, मराठी, गुजराती, हिन्दी भाषी आँखें भी हैं। जहरा निगाह के शब्दों और शेखर के स्वर ने तोड़ दी हैं सियासी सरहदें, मजहब की दीवारें और हिन्दी-उर्दू की गाँठें। एक दर्द है जो सबको झकझोर गया है।

दोस्तो, दर्द का यही बिन्दु है, हजारों साल से साथ-साथ भोगे हुए साझा-दर्द का यही बिन्दु है, जहाँ सांस्कृतिक समन्वय होता रहा है। होता रहेगा।

इस अश्रुबिन्दु की तरलाई को वही महसूस कर सकता है, जिसमें, इस समवेत पीड़ा की संवेदना की गहराई में उतर कर महसूस करने की क्षमता हो। पर जो क्षेत्रगत, सम्प्रदायगत, भाषागत या दलगत राजनीति की आँच में हाथ सेंक कर अपने लिए सुविधाएँ और नामवरी हासिल करने की जुगाड़ में ही लगे रहते हैं, ऐसे लोग उनका दर्द कैसे समझ पाएँगे, जिन्हें सचमुच आग पर पाँव रख कर चलना होता है ? और सांस्कृतिक समन्वयों की नींव तो उसी दर्द पर रखी जाती रही है।

काऊ-बेल्ट की उपकथा

हिन्दीभाषी प्रदेश, यानी राजनीतिक भाषा में हिन्दी पट्टी, यानी स्नाब अंग्रेजीपरस्त अफसरों और पत्रकरों की भाषा में 'काऊ बेल्ट', यानी अशिक्षा, निर्धनता, पिछड़ेपन, जातिवादी और सम्प्रदायवादी कट्टरता में निमग्न अन्धकारभरी पट्टी—देश की प्रगति और आधुनिकीकरण में सबसे बड़ा अवरोध; उपहास, अपेक्षा और अवमानना का पात्र। पर अजीब बात यह है कि इन तमाम लांछनों के बावजूद यही पट्टी है जहाँ से एक के बाद एक प्रधानमंत्री निकलते चले जाते हैं, बड़े प्रशासक, योजना-विधायक, पक्ष और विपक्ष के बड़े-बड़े राजनेता, बड़े पत्रकार, बड़े शिक्षाशास्त्री, बड़े उद्योगपति और बड़े अभिनेता। मानो यह अँधियारी पट्टी रत्नों की खान है। विचित्र विडम्बना यह है कि जो इस पट्टी को आलस्य, जड़ता, पिछड़ेपन और साम्प्रदायिक कट्टरता का प्रतीक मानते हुए इसकी हँसी उड़ाते हैं वे या तो इसी पट्टी से निकलकर आये हैं या अपने अस्तित्व के लिए इसी पट्टी के समर्थन पर पूरी तरह निर्भर होते हैं।

क्या सचमुच हिन्दीभाषी लोगों की मानसिकता में बुनियादी तौर पर कुछ ऐसा है जो उन्हें जाति और धर्म के स्तर पर कट्टर, असहिष्णु और पिछड़ा हुआ बनाता है, क्या वे मूलतः अकर्मण्य और आलसी हैं ! आखिर उनका असली चेहरा क्या है ? बाकी आरोपों पर फिर कभी बात करेंगे, आइये इस बार उनकी असहिष्णुता और धार्मिक कट्टरपन की जाँच करें, जरा बारीकी से गहरे उतर कर।

जिस चीज को हम बहुत नजदीक से देखते रहे हैं, अक्सर उसके बारे में हमारा परिप्रेक्ष्य बहुत सीमित हो जाता है। फिर जरूरत होती है काफी दूर से जा कर उसे देखने की ताकि उसे, उसके समूचे परिवेश को विस्तृत सन्दर्भों में पहचाना जा सके। तभी न मौसम की सही जानकारी के लिए धरती से सैकड़ों मील ऊपर उड़ते हुए उपग्रह के कैमरे से देखना पड़ता है ! इसलिए आइये आपको हिन्दी प्रदेश से हजारों

मील दूर ले चलते हैं।

हिन्दी प्रदेश से हजारों मील दूर, थाईलैंड की राजधानी बैंकाक। इतने दिनों से देश के बाहर चक्कर काट रहा हूँ कि देश की ऋतुओं और तिथियों का कोई अन्दाज ही नहीं रहा। हवाई अड्डे से होटल बहुत दूर हैं और होटल पहुँचने के पहले ही बीच में रुक कर एक मेले में जाना है। मेला काहे का ? कुश्ती का। मैं हक्का-बक्का हूँ कि यह कैसा होगा और कुश्ती से मेरा क्या ताल्लुक ? तीन ओर मकानों से घिरे एक खुशनुमा मैदान में हजारों भारतीयों की भीड़। बीच-बीच में छह-सात अखाड़े खुदे हुए हैं। पहलवान अपनी मंडलियों के साथ 'बजरंगबली की जय' बोलते चले जा रहे हैं। मेजबान मुझको आश्चर्यचकित देख कर मुस्कराते हैं और फिर आहिस्ते से समझाते हैं, "आप मुम्बई में रहते हैं न, भूल गये होंगे कि आज नाग पंचमी है। हम लोग सौ साल से यहाँ हैं, पर अपने त्योहार नहीं भूले। नाग पंचमी को हम लोगों ने युवा-दिवस बना लिया है। उसी तरह अखाड़े खुदते हैं जैसे यू. पी., बिहार में। आज की कुश्ती के चैम्पियन को पुरस्कार आपके हाथ से दिलाएँगे।" नाग पंचमी की पुरस्कार विजेता थी लछमन अखाड़े की युवा जोड़ी इसाक गफूर और राघव मिसरा।

ये थे 'काऊ-बेल्ट' से जा कर बैंकाक में बसे हुए प्रवासी भारतीय। इनमें साधारण दरबान और चौकीदारों से ले कर लखपती, करोड़पती लोग थे। मालूम हुआ कि बैंकाक का सारा लकड़ी का व्यापार, इमारती सामान की तिजारत, मकान बनाने का उद्योग, मशीनों और फैक्टरियों को संचालित करने का उद्यम, कपड़े की आढ़तें—सब भारतीयों के हाथ में हैं और इन सभी भारतीयों में नब्बे प्रतिशत यू. पी., बिहार के लोग हैं, पिछड़ी हुई हिन्दी पट्टी के। अशिक्षाग्रस्त काऊ बेल्ट के—

शाम को डिनर रखा गया था अब्दुल रज्जाक साहब के घर पर। वे बैंकाक में इमारती लड़की के सबसे बड़े व्यापारी हैं, थाईलैंड के मिनिस्टरों और सेनापतियों के हमप्याला, हमनेवाला। हज कमेटी के सर्वेसर्वा, मलयेशिया और थाईलैंड के इस्लामिक कल्चरल फेडरेशन के चेयरमेन—पर आज भी दिल उनका यू. पी. में रमा हुआ है। यू. पी. से कोई मेहमान आये, पहली शाम का डिनर उन्हीं के यहाँ होना जरूरी है। पता नहीं कैसे उन्हें मालूम हो गया था कि मैं आया मुम्बई से हूँ, पर हूँ मूलतः यू. पी. का। रज्जाक साहब तपाक से गले मिले। बैंकाक के भारतीयों की समस्याएँ बतलाते रहे। भारत का हालचाल पूछते रहे। फिर बोले—खाना मेज पर लगा है, पर दो मिनट ठहर जाइये। मेरा एक दोस्त आपसे मिलने आया है खास तौर से। हाथ मुँह धोने गया है। कौन है यह दोस्त ?

दो-तीन मिनट बाद बाथरूम का दरवाजा खुला और उसमें से जो लम्बे से अधेड़ साहब निकले उनका हुलिया साक्षात् 'काऊ बेल्टी' था। धोती का फेंटा कसते

हुए, भीगे जनेऊ से पानी सूँतते हुए, लम्बी चोटी को फटकार कर गाँठ बाँधते हुए उन्होंने नम्रता से नमस्कार किया। मालूम हुआ, ये हैं रामभरोसे पण्डित। बैंकाक के हिन्दू सेवा-दल के अध्यक्ष। भारत प्रवासी ट्रस्ट के प्रमुख ट्रस्टी, विश्व हिन्दू परिषद के स्थानीय महामन्त्री। शिखा बाँध कर, बदन पर एक फतुही डाल कर जब वे खाने की मेज पर बैठे तो पता चला कि रज्जाक और रामभरोसे की जिगरी दोस्ती पूरे देश में मशहूर है। आँधी हो, पानी हो, हफ्ते में कम-से-कम दो दिन दोनों साथ डिनर लेते हैं। कभी रज्जाक साहब के यहाँ, कभी रामभरोसे पण्डित के यहाँ।

रज्जाक साहब प्रेम से रामभरोसे की टाँग खिंचाई कर रहे थे, ''साहब यह हिन्दू सभा का नेता है पर महीनों तक जनेऊ नहीं बदलता। बार-बार मुझे याद दिलानी पड़ती है। परले सिरे का कंजूस है।'' रामभरोसे कहाँ पीछे रहनेवाले, बोले, ''साहब, इसकी बातों में न आइयेगा। इसका कोई दीन ईमान नहीं है ! मस्जिद के मकतबे में जंगली लकड़ी की शहतीरें लगवा रहा था। मैं आ कर बिगड़ा तो इसने साखू की लकड़ी लगवाई। अरे धरम के काम से तो मुनाफा न कमा।''

बहरहाल खाना शुरू होता है तब यह भेद खुलता है कि हफ्ते में दोनों दो बार साथ खाना खाते हैं, वह इसलिए कि अपनी-अपनी संस्थाओं की समस्याओं के बारे में एक-दूसरे की सलाह जरूरी होती है। रज्जाक साहब हिसाब-किताब कानून-आईन में पक्के और रामभरोसे पण्डित को संस्था-संचालन, लोकप्रियता के हथकंडे और तिकड़में खूब आती हैं। रामभरोसे के हिन्दू सेवा दल वगैरह का हिसाब-किताब रज्जाक साहब के जाँचे बिना पूरा नहीं होता और रज्जाक साहब की संस्थाओं में कोई झगड़ा-झंझट उठ खड़ा होता है तो रामभरोसे की सूझबूझ काम में आती है। पिछले साल हज जानेवाले यात्रियों से मलायी और चीनी कुलियों से कुछ झंझट हो गया और मामला जरा तूल पकड़ने लगा। रज्जाक साहब ने सन्देशा भेजा। रामभरोसे दौड़े हुए आये और डाँट-फटकार मानमनुहार कर आधे घंटे में मामला रफा-दफा कर दिया। एक बार बैंकाक के कलेक्टर ने जमीन का कोई पुराना कानून लागू कर नाग पंचमी के मेले पर बंदिश लगा दी और पिछले दस साल का हर्जाना लाखों में माँग लिया। रज्जाक साहब पहुँच गये दो वकील ले कर। कानून पर बहस की, हर्जाने की रकम कम कराई और नाग पंचमी के मेले की लिखित अनुमति लेकर डेढ़ घंटे में पहुँच गये। अखाड़े चालू करवा दिये।

ये किस्से सुन कर जब मैंने रज्जाक साहब से कहा कि ''खूब है आप लोगों की दोस्ती !'' तो रामभरोसे बोले, ''काहे की दोस्ती डॉक्टर भारती साहेब, असल में हम आजमगढ़ के हैं, इहौ सार आजमगढ़ का है। एक माई का दुई बेटवा समझों। ई बात जुदा है कि हम लायक बेटवा हैं, ई जरा नालायक निकल गवा। मुला दौलत एही कमाता है। बात ई है कि लक्ष्मी मैया तो उल्लूएं पर बैठती हैं न !'' और रज्जाक साहब का एक घूँसा रामभरोसे की पीठ पर पड़ा, ''अबे देवी-देवताओं की तो इज्जत

करना सीख ! हँसी-मजाक में भी उन्हें घसीटता है। न जाने इसे हिन्दू सभा का सेक्रेटरी किसने बना दिया ?''

अपने-अपने धर्म पर अखण्ड आस्था। दूसरे धर्म के प्रति गहरा निश्छल आदर और जात-पात सम्प्रदाय से ऊपर उठ कर पूरी भारतीय जाति को अपना समझनेवाले ये रज्जाक और रामभरोसे के चेहरे मेरे जेहन में गहरे दर्ज हैं, क्योंकि हिन्दी पट्टी का, हम हिन्दीभाषियों का यही असली चेहरा है।

आज जब मुरादाबाद, मेरठ, इलाहाबाद या बिहार में कहीं भी साम्प्रदायिक तनाव की खबर पढ़ता हूँ तो बड़ी शिद्दत से याद आते हैं ये दोनों चेहरे। उदास हो कर सोचता हूँ कि कहाँ खोता जा रहा है हमारा असली चेहरा ? ये नफरत के मुखौटे किसने लगा दिये हैं हमारे चेहरों पर ? किसने हमारे होंठों पर चिपका दिये हैं ये ललकार भरे नारे ? नहीं दोस्तो, यह जहर हमारी हिन्दी पट्टी का नहीं, यह तो कोई साजिश कर रहा है चुपचाप। हमारा तो असली चेहरा वही है जिसका मजहब कोई हो, जिसका असली धर्म प्यार है, निश्छल प्यार, उदारता, दिली भाईचारा।

और यह चेहरा आज का नहीं है। इसके पीछे हिन्दी पट्टी का पिछले चार सौ बरसों का शानदार इतिहास है। इन चेहरों के पीछे अवध के कला-रसिक वीर नवाब वाजिद अलीशाह का चेहरा है जिसने वृन्दावन में भगवान् कृष्ण के वसन्त श्रृंगार के लिए लाखों की न्योछावर भेजी थी और आज तक जिसके नाम से वसन्ती कमरा मन्दिर में सुरक्षित है। इसके पीछे नवाब के विश्वस्त हिन्दू खजांची ललित किशोर शाह का चेहरा है जो करोड़ों का खजाना त्याग कर वृन्दावन में फकीर हो कर रहे, पर अंग्रेज की अदालत में जा कर नवाब के खिलाफ गवाही देना कबूल नहीं किया। इस चेहरे के पीछे अब्दुर्रहीम खानखाना का चेहरा है जो दिल्ली दरबार से प्रताड़ित हो कर जब चित्रकूट पहुँचे तब राम वनवास को याद करके उन्होंने लिखा--चित्रकूट में रमि रहे रहिमन अवध नरेस। जापर विपदा परत है सो आवत यहि देश। इसके पीछे मालवा की महारानी अहल्याबाई का चेहरा है जो पेशवाओं के उत्पीड़न से बचाने के लिए हजारों मुस्लिम जुलाहों के परिवारों को माहेश्वर लायी, उनके लिए मस्जिदें बनवायीं, उनकी बुनी साड़ियों के लिए बाजार खुलवाए, उनकी बेटियों की शादियाँ करवायीं। इसके पीछे बुंदेलखण्ड की महारानी लक्ष्मीबाई का चेहरा है जिन्होंने अपने तोपची पठान गौस खाँ को अपने बेटे से बढ़ कर माना। इस तथाकथित धर्मान्ध काऊ बेल्ट में धर्म-निरपेक्ष न्याय की ऐसी अनोखी परम्परा थी कि हनुमानगढ़ी पर जब काजियों और मुल्लाओं ने जबर्दस्ती कब्जा कर लिया तब अवध के मुस्लिम नवाब के अपनी सेनाएँ भेजीं कि हनुमानगढ़ी को मुल्लाओं से मुक्त करा कर हिन्दू बैरागियों को सौंप दिया जाये। इस परम्परा के पीछे इस प्रदेश के महाकवियों की वाणी है। रामायण के अमर गायक तुलसीदास, जिन्होंने काशी के कुछ कट्टर पण्डितों

की निन्दा-आलोचना से क्षुब्ध हो कर लिखा था—'धूत कहौ, अवधूत कहौ, रजपूत कहौ जुलहा कहौ कोऊ, माँग के खाइबौ, मसीत को सोइबौ, लैबै को एक न देबै को दोऊ।' (मुझे कोई कुछ भी कहे, मुझे क्या करना, माँग कर खाऊँगा, मस्जिद में जा कर सो रहूँगा, न किसी के लेने में, न देने में।) मस्जिद पराई नहीं थी तुलसीदास के लिए। और न मुस्लिम होने की बिना पर अलाउद्दीन अपना था मलिक मुहम्मद जायसी के लिए। अपनी 'पद्मावत' में चित्तौड़ पर हमला करनेवाले मुस्लिम सुल्तान अलाउद्दीन को जायसी ने 'अलादीन सैतानू' घोषित किया, उसे शैतान की संज्ञा दी। इस प्रदेश के सूफियों, संतों और फकीरों ने बार-बार कहा कि राम और रहीम के बन्दों में कोई फर्क नहीं, वे मन-प्राण से एक हैं और सन्तों, सूफियों के साथ गुरुओं ने यही उपदेश दिया। गुरु गोविन्द सिंह ने स्पष्ट कहा—'मानुस की जात सबै एकै पहिचानिबो।'

यह एक ऐतिहासिक तथ्य है कि सदियों की इस अध्यात्म-समृद्ध मानवप्रेमी परम्परा ने विरासत में हिन्दी प्रदेश को एक गहरी उदारवादी मानसिकता दी जो सत्य के प्रति एकनिष्ठ थी, जाति और धर्म के नाम पर पनपनेवाली क्षुद्र संकीर्णताओं से मुक्त होने की कोशिश करती थी व्यावहारिक जीवन में। रैदास, कबीर, दादू की बानी से सुपरिचित छोटी से छोटी जाति के लोग तथा गरीब से गरीब किसान, दस्तकार और जुलाहे भी सब में एक आत्मा को पहचानने और मानवीय मर्यादाओं का कथनी और करनी में पालन करने की क्षमता रखते थे। यदि शिक्षा का काम संस्कार देना है तो मुझे यह कहने में संकोच नहीं कि इन चार सौ वर्षों की परम्परा ने उन्हें सच्चे अर्थों में सुशिक्षित (चाहे उन्हें अक्षर ज्ञान हो या नहीं) और संस्कारवान बनाया था। हिन्दीभाषी प्रदेश के चरित्र का यह आयाम अपने में अनूठा और सारे भारत में अद्वितीय था। अंग्रेजी शिक्षा और संस्कारों से समाज की जो ऊपरी सतह प्रभावित हो कर पश्चिम के छद्म तर्कवाद और कैरियर-परस्ती की ओर दौड़ पड़ी थी, वह चाहे विपथगामी होने लगी हो, पर जन-सामान्य में यह गहरी मूल्य चेतना, मर्यादा बुद्धि और सर्व-धर्म समभाव और मानव-प्रेम की परम्परा अक्षुण्ण थी।

हिन्दी प्रदेश इस मामले में विलक्षण था, देश के अन्य भागों से कहीं अधिक गहरे संस्कारवाला था—मेरी इस बात को आप शायद मेरा मोह समझें, शायद आप यह समझें कि अपने हिन्दीभाषी प्रदेश की यह अतिरंजित प्रशंसा कर प्रकारान्तर से मैं आत्मप्रशंसा कर रहा हूँ। पर अपने इस कथन (कि हिन्दी प्रदेश में गहरी विलक्षण अध्यात्म चेतना और एकात्मपरक मानववादी संस्कार रहा है) की गवाही में बतौर सबूत मैं पेश करता हूँ, अहिन्दी प्रदेश के एक महान् विश्वविख्यात चिन्तक की वाणी—कहते हैं वे कि "देश के अनेक भागों में जहाँ अंग्रेजी के माध्यम से आयी विचारधारा का प्रभाव है वहाँ लोग भटक गये हैं। उनकी प्रवृत्ति भोग की ओर है।

वे आध्यात्मिक विषयों में गहरी अंतर्दृष्टि कैसे प्राप्त कर सकते हैं ?...दूसरी ओर देखो तो हिन्दीभाषी संसार में बड़े प्रभावशाली प्रतिभावान त्यागी उपदेशकों की परम्परा ने द्वार-द्वार तक वेदान्त के सिद्धान्तों को पहुँचा दिया है। विशेषकर पंजाब केसरी रणजीत सिंह के शासन काल में त्यागियों को जो प्रोत्साहन दिया गया उसके कारण नीचातिनीचों को भी वेदान्त दर्शन के उच्चतम उपदेशों को ग्रहण करने का अवसर प्राप्त हो गया। सात्विक अभिमान के साथ पंजाब की कृषकपुत्री कहती है कि मेरा सूत कातने का चरखा भी सोहम् सोहम् पुकार रहा है। और मैंने मेहतर त्यागियों को भी ऋषिकेश के अरण्यों में संन्यासी का वेश धारण किये हुए वेदान्त का अध्ययन करते हुए देखा है।...इसी प्रकार पंजाब और उत्तर प्रदेश में धार्मिक शिक्षा बंगाल, मुम्बई या मद्रास की अपेक्षा अधिक है। वहाँ भिन्न सम्प्रदायों के सदाकाल प्रवास करने वाले त्यागी (साधु)—दशनामी, बैरागी, पंथी (नानक पंथी, कबीर पंथी, दादू पंथी, रैदास पंथी आदि) लोग प्रत्येक के द्वार पर धर्म का उपदेश किया करते हैं।''

हिन्दी प्रदेश की पारम्परिक मानसिकता के गहरे आध्यात्मिक सर्वधर्म समभावी, मानव-प्रेमी आधार की यह भूरि-भूरि प्रशंसा किसने की है, आप जानते हैं ! यह अमृतमय प्रमाणपत्र हिन्दीभाषी प्रदेश को दिया है प्रातःस्मरणीय, महामनीषी स्वामी विवेकानंद ने। (दे. हिन्दू धर्म के पक्ष में)।

कौन नहीं जानता कि अत्याचार के मुकाबले में बाहरी अस्त्र-शस्त्र चाहे हार जायें लेकिन आन्तरिक अध्यात्म की चिनगारी अत्याचार पीड़ित को एक ऐसा दृढ़ मानसिक संकल्प देती है कि वह बार-बार हार कर भी नहीं हारता। यही आन्तरिक आध्यात्मिक ओज था जिसके कारण 'फूट डालो और राज करो' वाली उपनिवेशवादी अंग्रेज शक्ति के आगे हिन्दी प्रदेश के जनसामान्य की चेतना बार-बार विद्रोह करती रही। बार-बार हारी, पर झुकी नहीं। जब से पलासी में सिराजुद्दौला हारे, तब से हिन्दी प्रदेश में और उसके आसपास के प्रदेशों में विद्रोह शुरू हो गये। कभी वैरागियों के, कभी किसानों के, कभी आदिवासियों के और 1857 में जब अनेक उच्चपदस्थ सामन्त और देशी राजे-रजवाड़े हिचक रहे थे तब यह जनसामान्य एक प्राण हो कर उठ खड़ा हुआ था अंग्रेजों के खिलाफ। आखिर बागी भारतीय फौजों में कौन थे ? वही किसानों के बेटे जो पेट भरने की खातिर हल के बजाय अंग्रेजों की दी बन्दूकें उठा कर चल रहे थे। उन हिन्दीभाषी रेजिमेंटों को 'हिन्दोस्तानी' की संज्ञा दी गयी। क्योंकि हिन्दी प्रदेश के ये सपूत ही हिन्दोस्तान के सच्चे प्रतीक थे। और ये रोटी और कमल के युद्ध-चिह्नों को धारण करनेवाले 'हिन्दोस्तानी' हिन्दीभाषी सिपाही ही देशभर की छावनियों में विद्रोह के ज्वलंत नायक थे। उस स्वाधीनता के अदम्य उद्घोष में कहाँ था जाति-पाँति और हिन्दू-मुस्लिम का भदेभाव ? आजाद हुए क्षेत्रों में मुस्लिम शासकों ने गो-हत्या बन्द करवा दी थी और जब अवध के नवाब को

अन्यायपूर्वक अपदस्थ कर अंग्रेज ले जाने लगे, और लखनऊ की मुस्लिम आबादी को आतंकित कर निष्क्रिय कर दिया गया तो बैसवाड़े के हजारों हिन्दू किसान बल्लम-भाले, गंडासे, तलवार और लाठियाँ ले कर उठ खड़े हुए थे अपने नवाब को बचाने के लिए। 1857 से 1942 तक हिन्दू-मुस्लिम भेदभाव भुला कर यह हिन्दीभाषी प्रदेश जम कर लोहा लेता रहा अंग्रेजों से, बार-बार आहत हुआ, गिरा और फिर उठ खड़ा हुआ।

मगर अफसोस 'काऊ बेल्ट' की निन्दा में रस लेनेवाले संस्कारविहीन अंग्रेजीपरस्त राजनेता, भूरी चमड़ी के अंग्रेजी-पूजक अफसर और अंग्रेजी तक सीमित पत्रकार, बेचारे यह सब कहाँ जानते हैं। इतिहास का उनका ज्ञान सतही है, सन्तों की वाणी उनकी समझ में नहीं आती। जायसी और तुलसी, रसखान, कबीर और रहीम के शायद उन्होंने नाम सुने हों तो सुने हों वरना इन सबसे उनका क्या ताल्लुक ?

पर कहानी यहीं खत्म नहीं होती। चतुर अंग्रेज यह समझ गया था कि भारत की आन्तरिक ऊर्जा का मूल आधार हिन्दी प्रदेश है। तटवर्ती प्रदेशों पर उसका वर्चस्व स्थापित हो गया हो पर जब तक विद्रोही हिन्दी प्रदेश सशक्त और प्राणवान है तब तक सल्तनते बर्तानिया के खिलाफ विद्रोह जारी रहेगा। इसलिए अंग्रेजों ने दोहरी नीति अपनाई हमें तोड़ने को। उसने जागीरदारों, जमींदारों का एक वर्ग बनाया जो जमीन के घपले कर विद्रोही किसान को चूस कर उसकी शक्ति को नष्ट करें और खुद ब्रिटिश राज के फर्माबरदार बने रहें। दूसरी ओर उसने कानून, शिक्षा, भाषा हर क्षेत्र में वे नीतियाँ अपनानी शुरू कीं, जिनसे हिन्दू-मुसलमान में भेदभाव बढ़े, आपसी वैमनस्य पैदा हो। सुदूर कच्छ से आये हुए स्वामी दयानंद के सामाजिक सुधार और महात्मा गांधी के राष्ट्रीय संग्राम-आह्वान को सबसे प्रबल समर्थन दिया था इसी हिन्दी प्रदेश की अग्रगामी जनता ने। अतः ज्यों-ज्यों राष्ट्रीय संग्राम इधर जोर पकड़ता गया त्यों-त्यों अंग्रेजों ने अपनी चालें कुटिलता से तेज करनी शुरू कीं। गुरुद्वारों, मस्जिदों और मन्दिरों के झगड़े पैदा करवाए, मुहर्रम और दशहरे पर दंगे करवाए, भाषायी और मजहबी संकीर्णताओं को खूब पनपाया और अफसोस कि हमारे नेताओं की गलती से अन्त में वे इस देश के दो टुकड़े करने में सफल हो गये। यह धर्मान्धता का जहर हिन्दीभाषी प्रदेश की प्रकृति में नहीं था, इसे अंग्रेजों ने चंद अंग्रेजीपरस्तों का सहारा ले कर बोया। यह इतिहास का सत्य है कि पाकिस्तान की घोषणा हिन्दी प्रदेश में नहीं हुई, वह एक अंग्रेज-परस्त जागीरदार ने इंग्लैंड में की और विभाजन के आन्दोलन की अगुआई हिन्दी प्रदेश के नहीं बल्कि उसके बाहर के एक अंग्रेजी-परस्त बैरिस्टर ने की जिनका नाम था मुहम्मद अली जिन्ना।

बदकिस्मती से आजादी के बाद स्वदेशी चेतना, स्वदेशी इतिहास और स्वदेशी

भाषा और स्वदेशी परम्परा को अंग्रेजी-परस्त व्यवस्था ने बिल्कुल हेय करार दिया और तेजी से अंग्रेजी-परस्ती हम पर लादी जाने लगी। 'फूट डालो और राज करो' की अंग्रेजी नीति हमारे राजनेताओं ने प्रकारान्तर से अपना ली और अब वोट बैंक बाँटे जाने लगे। ठाकुर वोट, बनिया वोट, ब्राह्मण वोट, हरिजन वोट और जरा बड़े स्तर पर हिन्दू वोट और मुस्लिम वोट। शिक्षा में अंग्रेजी-परस्ती का ऐसा जोर बढ़ा कि हम अपने इतिहास, अपनी सांस्कृतिक परम्परा, अपने सन्तों, सूफियों, भक्तों और गुरुओं की दी हुई आध्यात्मिक ऊर्जा और मानव-प्रेमी परम्परा से कटने लगे। हम धीरे-धीरे अपना वह प्यार भरा असली चेहरा भूलने लगे जो रज्जाक और रामभरोसे ने देश के बाहर हजारों मील दूर सुरक्षित रखा। इसी अंग्रेजी-परस्ती ने राजनीति, समाज, शिक्षा, सरकार के क्षेत्र में हमारे असली चेहरे पर नफरत, संकीर्णता, साम्प्रदायिकता, मनोमालिन्य के मुखौटे चढ़ाने शुरू कर दिये और जब वे सफल हो गये तो अब इन्हीं मुखौटों को दिखा कर अंग्रेजी-परस्त लोग मुस्करा कर हिन्दी प्रदेश को 'काऊ बेल्ट', पिछड़ा प्रदेश के खिताब देने लगे। सच बात तो यह है कि तथाकथित काऊ बेल्ट के खिलाफ अंग्रेजी में मचाई जाने वाली ज्यादातर काँव-काँव इसलिए है ताकि इन अंग्रेजी-परस्तों और इनके अंग्रेज आकाओं के असली पापों का पर्दाफाश न होने पाये।

पर सवाल यह है कि अब हिन्दी प्रदेश क्या करे ? क्या चुपचाप इन झूठी लांछनाओं को सहता जाय ? नहीं कदापि नहीं। लेकिन इनको जवाब देने के पहले हम अपने दामन में भी झाँक कर देख लें कि हम अपना असली चेहरा क्यों भूल गये। हम इतिहास की मृगछलना में कहाँ भटक गये। किस हीनग्रंथि के तहत हम अपनी परम्परा, अपनी विरासत और अपनी भाषा को भूलने लगे ? क्यों हम अपने बच्चों के मुँह से 'जैक एण्ड जिल' सुन कर फूले नहीं समाते और हम क्यों भूल जाते हैं कि इन्हीं बच्चों को बचपन से 'जाति पाँति पूछे नहि कोय, हरि को भजै सो हरि का होय' का पाठ भी पढ़ाया जा सकता है। जो हमारी भाषा को तिरस्कृत करता है, जो हिन्दी प्रदेश की समृद्ध सांस्कृतिक परम्परा और हमारी अस्मिता का उपहास करता है जो जाति-पाँति, हिन्दू-मुसलमान, सिख-ईसाई के नाम पर हमें बाँटने और खण्डित करने की कोशिश करता है (चाहे वह पक्ष का हो या विपक्ष का) उसे हम वोट क्यों देते हैं ? इतना याद रखिए कि यह हिन्दी समूचे राष्ट्र का हृदय प्रदेश है। यह जब तक स्वस्थ, समृद्ध और ऊर्जावान नहीं होता, समूचा राष्ट्र सशक्त नहीं हो सकता। और हिन्दी प्रदेश के 'हिन्दोस्तानी' पर इतिहास ने यह गहन दायित्व सौंपा है कि वह राष्ट्र की अस्मिता की रक्षा में अगली पंक्ति में बहादुरी से बढ़े। हिन्दी प्रदेश जिस दिन फिर अपनी विरासत को, अपने इतिहास को, अपनी ऐतिहासिक जिम्मेदारी को निभाने में कृत-संकल्प हो जायेगा, स्वदेशी भाषा और स्वेदशी मानसिकता के द्वारा जिस दिन वह अपना सर्वधर्म समभावी मानव-प्रेमी

असली चेहरा इन आरोपित मुखौटों से मुक्त कर लेगा, उसी दिन इस देश का इतिहास बदलना शुरू हो जायेगा।

फिर हमें 'काऊ बेल्ट' कह कर उपहास करनेवाले इन अंग्रेजी-परस्तों का क्या होगा ? आखिर उनके लिए भी तो हमें कोई रास्ता सोचना ही पड़ेगा। कबीर कह गये हैं, 'निन्दक नियरे राखिये, आँगन कुटी छवाय'—पर्यावरण रक्षा की दृष्टि से जगह-जगह अभयारण्य (सैंक्चुअरीज) बनवाए गये हैं जहाँ मिटती हुई नस्लों—तेंदुओं, चीतों, लकड़बग्घों को सुरक्षित रखने की कोशिश की जा रही है। इस अंग्रेजी-परस्त मानसिकता की मिटती हुई नस्ल को बचाने के लिए भी एक अभयारण्य बनाना चाहिए जहाँ जो चाहे बिना असलियत समझे, बिना इतिहास जाने 'काऊ बेल्ट' के खिलाफ शौक से काँव-काँव कर सबका मनोरंजन करता रहे। उस अभयारण्य का सुलभ, सबके समझ में आनेवाला नाम रखा जा सकता है—'काँव-काँव बेल्ट'।

एडमिशन

स्थान : एक अंग्रेजी माध्यम के स्कूल का प्रांगण।

समय : जनवरी, जब इन स्कूलों में पहले दर्जे में भर्ती होनेवाले बच्चों का एडमिशन शुरू हो जाता है।

मंच सज्जा : प्रांगण में दो-चार छायादार पेड़। सामने फाटक के पास दफ्तर में जगह-जगह अंग्रेजी में लिखे नोटिस और पोस्टर, गेट पर मोटे अक्षरों में एक पोस्टर लगा है :

"नो कंपलसरी डोनेशन"।

फ्राक, मिडी, मैक्सी में सजी कुछ अध्यापिकाएँ घूम रही हैं। बच्चे अपने अभिभावकों का हाथ थामे क्यू लगाये खड़े हैं। उनके कन्धों से पानी की प्लास्टिक की बोतलें लटकी हैं, हरी, लाल, नीली, पीली, एक कमरे में बच्चों का इंटरव्यू किया जा रहा है। एडमिशन के लिए। उसके पीछे कैशियर है जहाँ एक बड़ा कैशबाक्स रखा है, जिस पर लिखा है—वालंटरी डोनेशन (स्वेच्छा से दिया हुआ दान) खजांची नहीं केवल कैश क्लर्क बहुत व्यस्त है क्योंकि अभिभावकों को बता दिया गया है कि यदि वे सात-आठ हजार रुपये स्वेच्छा से स्कूल को दान नहीं करेंगे तो उनके बच्चों को इंटरव्यू में भी नहीं बुलाया जायेगा। इंटरव्यू में बच्चा या अभिभावक सबको अंग्रेजी में बोलना अनिवार्य है।

कथा-पात्र : भीड़-भाड़ में एक युवती अपने बच्चे के साथ खड़ी है। कुर्ता-धोती पहने एक बूढ़ा साथ है। माँ बच्चे को अपने पास बुलाती है। बच्चा और भी जोर से बूढ़े की उँगुली थाम कर उससे चिपकते हुए गुस्से से कहता है, "नहीं, मैं अपने दादा जी के पास रहूँगा।" युवती

माँ घबरा कर इधर-उधर देखती है, फिर धीरे से बच्चे से कहती है, "आल राइट बट स्पीक इन इंगलिश।" बच्चा और भी गुस्से से लगभग चीख कर कहता है, "आई विथ दादा जी, नाट विद यू !" बूढ़े के चेहरे पर एक अजीब गर्व मिश्रित वात्सल्य झलकता है। आँखों में जाने कितनी ममता भर कर वह बच्चे की ओर देखता है, उसे बाँहों से घेर कर चिपका लेता है।

सहसा देखा जाता है कि माँ बच्चे को दादा के पास छोड़ कर तेजी से बाहर जाती है। फाटक के पास की एक दूकान से किसी को फोन करती है, और फिर वापस आ कर क्यू में बच्चे और उसके दादा के पास खड़ी हो जाती है। थोड़ी देर में एक टैक्सी आती हैं। सफारी-सूट पहने, ब्रीफ केस लिये बच्चे के पिता आते हैं, दादा से कहते हैं, "बापू तुम घर जाओ। हम लोग एडमिशन करा कर घर आ जायेंगे।" बच्चा मचलता है तो पिता डाँट कर कहते हैं, "कीप क्वायट, दादा को अभी जाने दे। फिर घर चल कर देखेंगे। आप जाइये बापू।"

माँ तमक कर कहती है, "मैंने कहा था मैं ले जाऊँगी, बापू माने ही नहीं, चले आये।"

बूढ़ा बड़े कातर भाव से बच्चे की ओर देखता है। चारों ओर देखता है। बड़े दीन भाव से अपने बेटे की ओर देखता है, और फिर बिना कुछ कहे, बच्चे की उँगलियों से अपने काँपते हुए हाथ को छुड़ा कर सर झुका का बाहर चल देता है। उसकी आँखों में आँसू भी शायद छलछला आये हैं। उन्हें पोंछने के लिए धोती का छोर उठाता है। फिर जाने किससे भयभीत होकर धोती का छोर छोड़ देता है। फाटक के पास एक बार फिर मुड़ कर देखता है और पाँव घसीटते हुए बाहर चला जाता है।

नेपथ्य में : दर्शक जिसे देख नहीं पाये उस नेपथ्य में क्या घटा था, आपको मालूम है ? माँ ने प्रांगण में पहुँच कर देखा कि हर अभिभावक कोट-पैंट टाई में या सफारी-सूट में आया है। हे भगवान् ! इनके बीच में दादा जी ऊँची धोती, मुचड़ा हुआ कुरता और मैली गांधी टोपी लगाये। ये अध्यापिकाएँ तो दादा जी को देखते ही बच्चे को अस्वीकृत कर देंगी। किस गँवार-देहाती परिवार का बच्चा है यह। माँ तेजी से बाहर गयी, दफ्तर में पति को फोन किया कि "तुम आ कर दादा जी को घर भेज दो नहीं तो एडमिशन होगा ही नहीं। इतना मना करने पर भी टोपी लगाई और जैसे बैठे थे वैसे ही उठ

कर चले आये।" पिता ने तुरन्त टैक्सी की, आया और उसके आने के बाद दादा को कैसे जाना पड़ा यह आप लोग देख ही चुके हैं।

फ्लैश बैक : दादा की गीली आँखों के आगे वर्तमान का सारा दृश्य धीरे-धीरे धुँधला जाता है। चार-पाँच साल पहले। जब बच्चा प्रसूति गृह से घर आया तो दादा ने पहली बार उसे गोद में ले कर बहू को एक सोने की मटर माला दी थी। दादा इधर से आयें, उधर से आयें और पालने में पड़े बच्चे के माथे को छू उसके सर पर हाथ फेर कर आँख बन्द कर बाल गोपाल रूपी भगवान् को हाथ जोड़ देते थे। वह घुटनों चलने लगा तो दादा भी वैसे ही झुक कर घुटनों चल कर आये, उसे प्यार किया। फिर एक दिन ऐसा आया जब वह डगमगाते कदमों से पलंग का सहारा ले कर चलने लगा। तब उसकी दादी जीवित थीं, वे तुरत धूप बत्ती जला कर भगवती मैया की आरती उतारने लगीं, "ठुमुकि चलत रामचंद्र बाजत पैजनियाँ।" दृश्य बदलता है। फंतासी शुरू होती है। दिवास्वप्न··· वही स्कूल का प्रांगण है। दादी धीरे-धीरे गा रही हैं, "ठुमुकि चलत रामचंद्र बाजत पैजनियाँ।" बच्चे की माँ इशारे से मना करती है। बच्चा माँ से पूछता है, "माँ, पैजनियाँ की इंगलिश क्या होती है ?" फटाक से जैसे विस्फोट होता है। दादा का दिवास्वप्न टूट जाता है। अब वे हैं, ऊबड़-खाबड़ सड़क है, सामने खाली घर का दरवाजा है।

पर···एक झटके से टूट चुका है घर। एक झटके से किसी ने बच्चे के माथे पर से उनका हाथ हटा दिया है। एक धक्के से किसी ने बच्चे को उनकी गोद से छीन लिया है। एक मिठास क़ी डोर थी दादा-पिता और बच्चे के बीच। वह डोर सहसा टूट गयी है। 'कीप क्वायट' ! बच्चा सहमा-सहमा-सा पिता की ओर देख रहा है। लगता जैसे समूचा मुरझा गया हो, जैसे दादा के साथ उनका सारा बचपन उसे छोड़ कर चला गया हो। अब वह पब्लिक स्कूल के कम्पाउण्ड में अंग्रेजी बोलने की कोशिश करता हुआ एक बचपन विहीन बच्चा है। जीवन संग्राम में उतरने के पहले ही एडमिशन के दिन उससे वात्सल्य, अपनी मिट्टी, अपनी भाषा के सारे ढाल और कवच छीन लिए जाते हैं। वह रह जाता है युद्ध के पहले ही युद्धबन्दी बना लिया गया सिपाही। धीरे-धीरे वह सीख जायेगा अपने देश को भूल कर विदेश की भाषा, विदेश का पहनावा, विदेश का दृष्टिकोण अपनाना, अपने देश, अपनी भाषा, अपनी संस्कृति को हीन समझना। मन से अपंग सदा के लिए। शिक्षा बच्चे को

अच्छा नागरिक बनाती है, अच्छे नागरिक देश को मिल-जुल कर अच्छा बनाते हैं। पर यहाँ तो बच्चा शुरू से ही स्वदेशी परिवेश से काट दिया जाता है, और फिर हम आशा करते हैं कि वह अच्छा नागरिक बनेगा। कैसी अजीब छलना है, जिसमें हम स्वतन्त्रता के इतने वर्षों बाद जी रहे हैं। और दिनोंदिन वह छलना गहराती जा रही है। कैसा होता होगा वह ग्रहण जब क्षितिज पर उदित होते हुए नये चाँद को ही राहु ग्रस ले। आज वे कौन मुट्ठी भर लोग हैं जो बाल-चन्द्रमा को राहु की तरह ग्रसते जा रहे हैं। यह कैसा ग्रहण लगता जा रहा है हमारे मन को, हमारे संस्कारों को, हमारी शिक्षा को, हमारी तहजीब को, हमारे साहित्य को, हमारी पत्रकारिता को, हमारे प्रशासन को, हमारी राजनीति को, हमारे चिन्तन को। रास्ते में जाते हुए टैक्सियों, रिक्शों के पीछे लिखा हुआ पढ़ता हूँ "मेरा भारत महान्" "भारत मेरा देश है" "भारत माझा देश आहे"।

पर अगर सचमुच "भारत माझा देश आहे" तो इससे मेरा ममत्व छीननेवाले, इस देश से इसकी भाषा, इसके संस्कार, इसकी परम्परा, इसका मौलिक चिन्तन, इसकी अस्मिता, इसका भविष्य छीननेवाले ये मुट्ठी भर लोग कौन हैं जो हमारी समूची मानसिकता को राहु की तरह ग्रस कर बैठ गये हैं ? इनकी जकड़न में हमारा सारा भविष्य कब तक घुटता रहेगा ? यह देश देशी लोगों का देश आखिर कब बनेगा ?

दीरघ दाघ निदाघ

प्रश्न : उर्दू गज़ल की माशूका की तुलना मुम्बई की गर्मी से करते हुए यह बताइये कि दोनों में क्या समानता है और क्या फर्क है ?

उत्तर : उर्दू गज़ल की माशूका और मुम्बई की गर्मी में समानता यह है कि दोनों का सम्बन्ध कलेजे की हरकतों से है। अन्तर यह है वायदा कर के भी अगर माशूका न आये तो कलेजा मुँह को आने लगता है। और मुम्बई की गर्मी बिना बुलाये आ जाये तो कलेजा मुँह को आने लगता है।

सो भाई साहब मुम्बई की गर्मियाँ आ गयी हैं और इधर कलेजा मुँह को आने लगा है। भला बताइये यह कोई मौसम हुआ कि बाहर निकलिए तो इतनी तेज़ धूप कि लगता है जैसे सद्दाम हुसैन ने तेल के कुएँ में आग लगवा दी हो और बाहर की धूप से घबरा कर अन्दर घर में बैठो तो पंखा टाप स्पीड पर चल रहा है और पसीना भी उसी गति से सारे बदन को चिपचिपाये जा रहा है। छिः, ऐसे में आप उम्मीद करें कि मैं किसी गम्भीर समस्या पर शब्दिता लिखूँ तो हुजूर यह आपकी सरासर नाइन्साफी है।

गम्भीरता, समस्या, चिन्तन वगैरह का जो होना हो सो हो, मैं चारों तरफ से पर्दे गिरा कर, फुल स्पीड पर तीन-तीन पंखे चला कर बैठा हूँ और कविताओं में उन गर्मियों की खोज कर रहा हूँ, जो इस कदर जानलेवा गर्म नहीं होती थीं, बल्कि सच बात तो यह है कि कवियों को गर्मी पर कविताएँ लिखने की प्रेरणा देती थीं। कालिदास को देखिये गीष्म ऋतु के आने से कैसे प्रसन्न हैं :

प्रचण्ड सूर्यः स्पृहणीय चन्द्रमा
सदा व गाह क्षतवारिस संचयः।
दिनान्त रम्योऽभ्युपशान्त मन्मथोः
निदाघ कालोऽयमुपागतः प्रिये।।

"प्रिये गर्मी के दिन आ गये हैं, धूप बड़ी कड़ी हो गयी है और चन्द्रमा बड़ा सुहावना लगने लगा है। साँझ लुभावनी होती है और कामदेव तो एकदम उपशमित हो गया है।"

और इस ऋतु में मनुष्यों का क्या हाल कालिदास ने बताया है वह बाद में देखेंगे पहले पर्यावरण की जो दशा कालिदास ने बतायी है वह देखिये :

"रात के समय उजले भवन में सुख से सोई हुई युवती का मुख निहारने को उतावला रहनेवाला चन्द्रमा जब बहुत देर तक उनका मुख देख चुकता है तब लाज के मारे वह रात के पिछले पहर में उदास हो जाता है। आजकल वन तो और भी डरावने लगने लगे हैं क्योंकि जंगल की आग की बड़ी-बड़ी लपटों से सब वृक्षों की टहनियाँ झुलस गयी हैं। अंधड़ में फँसे, सूखे हुए पत्ते ऊपर उड़े जा रहे हैं और सूर्य की तपन से चारों ओर का जल सूख गया है। पूरे खिले हुए नये कुसुम्भी के फूलों के समान स्वच्छ और सिन्दूर के समान लाल-लाल चमकनेवाली, आँधी से और भी धधक उठनेवाली, और तीर पर खड़े हुए वृक्षों और लताओं की, फुनगियों को चूम-चूम कर झुलसा देनेवाली दावाग्नि से जहाँ-तहाँ धरती जल गयी है। वन-वीथियों से उठती हुई, हवा के झोंकों से और भी भड़की हुई आग की लपट पहाड़ की घाटियों में फैलती हुई सभी जीव-जन्तुओं को जलाए डाल रही है, सूखे बाँसों में चट चटा रही है और क्षण भर में आगे फैल कर घास को भी जलाने लगती है।"

गर्मियों में पर्यावरण का तो यह हाल हुआ तब जबकि कांकरीट, सीमेंट के जंगलों ने प्राकृतिक जंगलों को उजाड़ा नहीं था, वन कटे नहीं थे और सारा वन प्रदेश एक बहुत बड़े अभयारण्य की भाँति था। पर ग्रीष्म में उन पशुओं, पक्षियों और वन्य जीवों की जो दशा होती है वह भी कालिदास की दृष्टि से छूटी नहीं है। वे लिखते हैं :

"जिन वृक्षों की पत्तियाँ झड़ गयी हैं उन पर बैठी सभी चिड़ियाँ हाँफ रही हैं, उदास बन्दरों के झुंड पहाड़ की गुफाओं में घुसे चले जा रहे हैं"जलते हुए सूर्य की किरणों से झुलसे हुए जिन जंगली पशुओं की जीभ प्यास से बहुत सूख गयी हैं, वे धोखे में उन जंगलों की ओर दौड़े चले जा रहे हैं, जहाँ के अंजन के समान नीले आकाश को ही वे पानी समझ बैठे हैं। धूप से तपा हुआ और पेड़ों की गर्म राख से झुलसा हुआ यह सर्प अपना मुँह नीचे छिपा कर बार-बार फुँफकारता हुआ आकर मोर की छाया में कुण्डली मार कर बैठ गया है, पर गर्मी से परेशान मोर

भी उसे कुछ नहीं कह रहा। देखो, हाथियों के पास होने पर भी यह सिंह उन पर झपट नहीं रहा क्योंकि गर्मी इतनी बढ़ गयी है कि बेहद प्यास के मारे इसका सब साहस ठण्डा पड़ गया है। अपना मुँह खोल कर वह बार-बार हाँफे जा रहा है, जीभ से अपने होंठ चाटे जा रहा है, हाँफने से उसके कन्धे के अयाल हिल रहे हैं। जो हाथी धूप और प्यास से बेचैन हो कर अपने सूखे मुँह से झाग फेंकते हुए, पानी की खोज में इधर-उधर घूम रहे हैं, वे इस समय सिंह से भी नहीं डर रहे। धूप से एक दम झुलसा हुआ यह जंगली सुअरों का झुंड अपने लम्बे-लम्बे थूथनों से, नागरमोथा से भरे सूखे गढ़े को खोदता हुआ ऐसा लगता है मानों धरती में घुसा जा रहा हो। धूप से तपे हुए मेंढक गंदले जलवाले पोखरों से निकल-निकल कर प्यासे साँपों के फनों की छतरियों के नीचे ही आ आ कर बैठ रहे हैं। यह देखो यहाँ पर प्यासे हाथियों ने इकट्ठे हो कर आपस में लड़-भिड़ कर इस ताल के सब कमल उखाड़ दिये, मछलियों को रौंद डाला और सब सारसों को डरा कर भगा दिया।''

तब कवि को प्रकृति और परिवेश का कितना गहरा ज्ञान हुआ करता था, वन, वृक्ष, लता, पोखर को हर ऋतु में कितनी बारीकी से वे देखा-परखा करते थे, वन के जीव-जन्तुओं को कितने निकट से निर्भय हो कर देखते रहे होंगे वे, यह कालिदास के 'ऋतु संहार' के ग्रीष्म वर्णन के इन अंशों से उजागर होता है। पं. सीताराम चतुर्वेदी द्वारा अनूदित और सम्पादित कालिदास ग्रन्थावली से ये उद्धरण लिए गये हैं, जिसके लिए मैं आभारी हूँ :

''चिलचिलाती धूप, साँय-साँय करती लू, वनों में फैली दावाग्नि और प्रचंड ताप के इस दुखदायी ग्रीष्म में भी सुसंस्कृत रसिकजन सुख खोज ही लेते थे। कहते हैं कालिदास, देखो प्यारी, आजकल तो लोग यही चाहते हैं कि चारों ओर खिले हुए चन्द्रमा की चाँदनी छायी हो, रंग-बिरंगे फव्वारों के तले हम लोग बैठे हों, रंग रंग के रत्न इधर-उधर बिखरे हों और सुगन्धित चन्दन चारों ओर छिड़का हुआ हो'''आजकल स्त्रियों के उन महावर रंगे पैरों को देख कर लोगों का जी मचल उठता है जिनमें हंसों के समान रुनझुन करनेवाले बिछुए बजा करते हैं।''

ग्रीष्म के इस विलास का वर्णन ग्वाल कवि भी अपने एक कवित्त में करते हैं :

''जेठ को न त्रास, जाके पास ये विलास होय,
खस के सुवास पै गुलाब-उछरयों करै।
बिही के मुरब्बे चाँदी के बरक भरे,
पेठे पाग केवरे में बरफ परयो करै।
ग्वाल कवि चन्दन के चहल में कपूर चूर,
चन्दन अतर तर बसुन करयौ करै,

कंजमुखी कंज नैनी कंज के बिछौननि पै,
कन्जन की पंखी करकंज ते करयौ करै।।

खस की सुगन्ध पर गुलाब का छिड़काव हो, चाँदी के बरक लगे बिही के मुरब्बे की फाँकें हों, केवड़े में पगे पेठे पर बरफ के टुकड़े हों, जल में चन्दन घिस कर बनाये हुए घोल में कपूर का चूरा हो'''और चन्दन का इत्र सारे बदन पर लगा हो, ऐसे विलास जिसके पास है, ग्वाल कवि कहते हैं कि उसे ग्रीष्म का त्रास भला कैसे व्याप सकता है ? वहाँ तो कमल के से मुखवाली, कमल के से नयनोंवाली सुन्दरी कमलों की शय्या पर लेटी अपने कमल के से हाथों से कमल की पंखुरियों से बनी पंखी डुलाती है।''

कैसा ललचानेवाला वर्णन है। जब होता होगा, तब होता होगा। अभी तो कवित्त पढ़ कर कल्पना कर के ही मन शीतल होने लगता है। कालिदास ने तो शताब्दियों पहले ऋतुसंहार के ग्रीष्म वर्णन अंश को पढ़नेवाले रसिकजनों को जो आशीर्वाद दिया था वह हम पर भी लागू होता है, आप पर भी :

कमल बन चिताम्बुः पाटला मोद रम्यः
सुख सलिल निषेकः सेव्य चन्द्रांशु हारः।
बजतु तब निदाघ, कामिनीभिः समेतो
निशि सुललित गीते हर्म्य पृष्ठे सुखेन।।

अर्थात् जिस ग्रीष्म ऋतु में कमलों से भरे और गुलाब की सुगन्ध बसे जल में स्नान करना बहुत सुहाता है, जिन दिनों चन्द्रमा की चाँदनी और मोती के हारों से बहुत सुख मिलता है, वह ऋतु आपकी ऐसी बीते कि रात को आप अपने अंतःपुर की छत पर लेटे हों, सुन्दरियाँ आपको घेरे बैठी हों और मीठा-मीठा संगीत छिड़ा हो।

क्या कालिदास महाराज ? यह आशीर्वाद है या मुम्बई वासियों की मजबूरियों पर बारीक चुटकी ?

एक तो अंतःपुर कहाँ नसीब होगा। फिर सुन्दरियाँ तो सम्भव ही नहीं। मान लीजिए यह असम्भव बात किसी तरह सम्भव भी हो जाये तो भी हम लोगों को यहाँ छत कहाँ नसीब होगी। यहाँ तो सजे हुए डिब्बों की तरह एक फ्लैट होता है और दस-पन्द्रह मंजिल के ऊपर अगर खुली छत हुई भी तो उस पर सोसायटी का ताला पड़ा है। फिर आपका आशीर्वाद कैसे फलित हो सकता है। हे कवि-कुल शिरोमणि ? हम को तो यही घुटती हुई गर्मी झेलना है। जहाँ पंखे की हवा में भी पसीना निकलता ही रहता है।

फिर यह सन् 1991 की गर्मी। जहाँ ऋतु की गर्मी तो है ही, ऊपर से मई-जून में चुनावों के कारण राजनीतिक सरगर्मी, नारों, भाषणों, वक्तव्यों और खंडनों की

गर्मागर्मी। हम सब बेचारे साधारण नागरिक तो मन ही मन ईश्वर से यह मनाते रहते हैं कि हे भगवान् प्रजातन्त्र बना रहने के लिए बहुत जरूरी है कि सब कुछ शान्तिपूर्वक गुजर जाये। विरोधों के बावजूद सभी दलों में शान्तिपूर्ण सहअस्तित्व की भावना बनी रहे। चुनाव आचार संहिता का ईमानदारी से पालन हो और संघर्ष भूमि के बजाय तपोवन का सा वातावरण बना रहे—जहाँ ऋषियों, मुनियों की छाया में शेर और हरिण एक घाट पर पानी पीते हैं, कम से कम प्रकृति तो हमें ग्रीष्म ऋतु में यही सिखाती है। महाकवि बिहारी ने एक दोहे में सब कुछ कह दिया है :

कहलाने एकत बसत अहि, मयरू, मृग बाघ
जगत तपोवन सो कियो दीरघ दाघ निदाघ

शोकहारिणी, लोकतारिणी गंगा मैया

यादें हैं गंगा की, गोया मन के तटबंधों में अभी भी बलखाती लहरें हैं। गंगा दशहरा जब आता है जून की तपती दोपहरों में तब गंगा की धार बहुत पतली हो जाती है, मीलों लम्बे रेत के द्वीप उभर आते हैं, कभी दो धाराओं में बँट जाती है गंगा। एक धार इस पार दारागंज के पास दूसरी धार मीलों दूर झूँसी की ओर। पंत जी ने लिखा था, "सैकत शय्या पर दुग्ध धवल, तापसबाला सी गंगा कल, लेटी है शान्त क्लान्त निश्चल।" लेकिन पंत जी ने यह कालाकांकर की गंगा के बारे में लिखा था। इलाहाबाद में गर्मियों में भी गंगा न शान्त होती हैं, न क्लान्त। धार पतली होती है लेकिन तेज, बहुत तेज !

वह लड़की मुझे गंगा जैसी लगती थी, दुबली, उजली और चलती थी तो चाल में एक लहर जैसे बलखाती हो। मैंने उसे गंगा दशहरे के दिन ही देखा। मैं नहा कर, बदन अगौछ कर, कान और गर्दन पर लगे बालू के कण झाड़ रहा था कि वह पास से गुजरी। वह अरैल की ओर से किनारे-किनारे आ रही थी और उसके हाथ में लाल फूलों का एक गुच्छा था शायद लाल कनेर का। कुछ वह गंगा तट की तेज हवा में लहरा रही थी, कुछ उसके हाथ में लाल कनेर का गुच्छा। कई महीने बाद इस विगत को याद कर मैंने एक कविता लिखी थी 'तुम्हारे हाथों में लाल फूलों का गुच्छा देख कर।'

सात गीत वर्ष में संकलित इस कविता की कुछ पंक्तियाँ सुनेंगे ?

फूल का अधखिला अंतस्
एक रंगीन लहराता अतृप्त सागर है
तुम्हारी मुलायम उँगलियों के तटों से
बेबस सा टकरा कर बार-बार अपने में
वापस लौट आता है।

गंगा किनारे देखी वह छोरी मन में कुछ ऐसी बस गयी, ऐसी बस गयी कि फिर बस ही गयी। उस समय हम दोनों के बीच कोई स्वीकृत रिश्ता नहीं था। बस गंगाजल की एक धार से हम बँधे थे। दो-तीन बरस बाद एक दिन मैंने उन कोमल उँगलियों को हौले से छू कर पूछा था "तुम्हारा जन्म दिन कब पड़ता है ?" "ग्यारह जून को अंग्रेजी हिसाब से", वह बोली। फिर कनेर के फूल की तरह लाज से लाल पड़ते हुए बोली, "भारतीय हिसाब से गंगा दशहरा। जिस दिन गंगा जी धरती पर उतरी थीं।"

तब से गंगा दशहरा मेरे लिए धार्मिक ही नहीं, निजी पर्व भी बन गया। उस दिन देखा तो पाया कि मेरे लेखन में कितने सन्दर्भों में कितनी बार गंगा लौटी हैं। सबसे पहले कृति 'मुरदों का गाँव' में बंगाल के अकाल का चित्रण है, हुगली के मटमैले गंगा के विशाल पाट के किनारे बसे गाँवों में भुखमरी, हैजे और मौत का विध्वंसक चित्र। पर फिर भी वहाँ गंगा पृष्ठभूमि में है। लेकिन अपने प्रथम बहुपठित उपन्यास गुनाहों का देवता में कहानी का चरम बिन्दु ही गंगा की लहरों में बह आता है।

"वह दूर तख्तों की कतार के उस छोर पर जा कर खो गया। फिर दूर-दूर तक फैला संगम...और सन्नाटा...चंदर सिर झुकाये बैठा रहा...बिनती सिर झुकाये बैठी रही...." उसके बाद राख की गठरी गंगा में बहा देता है चंदर। अन्तिम वाक्य हैं उपन्यास के :

"सितारे टूट चुके थे। तूफान खत्म हो चुका था। नाव किनारे पर आ कर लग गयी थी। मल्लाह को चुपचाप रुपये दे कर बिनती का हाथ थाम कर चंदर ठोस धरती पर उतर पड़ा। मुरदा चाँदनी में दोनों छायाएँ मिलती-जुलती हुई चल दीं।

गंगा की लहरों में बहता हुआ राख का साँप टूट-फूट कर बिखर चुका था, और नदी फिर उसी तरह बहने लगी थी जैसे कभी कुछ हुआ ही न हो।"

फिर दूसरे सन्दर्भ में आती हैं गंगा, मेरी लम्बी कहानी 'चाँद और टूटे हुए लोग' में। जीवन में प्रेम, निराशा, सुख और विघटन से गुजरते हुए तीन युवा मित्र चाँदनी रात में गंगा के अधरौशन रेतीले तट पर बात करते हुए मीलों तक निरुद्देश्य भटकते हुए। यहाँ चाँद और गंगा दोनों सर्वथा असम्पृक्त हैं उनके जीवन से, उनके जीवन की घटनाओं से, उन घटनाओं में पिरोए दुख-सुख, आशा-निराशा से।

लेकिन क्या सचमुच असम्पृक्त है गंगा मनुष्य के धूपछाँही जीवन से। एक चित्र टँगा है जीजी के घर में—'गंगावतरण' हिमालय की चट्टान पर पाँव जमा कर ऊपर देखते हुए शंकर भगवान्। कमर में मृगछाला, गले में सर्प, एक हाथ में त्रिशूल, दूसरे हाथ में डमरू, जटाएँ फैलाए ऊपर देखते हुए गंगा के उतरने की प्रतीक्षा करते हुए—बड़ा प्रचलित था वह चित्र उन दिनों, जाने किस कलाकार का था ? शायद

रवि वर्मा का रहा हो।

पर मुझे उलझाती थी इस चित्र में वर्णित प्रसंग के बाद की घटना। देवताओं की नदी थीं गंगा। विष्णु के पद से निकली, ब्रह्मा के कमंडल में छलकती शिव की जटाओं में आ कर वहीं विराजमान क्यों नहीं हो गयीं ? भगीरथ के इन प्रयासों को मान क्यों गयीं कि हिमालय की देवोपम ऊँचाइयों से उतर कर पाप भरी धरती पर आवें, चट्टानों से टकराते हुए बहें, कीचड़ काई, सिवार की गन्दगियों में बहते हुए, पूजा के फूल और चिताओं की राख समेटते हुए हजारों मील बह कर गंगा सागर तक जायँ और फिर भी हर बूँद में पाप को नष्ट करने की क्षमता रखें। अपवित्रता में से बहते हुए हर अपवित्रता का परिष्कार करने का चमत्कार करें। यह केवल पौराणिक कथा है। कपोल-कल्पना या किसी प्रागैतिहासिक घटना का अतिरंजित रूप। क्या सचमुच कोई भगीरथ थे जो ऊँचाइयों पर एकत्र किसी विशाल जलप्रवाह को चट्टानें तोड़ कर धरती पर लाये और गाँव खिल उठे, फसलें लहलहा उठीं। तरह-तरह की दंतकथाएँ हैं, तरह-तरह के अनुमान हैं। कुछ दंतकथाओं को विज्ञान की कसौटी पर कसने की कोशिशें भी हुईं।

लेकिन मेरे कवि-मन को हमेशा लगा कि गंगावतरण की कथा एक प्रतीक है। हर कवि, कलाकार में एक सृजनात्मक चेतना होती है। उसका स्रोत होती हैं ऊँचाइयाँ, लेकिन वह अपरिपक्व बुद्धिजीवियों के अहंकार की तरह ऊँचाइयों पर ही टँगी नहीं रह जाती। जीवन में उतरती है। अँधेरे से अँधेरे पथ से, काले से काले धब्बे में से गुजरती है। जीवन के दलदल और कीचड़ काँटों को पार करती है, फिर भी कहीं अपने में कुछ ऐसा बचा कर रखती है जो न केवल अपने में पवित्र होता है बल्कि लोक को पवित्र करता चलता है। उदात्त बनाता चलता है। इसी पतित पावनी का बिम्ब शायद मेरे मन में उभरा होगा जब मैंने 'कविता की मौत' शीर्षक कविता लिखी थी, उसमें पूछा था :

> ''कौन कहता है कि कविता मर गयी
> वही कविता
> विष्णुपद से जो निकल
> और ब्रह्मा के कमण्डल से उबल
> बादलों की तहों को झकझोरती
> चाँदनी के रजत फूल बटोरती
> शंभु के कैलास पर्वत को हिला
> उतर आयी आदमी की जमीं पर
> चल पड़ी फिर मुस्कराती
> शस्य श्यामल फूल फल फसलें खिलाती
> स्वर्ग से पाताल तक जो एक धारा बन बही...''

और वह धारा केवल गंगा की ही क्यों, हर काव्यधारा, हर चित्र, हर संगीत, हर शिल्प में वही धारा रस बन कर समाई रहती है। उसका समवेत प्रतीक नाम है गंगा। उसमें सृजन की, पोषण की, अपार शक्ति है। इसीलिए 'कविता की मौत' का अंत आशा से होता है :

> ''मर गयी कविता ?
> जवानी मर गयी ?
> प्यार की हर साँस पर पलती हुई
> आदमीयत की कहानी मर गयी ?'''
> झूठ है यह
> आदमी इतना नहीं कमजोर है
> फिर उठेगा वह
> और सूरज को मिलेगी रोशनी
> सितारों को जगमगाहट मिलेगी
> कफन में लिपटे हुए सौन्दर्य को
> फिर किरन की नरम आहट मिलेगी
>
> भूख खूँरेजी गरीबी हो मगर
> आदमी की सृजन की ताकत
> इन सबों की शक्ति के ऊपर
> और कविता सृजन की आवाज है''

यहाँ इस पंक्ति में कविता शब्द की जगह गंगा शब्द रख दें तो क्या कोई अन्तर पड़ेगा ?

शायद पड़ेगा। कविता तो अंतरंग में पैठ कर हमारी मानसिकता को बदल कर हमें नया इन्सान बना सकती है, पर गंगा ? वह तो मात्र एक नदी है। श्रद्धा करो तो पतित पावनी जगन्माता, और न श्रद्धा करो तो एक नदी। उत्तर भारत में बहनेवाली एक धार्मिक प्रभामण्डल जरूर हो पर लोक मानस में, लोक जीवन में क्रान्तिकारी परिवर्तन लाते कभी गंगा को देखा है ?

मेरी भी यही धारणा थी। ठीक है, नदी है, नदी होने के नाते माता है, उसके जल में असाधारण गुण है। गंगा-घाटी की पूरी सभ्यता उस पर आधारित है। पर लोकमानस में क्रान्ति-चेतना ?

इस प्रश्न का उत्तर मुझे मिला लगभग आधी उम्र गुजर जाने के बाद, जब मैं मारिशस गया। मेरे मित्र दयानन्द वसन्तराय अब नहीं रहे। वे मारिशस की लेबर पार्टी सरकार के उद्योग मंत्री थे। सीधे-सादे, अपने काम में दक्ष, बहुत मीठा स्वभाव

और स्वभाव की वह मिठास औसत राजनीतिक नेता की सी ओढ़ी हुई मिठास नहीं थी।

"चलिए, आज आपको गंगा मन्दिर ले चलें।" वे बोले ! गंगा मन्दिर ? भारतीय महासागर में धुर दक्षिण, इस द्वीप में गंगा मन्दिर ? जा कर देखा। एक जगह से द्वीप में चढ़ाई शुरू होती है। धीरे-धीरे उठती हुई धरती एक बड़ी-सी पहाड़ी बन जाती है। पहाड़ी पर एक छोटी-सी झील है। झील के किनारे बना है एक सुन्दर श्वेत गंगा-मन्दिर, झील का नाम है 'गंगा तालाब'।

इस गंगा तालाब के पीछे एक विचित्र इतिहास है। उन्नीसवीं शताब्दी में मारिशस में गोरे साम्राज्यवादी गन्ने की खेती करने लगे। क्वांरी धरती थी, रह रह कर बरसात होती थी, अगर आवश्यक परिमाण में शक्कर पैदा कर लें तो यूरोप के बाजारों में बेच कर मालामाल हो जाय, शक्कर को वे कहते थे 'सफेद सोना'।

धरती थी, मालिक थे, बाजार था, मगर खेत जोतने, फसल काटने, शक्कर कारखानों में काम करने के लिए मजदूर तो थे ही नहीं, गुलामी की प्रथा कानूनन खत्म की जा चुकी थी। पर कामगार गुलाम इकट्ठा करने की एक साजिश रची गयी। एक एग्रीमेंट बनाया गया जो गुलामी के पट्टे का दूसरा नाम था। पूर्वी उत्तर प्रदेश, बिहार और कुछ भाग बंगाल के ऐसे थे जो दुर्भिक्ष पीड़ित थे। किसान, शिल्पकार, मजदूर भूखों मर रहे थे। उनको लालच दिलाया गया कि तुम्हें ऐसे द्वीप में ले चल रहे हैं जहाँ खोदोगे तो सफेद सोना मिलेगा। मालामाल हो जाओगे। गोरों ने दलाल छोड़ रखे थे जिन्हें गिरमिटिया कहते थे, यानी गिरमिट (एग्रीमेंट) करानेवाले। वे जहाज भर-भर कर इन अभागे भारतीयों को ले जाते थे। उनके साथ जानवरों से भी बदतर व्यवहार होता था। मारिशस ले जा कर उन्हें गोरे मालिकों के सुपुर्द कर दिया जाता था। वहाँ वे किस तरह कोड़े खाते थे, किस तरह खेतों में छिप के रात को लालटेन जला कर रामायण पढ़ते थे, आधे पेट रह कर बैलों की तरह मशक्कत करते थे। यह सारी कथा आप 'यात्राचक्र' में पढ़ चुके हैं।

कुछ मजदूर इस यातना से आजिज आ कर पेड़ों में रस्सी से लटक कर आत्महत्या कर लेते थे। उनको कहते थे 'फँसियारे'। एक दिन कोई ऐसा ही अभागा फाँसी लगाने जा रहा था, गाँठ बाँध ली थी और अधर में कूदने ही जा रहा था कि उसने देखा पेड़ की जड़ से कुछ दूर धरती में पानी फूट आया है, स्वच्छ पारदर्शी जल का सोता। गंगा तट से आया वह अभागा निराश किसान एक दम चीख पड़ा, "आय गयीं, मैया आय गयीं। जय गंगा मैया की।" वह फाँसी का फंदा खोल कर पागलों की तरह भागा और गाँव में जा कर नाचने लगा। "आय गयीं, गंगा मैया परगट हुई गयीं" और गाँव-गाँव में, खेत खेत में–चिनगारी की तरह आग फैल गयी कि गोरों के राक्षसी अत्याचार से मुक्त कराने साक्षात् गंगा मैया आ गयी हैं।

और जैसे सारे द्वीप में बिजली दौड़ गयी। जो जहाँ था वहाँ से मैया की पूजा,

आचमन करने के लिए दौड़ा, गोरों के कोड़ों की परवाह किये बिना, उनके घोड़ों की टापों के नीचे कुचले जाते हुए मीलों भागते हुए फिर सुस्ता कर फिर भागते हुए, सारा जनसमूह वहाँ आ कर इकट्ठा हो गया। सोते का पानी एक जगह इकट्ठा हो कर तालाब जैसा बन गया था। हर आदमी अंजलि भर-भर कर सिर पर छिड़क रहा था। आचमन कर रहा था, गंगा मैया की जय बोल रहा था। बनारस, गाजीपुर, आरा, पटना से जो परिवार आये थे उनकी औरतें भोजपुरी में गंगा मैया की स्तुति गाने लगी थीं। जिन्हें स्तुति नहीं याद थी वे मेलाघुमनी के ही गीत गा रही थीं।

गोरों को लगा यह कोई भयानक साजिश है। वे कोड़े हाथ में लिए घोड़े दौड़ा-दौड़ा कर चारों ओर घिर आये थे पर भावावेश में उन्मत्त उस हजारों की भीड़ को छेड़ने की उनकी हिम्मत नहीं हो रही थी।

वह सामन्ती उपनिवेशवाद के खिलाफ गुलाम शोषित जनता का पहला साहसी विद्रोह था।

कैसे चली मारिशस की आजादी की लड़ाई कैसे उसके साथ जुड़ा फ्रांसीसी, अंग्रेजी और क्रियोली बोली को छोड़ कर हिन्दी बोलने का आन्दोलन, कैसे हिन्दी के साथ दूसरी मातृ भाषाएँ मराठी, बंगला, तमिल भी आगे आयीं, कैसे गांधी जी ने अपने भतीजे बैरिस्टर मणिलाल गांधी को भेजा। इस आन्दोलन को संगठित करने के लिए वह सब इतिहास लिखा जा चुका है।

आजादी के पाने के बाद गंगा तालाब की पुनःप्रतिष्ठा हुई। भव्य गंगा मन्दिर बनाया गया और मन्दिर की प्राण-प्रतिष्ठा के अवसर पर मारिशस सरकार ने भारत से प्रार्थना की कि उन्हें ढेर-ढेर सा गंगाजल चाहिए, ताकि गंगा तालाब में हरिद्वार, प्रयाग, और वाराणसी से लाया हुआ पवित्र गंगाजल डाला जा सके।

स्व. इंदिरा गांधी ने जहाजों में भर-भर कर हजारों पीपे गंगा जल और मनों पूजा सामग्री भेजी। कौन कहता है कि गंगा क्रान्तिकारी भूमिका नहीं अदा कर सकती ?

मारिशस में तो खैर जल स्रोत फूटा तो गंगा की किंवदंती बनी पर आप इसे क्या कहेंगे कि भारत से हजारों मील दूर एक जगह ऐसी है जहाँ एक विशेष दिन मंत्र पढ़ कर गंगा का आह्वान किया जाता है। उनके पूर्वजों ने भी कभी गंगा नहीं देखीं। वह तो मेरे जीवन का अजीब अनुभव है। इंडोनेशिया के बाली द्वीप की राजधानी देनपसार। राजधानी से लगभग अस्सी किलोमीटर दूर एक गाँव है। मेरे गाइड महोदय बहुत उत्सुक हैं कि वहाँ मैं चल कर श्राद्धोत्सव देखूँ। श्राद्ध का क्या देखना ? मेरे गाइड है इडा बागुस ओका। पूछने पर मालूम हुआ कि इडा बागुस तो उनका

नाम है पर ओका उपाधि है। पुरोहिताई में निपुण निष्णात ब्राह्मण को ओका कहते हैं।

अनिच्छा से जाता हूँ पर जाने पर लगता है कि न आता तो बहुत अद्भुत समारोह देखने से वंचित रह जाता। कम से कम दस-बारह परिवार रंगीन झण्डे लिये बहुत खूबसूरत जरीदार कपड़े पहने खड़े हैं। मालूम हुआ कि यहाँ की रस्म यह है कि पूरे गाँव के लिए पत्रा देख कर एक तिथि निश्चित कर ली जाती है। पूरे वर्ष में गाँव में जिनका देहावसान हुआ है उनका तर्पण अलग-अलग नहीं होता। सबका तर्पण एक साथ इसी दिन होता है। उन परिवारों के सम्बन्धी इष्ट मित्र सब उत्सव की सी वेशभूषा में आये हैं। पीछे आगुंग (काष्ठ तरंग) बज रहे हैं। नारियल की पत्तियों से तोरण बनाये गये हैं। और हर परिवार हरे बाँस के बने एक मंच के पास खड़ा है, मुझे एक बाँस की गद्दीदार कुरसी पर बिठा दिया गया है। और मेरे गाइड कपड़े बदलने चले गये हैं। दो परिवारों के कुल-पुरोहित वही हैं। और उनकी पूजा उन्हीं को करानी है।

पूजा प्रारम्भ होती है। ओका मुझे अपने पास बुला लेते हैं—यह देखने को कि पूजा तर्पण कैसे होता है।

बाँस के बने मंच पर चाँदी के दो कटोरे रखे हैं। एक कटोरे पर सफेद नग और दूसरे पर हरे नग जड़े हैं। परिवार का ज्येष्ठ पुत्र पहले ओका के चरण छू उनको चम्पे की माला पहनाता है। फिर ओका मंत्र पढ़ते हैं। मंत्र पढ़ कर हरे नगवाले कटोरे को छूते हैं। मेरी ओर देख कर कहते हैं मंत्र द्वारा मैंने यमुना का आह्वान किया है। अब इस कटोरे में यमुना आ गयी हैं। इसका जल यमुना जल है।

फिर मंत्र पढ़ कर माथा झुका कर, सफेद नग वाले कटोरे से छुआते हैं। फिर कहते हैं यह मैंने माता गंगा का आह्वान किया था। अब इसमें गंगा हैं। यह गंगा जल है।

फिर परिवार के ज्येष्ठ पुत्र को बुलाते हैं। वह एक संगमरमर का कटोरा ले कर आता है। और दोनों कटोरों का जल उसमें उलट देता है। सब हाथ जोड़ कर सिर नवाते हैं ओका भी। मुझे इशारा करते हैं मैं भी सर नवाता हूँ। इडा बागुस बताते हैं कि अब यह संगम हो गया। आत्मा की मुक्ति संगम के जल से ही होती है। संगम तो बहुत दूर कहीं आपके देश में है हम यहाँ इस तरह गंगा को बुला कर संगम बना लेते हैं। उसके बाद वे देर तक पूजा कराते हैं। पूजा के बाद नारियल तोड़ कर प्रसाद में गरी देते हैं, दक्षिणा लेते हैं।

उन्होंने कपड़े बदल लिए हैं। अब फिर गाइड के कपड़े पहन लिए हैं। गाड़ी में हम चुपचाप बैठे हैं। मैं सोच रहा हूँ कितने हजार साल पहले भारत से कौन लोग आये होंगे यहाँ जो यह भारतीय संस्कार दे गये। और गंगा यमुना का आह्वान कर संगम प्रतिष्ठित करने की यह कल्पनाशील विधि। इतिहास के कितने अनजाने

अध्याय अभी एशियायी देशों में छिपे पड़े हैं।

और गंगा ! कब किस प्रागैतिहासिक काल में क्या घटित हुआ कि वह इस तरह हमारी संस्कृति की प्राणवाहिनी बन गयी। केवल भारत में ही नहीं, जहाँ-जहाँ भारतीय संस्कृति गयी वहाँ-वहाँ और वह किसी एक सम्प्रदाय की, किसी एक धर्म की किसी एक क्षेत्र की नहीं तभी न महाकवि इकबाल ने पूछा था :

ऐ आबे रौदे गंगा है याद तुझको वह दिन
उतरा तेरे किनारे जब कारवाँ हमारा ?

और संस्कृति की अखंड धारा के लिए वे कहते हैं :

यूनान, मिस्र, रोमा सब मिट गये जहाँ से
बाकी है लेकिन अब तक नामों निशां हमारा
यह जो तमाम पुरानी संस्कृतियाँ नष्ट होती गयीं
पर हमारी संस्कृति बची है, जीवन्त है
क्या इस अमरत्व का कोई ताल्लुक
गंगा से है ?

मेरा ध्यान भंग होता है जब इडा बागुस ओका मेरे कन्धे पर हाथ रख कर पूछते हैं : "आप भारत में रहते हैं, कभी संगम देखने गये ?"

मैं कुछ जवाब नहीं दे पाता। कैसे कहूँ कि संगम के तट का हूँ। उसी नगर का जहाँ गंगा-यमुना मिलती हैं। कहना चाहता हूँ पर बोल नहीं फूट पाते। गला रुँध-सा गया है।

वे जवाब न पा कर कन्धे थपथपाकर मुझे आश्वस्त करते हुए कहते हैं :

"शायद संगम कभी नहीं गये। कोई बात नहीं, आज आपके माथे पर मैंने आह्वान किये हुए संगम का जल छिड़क दिया है। माता गंगा आपका कल्याण करेंगी।"

मैं फिर भी कुछ नहीं बोल पाता। क्या बोलता भला ? मेरा मन तो कहीं और बह गया था। हजारों मील दूर अपने इलाहाबाद की गंगा में !

□□□